# 鸭镇往事

曹寇 著

上海文艺出版社

# 自序

2017年，我四十整岁。有一天晚上（也不知道喝没喝酒），我开始想自己已经四十岁了这个问题。如果我活八十岁，已经过了一半，所谓土埋了半截。如果活不到八十岁，土就高点。反之，矮点。这确实是让人伤感的一件事。虽然佛家反复告诉我们，有前世来生，但作为赵昌西（本名）或曹寇（笔名），我毕竟只有一生。作为赵昌西，我没好好念过书，工作也没认真干过几年，成人以后长期晃荡，至今未婚。作为曹寇，虽然写过点东西，自己却是不敢看的。碌碌半生，矫情了说，真是无言无行。然后我就想到了早已死去的父亲，虽说一世为人，眼下他已接近人名俱灭的必然下场，但活着的时候，他的主要"业绩"是什么呢？我想来想去，也无非两条：娶妻生子，起房造屋。圣贤我学不了，只能向父亲学习了。所以在之后两年，我先是回村里宅基地上盖了房子，然后娶了妻生了子。

城里生活近二十年后，举家迁回农村（包括户口），绝非"归园田居"这种诗情画意。一方面是我厌倦了单元房，另一方面，对于我这种农民出身的穷人来说，生活成本相对较低的农村堪称我的宜居之地。种菜养花，找点野塘荒沟钓钓鱼，想写就写点，不想写就什么也不写。别说，这日子还挺适合我的。

收录在此的均为这两年所谓"村居"生活的产物。5000字左右的短篇是2019—2020年于《第一财经杂志》开设的小说专栏的部分。需要提请注意的是，我所写的乡镇，有意避免"过去式"。当代小说家确实热衷于坐在城里的漂亮书房里开展"故园追忆"，以前我也这么干过，现在我不是，现在我就是以一个农民的身份坐在村里写，而且以写当下乡镇生活为主旨。此外就是感谢，感谢画家张雷。若非雷子答应给我画插图，所谓"合作一把"，我大概也不会写这些小说。就说这么多。

# 目 录

i 自序

001 龙
019 父亲
027 高先生
037 引娣
048 赵老师
058 钓起来
071 穷人
085 春风沉醉的夜晚
095 吃龙虾的人
111 清单
123 大埂上
138 老司机
151 饭局忠魂
163 杀气较重的夜晚
179 鸭镇疑云
243 鸭镇往事

# 龙

> 知我者，其在青林黑塞间乎？
>
> ——蒲松龄

没有任何口碑能证明我的表弟张德贵天赋异禀。我的姑妈在其晚年不止一次地强调，怀德贵的时候，她既没有梦境，也不存在其他异常之处。即便是接生婆丁大娘从她体内将德贵血呼啦几掏出来的时候，所谓红光满室异香经久不绝也从未发生。倒是因为头胎生育（也是唯一一胎），过程冗长，感受太苦，姑妈生完德贵连看都没来得及看一眼就睡着了。不过，姑妈补充了一点，在睡着前，她居然听到了张家那只大公鸡叫了起来。"要知道，德贵是吃过中午饭出生的，公鸡这时候不该叫"。这在我看来，倒也

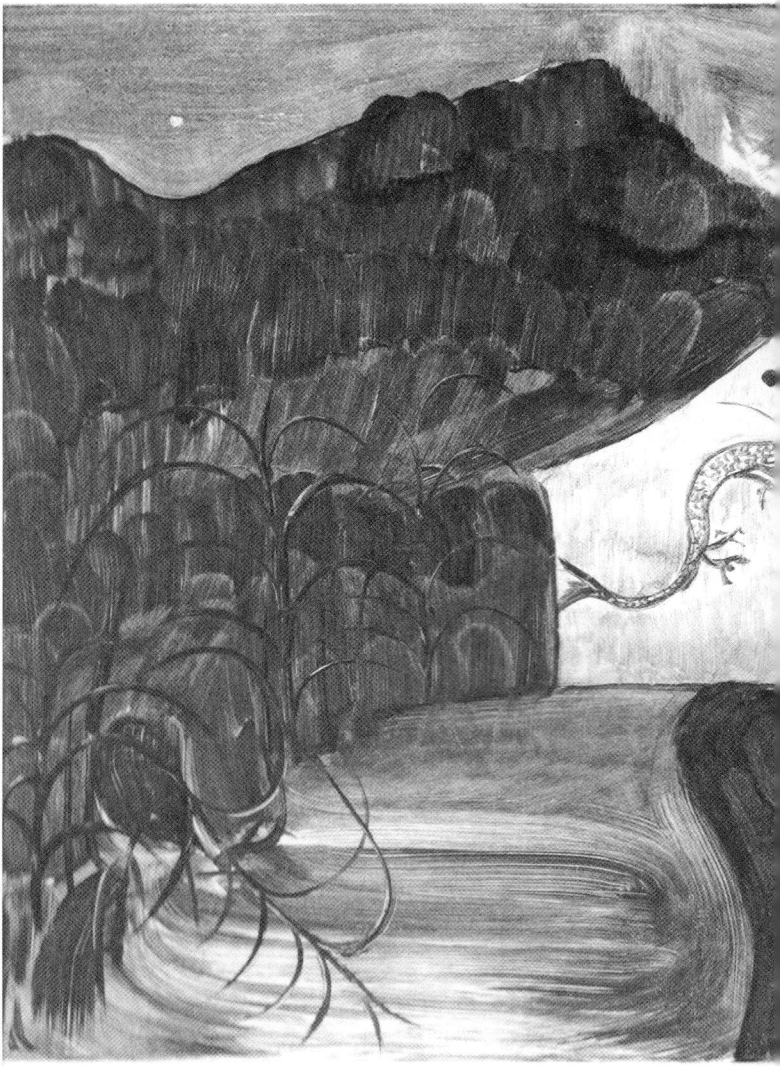

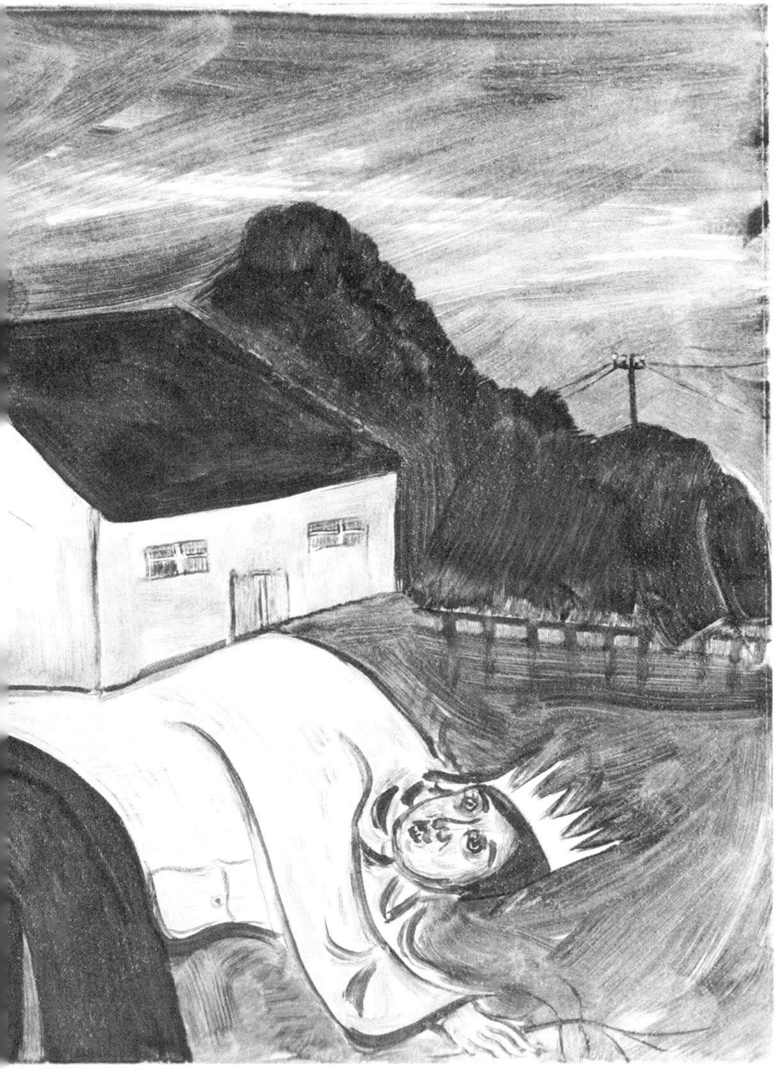

并非异常，啼晨当然是公鸡的职业，但没事叫两声更是它的习性和本能。值得注意的是，姑妈自始至终有把娘家和夫家用姓氏冠名加以区别的恶习，"我为你们张家受了一辈子的苦"诸如此类的话遍布她和姑父不愉快的整个婚姻之上，尤其是晚年。

也就是说，我的姑妈作为一架性能良好的生育机器（如果你看过我这位大屁股大胸大嗓门的姑妈就知道了）却不幸地赶上了"只生一个好"的生育政策。她和姑父同为乡村教师，作为公职人员在那年头可不敢冒天下之大不韪当什么超生游击队，那是要开除公职的。她表示很羡慕我那个作为农村妇女的母亲，因为我妈在被勒令不准再生孩子之前，一口气生了大哥、大姐和我。就算我那个传说中的弟弟被干部拉到医院强行引产了（据说使用的是一个注满水的塑料桶，我的弟弟在水桶里还像鱼一样搅和了一会子，声音很大），在姑妈看来，我的母亲也"够本了"。

回到德贵。德贵的不寻常最初并未显现，我们一起玩，一起上小学，一起赤脚顶着烈日沿河岸走很远去一块葡萄地偷葡萄的童年往事至今还在我的脑子里萦绕。我记得河岸上有很多草桩（农民们割掉这些草放到稻田里去沤肥），硌脚硌得厉害，而前行的一路，纷纷有田鸡、青蛙之类的乡村小动物扑通扑通跳进水里。而那片为我们向往的葡萄地，早已料到了我们这样被烈日烤得一身焦煳味的孩子迟早会鬼鬼祟祟地现身，所以养了一条声音洪亮的大狼狗。强烈的日光，茂密的葡萄地，我们看不到大狼狗在什么地方，也可以理解为它在葡萄地所有的地方。也就是说，与其说是狼狗在叫，不如说是葡萄地在叫。看葡萄地的那个戴草帽的老头也经常在我们未曾预料的地方蹿出来，吓得我们立在原地不知如何是好。不过，鉴于我和德贵不仅年龄相仿，姑老表的关系还使我们长得很像；此外，热爱娘家的姑妈给德贵买衣服的时候总是喜欢也给我买一套。所以，那个看葡萄地的老头看到两个一模一样的小孩，他一下子懵了，也立在原地，不知道该抓住谁。

奇迹发生在小学三年级那年夏天。我之所以记得这么清楚，在于姑妈（她就是我们的语文老师）那时已经布置我们写作文了。小学生到了三年级就要写作文，我也不知道这是为什么。我写过一篇命题作文《浑身是宝》，在这篇杰作里，我深情地赞美了我家的猪，我说，我家的猪真好，肉可以吃，皮可以做皮鞋，毛可以制作刷子，肠子还可以灌香肠，连膀胱都可以吹上气当皮球踢。德贵的同题作文也写了猪，内容也大致一样。但却遭到了其母的一顿臭骂。何以如此？姑妈的理由是，我家确实有猪，年底了也确实会残忍地将喂了整整一年的猪杀掉。而她家,也就是德贵家,他们家是非农业户口,没有猪圈,也没有养猪。我想为德贵辩解,事实是我家每年杀猪,姑妈夫妇都会携儿子德贵赶回娘家吃一顿新鲜的杀猪菜。就是平时,德贵来我家玩,也热衷于在我的教导下用一根棍子捅猪的屁股。也就是说,这头猪与德贵的关系并不比我更为疏远。但考虑到我这篇杰作来自德贵的启发(他写完给我看后我才写的),所以我选择了一声不吭,及幸灾乐祸。

作文风波发生后不久就是暑假,德贵顶着烈日带着暑假作业跑到我家跟我在凉床上奋笔疾书。除了相貌,我们的想法也惊人地一致,我们觉得暑假作业越早做完,我们就可以偷到更多的葡萄。只见我们凶狠地写着暑假作业,辅以外面的蝉噪和烈日,我们挥汗如雨的样子简直像极了此时在地里干活的农民以及十多年后才会在工地上出现的农民工。我们偶尔抬头看一眼对方,其目的显然是为了看一眼自己以及干活的状态。真的,与暑假作业较劲让我们为自己感动不已。我们真是好孩子啊。我们不禁问对方:难道这就是幸福的童年?

后来,天突然变了,起了风,在东方偏北的地方还聚集了吓人的乌云。搁平时,德贵会和我一起兴高采烈地跑出去站在高坡上享受一下狂风和暴雨,偶尔也曾特意跑到高大的桦树下召唤雷电。但这一天，他只是歪过脑袋慎重地看了一眼屋外，露出一种与他年龄极不相称的成熟表情，然后慌而不乱地卷起书本要求回家。嗯，他向我作了如下解释：他家的窗户全部开着，外面还晾晒着今晚洗澡要换的衣服；如果他不及时赶回家，窗户玻璃会在狂风中被撞碎，而早已干燥的衣服会在狂风暴雨的作用下被卷入泥水之中。"晚上曹老师（德贵热衷于在别人面前如此称呼其母）回来看到这个样子，你知道我会有什么下场。"我表示理解，因为，这件事发生过不止一次了，这件事既包括我们写作业的时候暴雨将至，也包括德贵所提到的"下场"。

事实也正如德贵所料，在那场狂风暴雨中，他家的窗户玻璃几乎全部碎了，衣服不仅在泥水中流淌，他本人的那条蓝色的运动裤衩（左右分别有两道白杠）被大风吹走了，至今（截至本文发稿时止）未见。但这事我毕竟没有亲见，全是姑妈和姑父的转述。他们说，他们到家后德贵仍然没有回来。他们虽然很生气，但想到德贵应该像之前那样在我家，心里多少放心一些。他们甚至提到他们回家的路上曾看见一块石磨也在满地的纵横沟壑中随波逐流。在他们洗了澡，换了一身干净衣服后，暴雨稍息，德贵仍然没有回来。然后他们开始清扫碎玻璃，重新揉洗衣服，这时候德贵才进了家门。二人发现，德贵浑身泥水，手中紧紧握着一个东西（事后才知道是已经被雨水浸泡烂了的暑假作业）。更要命的是，德贵不仅面无愧色，对家中的灾情视而不见，而且情绪激动，两眼放光。他急切地上前试图用脏兮兮的小手拉住父母，后者经验老道地躲开，德贵只得返身跑到门槛上，用手指着回来的方向反复说："龙，有龙，我看到了龙！"

姑妈说，她刚开始并没有觉得有什么不对，伸手就给了儿子一巴掌。她咆哮着家里的灾情，并毫无疑义地归咎于德贵，进而提出一个由衷的建议："大水怎么没把你冲走？"一向忠厚的姑父只是用眼神示意儿子别说话了，孩子啊，现状如此惨烈，你应该表现出成熟的一面，而不是胡说八道，你他妈的知道什么叫龙吗？依姑父和儿子多年来达成的默契，德贵应该及时闭嘴，赶紧用其母拿木桶在屋檐下接的满满一桶水把自己那身泥垢擦拭干净，再换好衣服，坐在写字台边随便摊开一本书静候母亲的下一步处置。这也是多年来德贵遭到母亲训斥和打骂之后形成的家庭制度和固定仪式。但没想到德贵这天对母亲的那一巴掌浑然不觉，继续重复"龙，有龙，我看到了龙"这句。姑妈只好再添几巴掌。当儿子抱住姑父说"龙，有龙，我看到了龙"时，后者感受到德贵身上有股把自己往如注大雨中拉的力量，同时，还看到在"龙"字的边沿，也就是德贵的嘴角，有一丝血迹。姑父不禁对儿子起了怜悯之心，他腾出双手按住儿子剧烈颤抖的双肩，又摸了摸儿子的额头——就像演电影那样刚触摸到儿子的额头，姑父就夸张地缩回了手："啊呀，这么烫！"

就这样，我亲爱的兄弟张德贵发了几天的烧。大病初愈后，他获得了理应有的奖励，一本簇崭新的暑假作业。变化在此初露端倪，放在以前，德贵会羞惭地双手接过，然后加班加点从头写起。但现在，他却声称暑假作业早就写得差不多了，如果一定要写，德贵只愿意选择性地写后面一小部分。他特意提到我，曹寇可以作证。没错，我说，我们的进度完全一致。我甚至还抒情道，如果不是这场大雨，我们的暑假作业早已完成了，"屌雨下的，妈的！"我没忘用我标志性的粗言秽语来加强语气。但姑妈显然不愿意相信这一点。作为优秀乡村教师，多年以来她绝不允许有学生的作业没有完成的情况出现。更何况，德贵作为她的儿子，属于严于律己的范畴。不过，我的看法倾向于德贵病好了后还在说"龙，有龙，我看到了龙"。这句话在姑妈看来有如挑衅。总之，那本暑假作业究竟有没有完成，我不知道。我只是听说数学老师兼历史老师兼自然老师姑父有必要及时现身坐在床前跟儿子解释，这个世界上并没有龙，龙是一种神话动物，它的蛇身、鱼鳞、鸡爪、羊角等等是集成形象，某个具体的动物不可能长这样。

"但是我看到了。"德贵说。

"那只是幻觉。"姑父说着，抬头看到镜中的自己，还对自己点了点头。

"我真的看到了。"

"哦，睡觉吧。"姑父只好起身，帮儿子掖了掖蚊帐，回到他和姑妈的房间。姑妈看着他，只见他又摇了摇头。

因为生病，我在父母的带领下，曾去病床前探望过德贵。按照风俗，探病不能空手，时间要在上午，但我妈苦于家里的鸡蛋只有七个，数目微小就算了，数字也不够吉利。所以她决定等那只下蛋的老母鸡在下午下了蛋之后再去。我至今都记得我们一大早就穿戴整齐坐在鸡笼边等待母鸡下蛋的场景。那只母鸡大概因为害羞和紧张，下蛋时间要远远晚于平时。等它终于把蛋下下来，我们才如释重负地擦了把额头上的汗，却没有注意到母鸡羞惭的神情。所以我爸伸出三根手指去抓那只鸡蛋的时候，并没有思想准备，结果鸡蛋在他手指间碎了，蛋黄淋漓，无法收拾。壳没硬,是软蛋,我根本没用力,我爸赶紧解释。这怎么可能?我妈简直暴怒。然后等她伸手验证后才不得不默认我爸的说法。但她气不过,一脚向母鸡踢去,母鸡倒一个鹞子翻身躲过,她踢了一脚我爸。

关于鸡蛋,我想补充的是,我没有印象在自己家吃过自家的鸡蛋。姑妈一家总是给我们这给我们那,我们必须把家里唯一值得拿得出手的鸡蛋送给姑妈,让姑妈没事炒一道鸡蛋韭菜或香椿鸡蛋或干脆就是炒鸡蛋。我的意思是说,我只能在姑妈家才能吃到我家的鸡蛋。

所以,我对德贵看到龙这件事并无求知欲。我的欲望集中在那七个鸡蛋身上。

德贵所描述的龙并没有什么神奇的地方,与我们在电视上在画片上所看到的完全一致,也就是姑父总结的那样。

"没看到孙悟空?"我饥肠辘辘地问。

"没有。就是龙,就一条,黑的,黑龙。"

"在哪儿看到的?"我好像听见蛋壳在白瓷碗沿敲碎的声音。

"就在荷花塘那儿,我走到那儿,他从塘里飞了出来,飞到天上,飞到云里了。"

荷花塘是我们村和小学之间的一个水塘,可以说，我们那儿所有的水塘都养了鱼虾，只有这块水塘长满了荷花。我至今也不知道这到底是为什么，也不知道荷花塘属于谁家的。我可以确定的是，我经常去荷花塘采摘荷叶、荷花、莲蓬，甚至也下水踩过藕，但从来没有看过龙。对了，蛇我也没看过。我是说我在我的童年时代经常看到蛇，水蛇、土公蛇、赤链蛇，但我不记得在荷花塘看到过它们。我曾在荷花塘岸边草窠里发现过一窝鸡蛋，但它们不是我家的鸡蛋。我家的鸡蛋此时正借着姑妈家的铁锅飘出了香味。

德贵坚持他看到了龙，这对我来说其实也没什么。我还梦见过自己像一把落水的菜刀左右摇摆着沉入河底呢。但他老是要求我相信他看到龙就让我觉得有点过分了。为了让我相信荷花塘里有龙，他不止一次拉我前往蹲守。确实是蹲守，蹲在草丛中，因为德贵担心我们的存在会使那条黑龙不好意思游出来。还用得着说吗，龙当然不可能二次现身。我的注意力集中在草丛本身，蚊子太多了，还有癞蛤蟆，至于那些萋萋青草，开始黄了起来。秋天来了。

德贵显然也意识到问题所在，用疑惑的表情问我，是不是只有出现那天一样的狂风暴雨，那条龙才会现身？而现在是秋天了，是不是我们明年再来？

对此我不得不像一个成年人那样摇头表示反对，我告诉他："如果你那天真的看到了龙，我是说如果是真的，那么，龙那天就飞走了，什么叫飞走了？就是再也不回来了。"

你们此时可能跟我当年的感受一致，我的表兄弟张德贵在那场大雨中可能遭受了不为人知的不幸，导致他此后变得不太正常，而"龙"这个意象，既可能出于他的幻视幻觉（来自于画片和电视剧《西游记》中的影像），也可能是他将当天的诡异遭遇集中到某个并不存在的异物上有关。他之后不分场合喋喋不休说他看到龙的经历似乎也反证了这一切。总之，他疯了，脑子出了问题。是发烧发的，还是被某个雷电击中，谁也说不清楚。

医生告知德贵忧心忡忡的父母，这种精神方面的疾病并非孤例，既可能源于某个遥远的祖先（据说姑父的姐姐是一个傻子，死于1967年的武斗），后天的因素更不容忽视。阴晴变化，光与影，冷热对流，自然现象的波动也往往轻易击溃某个人的心智。"有的孩子还被晾在阳台上的衣服吓哭了呢。"他的建议是，多给予孩子温暖，多跟他谈心，少给他压力，注重保暖，注重营养，应该、但愿会好的。

姑妈和姑父显然遵从了医嘱，他们（尤其是姑妈）一改往日严厉的嘴脸，摇身一变成为慈母的典范。她不再要求德贵写暑假作业，到了寒假，薄薄一本寒假作业也不作任何要求。德贵依旧在说龙的问题。姑妈循循善诱，或避而不谈，她觉得只要把"龙"从儿子脑子里彻底赶出去，儿子就会恢复往昔的模样——或者我的模样。

"呐，就是这样。"德贵居然从书本下抽出一张自己的绘画作品，画的正是一条栩栩如生的龙（假设龙确实"生"过）。姑妈大吃一惊，继而涕泗滂沱。她绝望得像一个农村妇女那样瘫倒在地上嚎哭了起来。谁也不知道德贵何时无师自通地学会了画画。在以后的日子里，德贵不仅在书本上画满了龙，还在自家的墙壁上，校园的黑板报上涂鸦。如果我没记错的话，后来我们上学路上几乎所有的建筑上都留下了德贵画的龙。有的是粉笔画的，更多的是他用一块红砖碎片画的。乡亲们刚开始还啧啧称奇，很快就没人当回事了。"瞧，那孩子又画龙了。"他们互相递一个眼色，笑着走了，剩下德贵一个人在桥上或公厕的羞墙上画龙。

姑妈的绝望完全可以理解。遍布整个乡村的龙宣告：她和她那个没用的丈夫所生的儿子确实疯了，或者本来就是个疯子，天生是个疯子。

可能是为了迎合人们对他是一个疯子的定性，

德贵很快就丧失了读书学习的能力。姑妈不得不让他休学在家，也不得不托关系找人让姑父以照顾疯儿子的名义提前退休。又没多久，德贵连话都忘了说。据说丁大娘的外甥是一位画家，丁大娘死掉的时候，他曾来参加葬礼，途中看到了遍布村里人家墙上的龙。人们希望他对德贵的龙发表一下专业性意见，结果他托词自己是画油画的，对裸女和一动不动的水果和陶罐情有独钟，但对龙他表示自己毫无评判的权力。人们只能自作主张地认为，德贵画的龙也不怎么样。而让我记忆深刻的是，当我读到初中二年级的时候，有一天正骑二八大杠从我们班最漂亮的女同学家兴冲冲地往家赶的时候，在一个水塔边上看到了姑父和德贵。姑父头发稀疏，两眼浑浊，老得不成样子；而德贵呢，则依旧保持着儿童的身材和模样。他虽然不会说话，但冲我笑了笑。这一笑让我看到德贵的牙齿全部脱落了。他的嘴是一个黝黑的洞。我这么说只是表明我在水塔下的感受，这些年来，我们还是经常和姑妈家走动，奇怪在于，我为什么从来没有认真观察过这对父子的变化呢。

  大概是我在外读高三那年，听说德贵死了。高考在即，我没有回乡。而当我听说姑父死掉的噩耗时，我正在床上以一个处男的身份和一个处女满头大汗地彼此探索着性经验。姑妈则活到了我们村拆迁的头一年。她过早地老年痴呆了，被作为五保户送到了养老院，对轰轰烈烈的新农村建设浑然不知。我们的家乡变化真大啊，葡萄地不复存在，荷花塘不复存在，重新布局，重新架桥铺路，曾经熟悉的那些房子都被农民重新翻盖成了漂亮的小洋楼。就算姑妈突然从痴呆中惊醒，她逃出养老院，凭借记忆返回故居，她也不可能找到回家的路。她最大的发现将是：我儿子在你们家墙上画的那些龙到哪儿去了？

次年姑妈离世。

我大学毕业后并没有找到什么像样的工作，有幸我有个在政府上班的姐夫，帮我在政府也谋得一份差事。然后我娶了一个在我看来长得比较丑的女人为妻，生了一个田鸡和青蛙都没见过的儿子。这些年里，我们的村子拆了，现在是一个楼群，每平米均价两万五。拆迁的当年，我曾作为拆迁积极分子到自己的村里做钉子户的工作，也就是这时候，我惊讶地发现姑妈一家的房子仍如往昔，只是早已充公，不存在赔偿问题。我进了他们破败的家试图悼念一下这家曾经存在但跟完全没有存在过一样的人。但屋内的脏乱让我无处下脚。我只在门口站了会儿，就走了。我怀疑我是想进去往右拐到德贵的房间看看他的床头柜，因为我确切地记得打开柜门，在柜门里侧画有一条龙。我不知道我为什么记忆方向如此精准。我甚至知道那条龙的眼睛是用姑妈改作业的红墨水钢笔点的。我严重怀疑我在小学三年级那年暑假也曾路过荷花塘，也看到了龙，但我像个没事人儿那样回家了，像个没事人儿那样长大了。

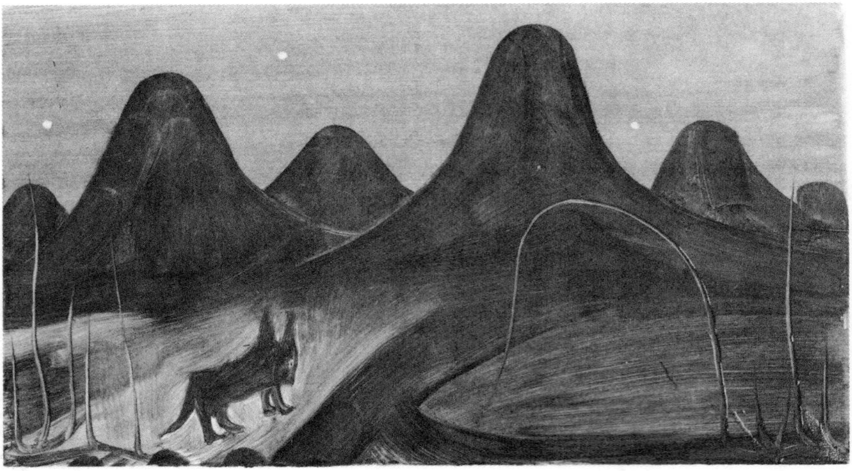

# 父亲

去年春，一天早上，父亲以双份份额喂了鸡，将所有的剩饭用肉汤拌好全部倒进了狗食盆，自己却只认真吃了两颗晕车药，然后就空腹出门了。和每次一样，他还是晕车，还是吐了，然后脸色惨白地出现在我家门前。具体点说，是我租住的地方。

他始终不太习惯使用我给他买的手机，我完全不知道他要来。而此时王媛正蓬头垢面、赤身裸体地从卫生间走了出来，她就这么一丝不挂地和我的父亲见了第一次面，也是唯一一面。我可怜的父亲被眼前的画面吓坏了。母亲过世已经二十来年了，他也不可能有过别的女人，不知道他看到一个陌生年轻女人的裸体有何感想。他做出试图要走的动作，我拦住了他。没错，该走的人只能是王媛。

我没有告诉父亲这个叫王嫒的女人不可能嫁给我的原因在于不仅她是有夫之妇,而且即便她和丈夫离婚,我也从未想过要娶她。其中的原因很复杂,我只能选择避重就轻,谈点别的。

我说,张飞(我家的狗名)还好吧?没被人敲了吃了吧?

父亲说他早上喂狗的细节,然后看了眼我混乱的卧室,说,这个女的……

我说,拆迁的事定了吗?

父亲说他也不知道,但村里人都在说。他虽然没法想象村子被拆了后自己该去哪儿,该干什么,但提到传言中的拆迁待遇,他也不禁喜形于色。然后又看了眼刚刚王嫒冲出去的门。

父亲显然愿意暂且放下拆迁改变家门命运的未来之事,希望我多说说眼下这个叫王嫒的娘儿们的情况,以一个准公公的立场陷入了掂量、审定、判断以至决策。我怀疑他认定了王嫒将是他的儿媳。出于顶撞父亲是我自青春期以来即已形成的恶习,最后我烦不胜烦,只好一劳永逸地向他郑重宣告:王嫒是一只"鸡"。

什么鸡?父亲一辈子窝在村里,显然对现代汉语缺乏学习。

就是妓女!

我疏忽的一点是，虽然我对父亲古老的价值观和道德感有所认知，但低估了它的力量。父亲满面涨红，愤而起立，然后拂袖而去。也就是说，父亲千里迢迢赶到城里来看儿子，只在后者的家中坐了不足半个小时，水米未进就又返回了。事后我听二婶说，父亲回家后见张飞一顿就吃完了本该它吃一整天的肉汤泡饭，一脚踢去，张飞的惨叫吓了隔壁二婶一大跳。她之前已受到父亲的交代，料想会不会是敲狗的贼进了大伯家的院子，拉着二叔壮着胆子赶了过来。父亲一言不发，也没再做饭。当晚二婶曾送饭过来，次日再来，见一筷子也没见动。也就是说，父亲饿了整整一天。

现在我才知道，父亲那天进城，本有重大事务要跟我商量。那就是，我的二婶，娘家有个侄女，也读了大学，也在城里工作，也三十出头了至今未婚。究其原因，这个姑娘可能是稍微胖了点，二婶说，但胖又怎么能算缺点呢？一个大屁股怎么看都是生儿子的好屁股。此外，二婶娘家有生双胞胎的基因，届时她的侄女给大伯一胎就生两个孙子也未可知。而之所以早年二婶从未向大伯提及这个娘家的侄女，乃是因为侄女早几年也就二十出头，夫婿的选择空间较大，现如今三十多岁了，跟即将四十岁的我倒也合适，更何况我们的村子即将拆迁，按照政策，我们会获得房产和赔款，一扫多年贫寒的境遇。娘家姑娘断无不同意的道理。这很难说不是一种命中注定的姻缘，是吧？谁说不是呢。我的父亲满心欢喜。既然儿子自己找对象找了近二十年都一无所获，那么他老人家何不发挥余热，亲自出马，一举解决这个家中的老大难问题呢？

父亲说，你也不想想，你马上就四十岁了，不年轻了，四十岁就是中年人了。

当然，对我的父亲来说，是不是二婶娘家的胖侄女并不重要，重要的是他的儿子要"有人"。王媛的赤身裸体大概在他的脑子里构成了我"有人"的证据。他并没有愚蠢到相信王媛真的是"鸡"。他只是确实无法和自己的儿子正常交流罢了，为此他很生气，生我的气，生他自己的气，也殃及到了张飞。仅此而已。

我有幸在二婶家看过这个胖姑娘的照片，不过那还是胖姑娘小时候的样子。看来她的胖早已有之：四五岁的模样，肥嘟嘟的脸颊上就有两抹红晕。照片大概是在某年过年期间的饭桌上拍的，整体风格油乎乎的。我觉得倒也喜庆。

那要不要见见？二婶问。

我看了眼坐在一旁面沉似水的父亲，很配合地表示：都行。

不过，后面发生的事情导致我始终没有进行这次相亲活动。这待会儿再说。我倒是想象过我和胖姑娘相亲的场景——

我们当然不会在村里相见，我们会响应这个时代某种约定俗成的方式，比如选择一家带有品牌性质的咖啡馆，或者一个有咖啡馆的公园，这是最经典的相亲场所。二十年来，我相过很多亲，介绍人是朋友、同学和同事，这些人怎么忍心看我没有老婆呢？我们的社会关系和社会情感其主要功用就是把你变成和大家一样的人。唯有如此，大家才会放下心来和你交往。我们岂能容忍不一样的人，就好比一个国家无法容忍所谓的叛徒。

于是我们在上述场景中相见了。有一搭没一搭地聊着天，不外乎工作收入、兴趣爱好。当然，对于工作收入这么庸俗赤裸的话题，我们通常要遮遮掩掩，以旁敲侧击的方式进入。兴趣爱好很容易体现这一点。我相信我的兴趣爱好如果是休年假的时候去欧洲玩，或者到美国租一辆车从东海岸开到西海岸，胖姑娘一定会猜出我的经济状况，并由衷地对我产生好感。可惜我连朝鲜都没有去过，我的兴趣爱好就是下班了待在家里煮泡面，偶尔看看电影看看书。而且我买不起书，也讨厌买书，我反感坐拥书城的人，我看的都是免费的电子图书。当然，和王媛一起躺在床上看一部美剧是我爱好中的爱好，基于人道角度，我不可能告知胖姑娘。

总之，我们终于把包含所谓信息量的话谈完了。对我来说，我必须将贫穷和无望毫无保留地袒露给对方，以防对方产生误判。当然，出于礼节，并显示我们的文明程度，我们不会就此起身各自回家。要得体，要显得多少有点教养。我们有必要再熬半个小时，而这半个小时正好是吃一顿饭的时间。就不点菜了，各吃各的比较好。红烧牛肉煲仔饭行吗？或者豆豉排骨煲仔饭？不过最后买单虽说AA制比较与国际接轨，但考虑到中国国情，我觉得还是我买比较好。算一下，两杯咖啡加两份煲仔饭，不超过两百人民币。也不算多吧。两百人民币能让我们那些热衷于给我们介绍对象的亲友对我们的关心得以实现，挺值的。至于这份关心有没有促成什么，那是另外一个话题。

父亲病了，癌症晚期，然后很快就死了。作为儿子，我必须带他检查、治疗，然后侍奉病榻。老实说，我并没有多么惊讶和悲伤。在父亲死之前，我甚至没有想过我即将失去父亲这个最主要的亲人成为一个年近四十的孤儿。疲惫感贯穿始终，然后就是难受。一个人活活被病痛折磨，无药可治，然后无望地死去，这个过程可谓"灾情遍野、震撼人心"。

刚开始，父亲还老调重弹，不断向我重申娶老婆的重要性。病痛和这一未了心愿交替折磨着他。最后他基本上就迷糊了。我只是静静地坐在床侧，与其说我等待他醒来，不如说我等待他死掉。他死掉的时候真的是皮包骨头，我没有把他抬到秤上去称，据我目测，应该不超过七十斤。有一阵子，我真希望我的父亲是一名有宗教信仰的人，那样是不是会好过些？但多么遗憾，和很多人一样，我们户口簿上记录的完全属实，在宗教信仰那一栏，写着"无"。

丧事我没有回乡去办，没有吹鼓手，没有停尸祭奠，甚至也没有烧纸，我只是把父亲送到了火葬场烧掉了事，然后将他的骨灰盒埋在了母亲的坟里。对此二婶替父亲感受到了我的不孝。她似乎生气了，也没再提娘家的胖侄女。我想我保住了自己两百块钱。但转眼而来的拆迁消息，使她不仅旧事重提，而且相当急迫。她的意思是，父亲死得不是时候，拆迁根据人口进行赔偿。为了使我多获得赔偿，眼下当务之急是赶紧把她的胖侄女娶进门，十个月后生了孩子最好，如果真是一对双胞胎，我显然是赚了。

这已经不是两百块钱的事了。我真的被吓坏了。料理好村里的一切事后，我再也没有敢回乡。到现在也没有。我甚至不知道我村里的家，那个曾经由母亲、父亲和年幼的我共同组织的家庭现在是否已荒草萋萋、鼠兔横行。唯一可以确定的是，二婶和村民还在等待拆迁。

最后需要交代的是，在我四十岁到来之后，也就是今年，我终于结婚了。我的妻子正是王媛。我不太好解释这一点。王媛离婚后直接搬到了我的住处，但那只是形同夫妻。有一天，她告诉我她想跟我结婚。我的脑子里立即出现一年前父亲登门拜访的场景。按照父亲的说法，虽然仅仅是一年前，但我得承认那是我年轻时候的事情。我想起父亲对王媛的好奇和打探，他以为王媛就是他将来的儿媳。我还想起父亲死后，我将张飞送了人，也不知道它现在是死是活，不知道它还记不记得父亲那一脚。总之，我一下子哭了。似乎我的反射弧慢了几个月，到现在我才为父亲的死流下了一个儿子应有的眼泪。

# 高先生

高秃子是我们中学时代的一代名流,相信所有健在的同学们都会笑嘻嘻地点头同意,然后互相给对方露出一副"你知道他最近有什么新情况么"的下流表情。

"健在"一词并非笔者耸人听闻,而只是本人一贯措辞谨慎使然。据我所知,鸭镇中学973班的52名学生,在短短的二十来年间,已先后有六位同学作古。他们分别是溺毙(1999)、车祸(2011)、伏法(2013)、酒精中毒(2014)、自杀(2017)、癌症(2019),但高秃子还活着。俗话说,死者为大,我们放着这些"大"人物不说,而能在二十年间保持着对高秃子的热情,委实是一件奇迹。按他的同桌孙矮子的说法,我们紧密团结在以高秃子为

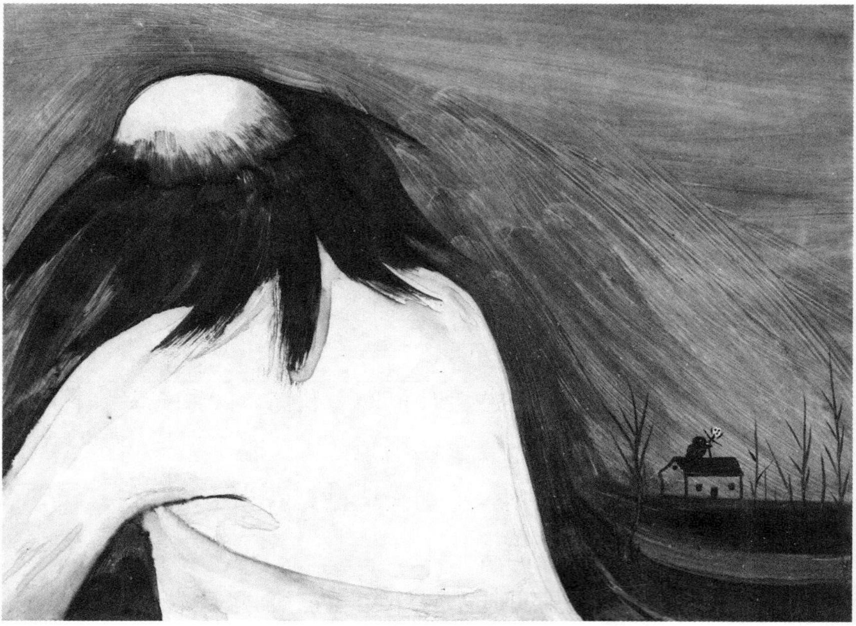

核心的973班班集体——至死不渝。

就我最近几年每况愈下的记忆力来看（但愿我不会成为第七位作古人士），高秃子好像也没什么特别的。他得过斑秃，俗称鬼剃头。也就是说，在某个美好的夜晚，刚刚进入青春期的高永光同学正做着事关同班同学蒋秋艳的春梦，没成想此时有一个鬼飘飘忽忽进了他简陋且臭烘烘的房间（笔者曾拜访过他的房间），鬼没有想掐死他，但出于对气味的愤怒，必须给他剃个头。高永光同学醒来一摸脑袋，发现不远处，一撮头发不翼而飞了。他曾试图谎称自己有两个发旋，但很快被群众雪亮的眼睛识破，自此之后，他不得不放弃高永光这个来自族谱的大名，默认了高秃子这个势必会伴随其一生的绰号。

喜欢蒋秋艳显然亦非高秃子的专利。男同学都喜欢她，包括笔者在内。无他，就是我们这位秋艳姑娘在上个世纪的鸭镇中学属于长相妖娆品学兼优的那种学生明星。谁会放着秋艳姑娘不爱，而偏要去向那些成绩差相貌丑穿着土的姑娘们示好呢。就连我们的男教师（不分老少）在课堂上讲课，目光也频频向秋艳姑娘投去。也似乎唯有秋艳姑娘可以亭亭玉立地（配合其马尾辫和连衣裙）站起来回答老师们那些错综复杂的问题。

没错，我们973班学风恶劣，全区排名靠后，据说是鸭镇中学有史以来最差的一届。可以毫不夸张地说，高秃子直到初中毕业对英语二十六个字母也未必能分得很清楚。他最爱上的课是生理卫生，总爱针对泌尿系统和生殖系统两个单元举手发言。这不得不让生理卫生赵老师对之侧目。赵老师放下课本，请高秃子上了讲台，然后叫后者指出自己的耻骨在什么地方。我想高秃子是故意制造哄堂大笑的效果才指了指自己的下巴的。我们都记得很清楚，蒋秋艳笑得很开心。

这其实也不算什么。那位1999年暑假在自家门前水塘里溺毙的同学为了在秋艳姑娘面前有所表现，还曾一个猛子从河这边扎下，然后无声无息地从水底游过去，突然在秋艳家的河埠前冒出来，其时秋艳正在河埠上荡洗衣物，实打实地被吓了一跳。叫声响亮，在河面与涟漪一起荡漾，然后微微拍打堤岸，传到躲在对岸草丛里我们的耳中，真是好听极了。该同学的泳技确实就此名声大噪。至于他何以孤独地在自家门前水塘中淹死了，谁也说不清。要知道当年年底就迎来了所谓的二十一世纪，班级元旦联欢会上却独缺此人。我们自幼被誉为跨世纪的一代，此人却被拒在门槛之外，确实叫人伤感。我们只能用古话安慰自己，"打死会拳的，淹死会水的",他应了后半句,2013年伏法的那位就应了前半句。

以笔者现在的心智理解,高秃子真正叫人记忆深刻的并非浮于表面的表现或表演,亦非所谓死缠烂打的追求,而是所谓的付出。他每天上学都会提前半个小时骑到秋艳家附近,伺秋艳出门,他才远远地跟着,一前一后来到学校。放学亦如此。这一度导致秋艳全家十分紧张,担心这个五短身材肥头大耳的家伙对他们的如花似玉的闺女做出什么坏事来。但他们后来也发现,自己多虑了。不仅如此,他们还承认,正是这个小伙子保护了他们的掌上明珠。

也不知为何,那年头啸聚于乡镇中学附近的地痞流氓特别多,他们除了对学生进行五毛一块的小额敲诈,也热衷于对秋艳这样的姑娘污言秽语动手动脚。但凡遇此情景,远远跟在身后的高秃子就会猛蹬几下车,天降神兵那样出现,替秋艳挡住骚扰,兀自承担殴打和辱骂。2013年伏法那位其时已志不在学,长期旷课,俨然以社会上人自居。他对高秃子的殴打尤为凶狠。只见高秃子浑圆的肉身在其拳脚之下翻来覆去,所有人没想到的是,秋艳返回现场,把高秃子挡在身后,杏眼圆睁,厉声叫骂。伏法兄及众喽啰显然没料到这一层，反而被镇住了，不知所措，只得扬长而去。也就是这次之后，秋艳姑娘及其父母默认了高秃子这一护法金刚的身份。但这并不表明秋艳对我们的秃子产生了爱意，其父母更无意将女儿下嫁此人。后者告诫女儿的话是，一定要考出去，考出去就别回鸭镇这种可怕的地方了。

没有任何悬念，秋艳于2002年考上了北京一所学校。毕业后也留在了北京，有一份体面的工作。工作中，秋艳结识了自己的丈夫，按我们的理解，应该是一位风度翩翩才貌双全的成功人士才能配得上我们的秋艳姑娘。秋艳的父母也搬去和女儿一起住了。反正我们再也没见过秋艳，一些零星的消息都源于某位自学生时代就和秋艳关系紧密且颇爱摇唇鼓舌的女同学之口。因为都是正面消息，没人觉得有怀疑的必要。让我们祝福这样的小镇之花吧。

高秃子可没这么好运。

他打过几份工，后来考了个驾照，开那种渣土大货车。当司机这段时间算他的黄金时期，因为收入还行，偶尔遇到都能抽上他递上的一支好烟。滞留鸭镇的同学之间也时不时地搞搞小规模的聚会。不过，无论谁召集的，一俟埋单，都被告知已被高秃子买过了。众人不免要对他这种偷偷摸摸擅自埋单的行径表达抗议和愤怒，高秃子满脸羞惭，连声道歉，说："下次我来请，算赔罪好了。"至此，夫复何言？好景不长，然后就是听说高秃子撞死了人（但他撞的不是我们班车祸死掉的那位），赔了个倾家荡产。自此就很少能遇到他。就算遇到，叫他喝酒，他也顾左右而言他，推阻再三。大家倾向于认为他大概是没钱埋单，叫他喝酒就是剥夺其偷偷摸摸埋单的权利，那何必为难他呢，喝酒就不叫他了吧。而且也就是这时候，我们发现，高秃子酒量其实不行。

大概2014年左右，也就是我们那位同学酒精中毒死掉的当年，高秃子又浑身名牌珠光宝气地返回了我们的酒桌。这回，他不仅帮我们结饭馆的账，饭后还盛情邀请我们去唱歌桑拿什么的。总之，这回所有人都认为他发财了。至于如何发的财，高秃子闭口不谈。不过这种挥金如土的日子没有被我冠以"黄金时期"，盖因其时间太短，不足两月，高秃子就消失了，而且消失得无影无踪。当他再次"出现"，已是三年之后，也就是我们班那位最胖的女同学因和丈夫吵架，一怒之下喝了农药死掉那年。

注意，我将"出现"二字打上了引号，旨在表明他是以自家老宅墙上被倒着喷了"高永光欠债还钱"七个大字出现的。高永光？路过高家门前的孙矮子歪着脑袋看了许久，似乎如此才能将高永光和我们亲爱的老同学高秃子画上等号。确定无疑后，孙矮子开始奔走相告。高秃子难怪这么长时间不露面，原来是借高利贷还不上钱呀，在外面躲债哦。说得可能不好听但不妨碍它是事实——日见暮气的酒局于是重新焕发了生机。

高秃子的父母和弟弟对其欠多少高利贷讳莫如深，对其借高利贷干什么也表示不关心。他们对外人的一切问题烦不胜烦，只是强调，这个事情是高秃子的，跟他们无关。

应该不会少，孙矮子说，他理解其家人的态度。啥叫高利贷？利滚利，吓死人，就算其全家倾其所有，也未必还得上。高家人一家的日子到底还过不过？鉴于此类事件的暴力走向，大家还是一致地替高秃子捏了把汗，那些放高利贷的前世何尝不是当年那些啸聚于学校附近的地痞流氓？一旦高秃子抛头露面被他们逮着，卸条腿都算轻的。俗话说"人不死债不烂"，亲爱的高秃子，你就永远别回来了吧，就让所有人当你死了吧。

孙矮子还提到高秃子的弟媳挺着个大肚子要养二胎的情况，这不免又让大家黯然神伤起来。响应政府的号召，在座列位亦有生了二胎或计划生二胎者。我们的生活是多么幸福啊，而我们亲爱的高秃子至今都没讨上老婆，也没见过他交往过女朋友，如果高秃子真死了，将来谁给他上坟呢？说到此处，我们不禁喝大，纷纷回家去了。到了家中，先看眼熟睡的孩子，用酒气熏天的臭嘴在其肉鼓鼓的脸颊上亲上一口，然后再爬上自己的床，从身后抱住媳妇——其实此时的孩子和媳妇无不表现出了对我们的厌恶。

我们发誓，我们再也不喝酒了。

我们发现，我们团结在以高秃子为核心的973班班集体自高秃子被我们认定必将死在躲债之路上后，我们确实没怎么喝了。

我们相信，在可以预见的未来，我们谁也别想活着离开这个世界，但我们的坟前有给我们烧纸的人。

谁能想到呢，高秃子回来了。

而且是带着蒋秋艳的父母一起回来的。在他们的怀中，是一个为红布包裹的盒子，它就是我们亲爱的秋艳姑娘。

按孙矮子的说法，秋艳早就离婚了。她嫁给了一个混账。在北京，我们鸭镇之花居然什么都不算，只算她那个混账前夫的一个沙包，这狗日的居然经常对秋艳动武。这还不是最要命的,我们的秋艳真是太不幸了,离婚不久就查出了肺腺癌。

你是说,高秃子借高利贷是给秋艳看病?我们问孙矮子。

我不知道。

高秃子是怎么跑到北京找上门的?

哎呀,不知道啊,孙矮子说,你们别问我了,待会儿你们直接问高秃子本人嘛。

我们太想知道前因后果了,我们慌不择路地赶到饭馆。我们来得太早了。高秃子本人还没到。

定了包间了吗?服务员问我们。

不知道,我们朋友说他定了。

他的电话号码是?

孙矮子翻开手机报出了一串数字。

哦,二楼如意厅,是高先生定的对吗?

我们像当年在班级上课时那样齐声答道:对。

# 引娣

吃过午饭，孙老太太靠在墙根下的一把藤椅上晒太阳。我们可以估猜，藤椅的坐垫是一件破棉袄。然后她和我们想象的一样，打起了盹。可能因为年老，我们还听到了鼾声。一条看上去比她年轻点的黑狗卧伏一侧。区别还在于，黑狗是公的。这么说是因为孙老太太稍有动静（诸如鼾声戛然而止、咂咂嘴之类），黑狗就会晃晃尾巴，多情地就地抬起一条后腿，露出器官。说它多情还在于孙老太太并没有如它所愿醒过来。一声叹息或一个被及时纠正的侧歪，无非是老眼昏花看不清的梦境时断时续而已。就算醒来，她也不会伸手替它挠挠痒，弄不好（视老太太的梦中景象而定）还会被老太太踢一脚呢。不过，它也无所谓了。抬起一条后腿能否获得挠挠痒，与偶尔被踢一脚同理，都是它生活的一部分。包括早年和老太太一起下地干活，发情期跑去找母狗等等，这些部分共同组成了它有限的一生。

老太太身后的水泥墙面，有部分开裂剥落。但可以看出，并不影响居住，距离危房还有很长一段的路要走。如果我们留心那些铝合金窗户（银白色窗框，淡蓝色玻璃）的话，则可以发现，这些窗户远远比房子年轻。若干年前的装修痕迹还以一些装修边角材料堆积在院子一角得以体现。此外，一台并不算很新的空调外挂机正静静地静止在老太太不远处。再退几步观察，往上，屋脊上架着的太阳能热水器则更加鲜艳。它在这样的晴天确保了一家人劳累了一天可以洗个热水澡，而如果长期阴雨，孙老太太及其家人大概还是得从床肚子底下端出已发霉的木盆来一场经典的盆浴。综合院内小径脚踏鞋磨的程度，以及晾衣绳上飘荡的各色衣裤，我们可以断定，在家庭生活成员方面，孙老太太家难得的还算齐全——有青壮年汉子（牛仔裤和一套七匹狼牌秋衣），有年龄比她小的女人（胸罩和女式内裤），有学生（校服和篮球板鞋）。不过，如果我们翻过院墙跑到葡萄地或者干脆站到葡萄地尽头的灌溉渠那里重新打量老太太的家的话，则会发现，与整个村子的人家对比，孙家不算出色，甚至有点寒酸。太明显了，和孙老太太家一样的几间大瓦房已经屈指可数，更多的是那些争奇斗艳的各式小洋楼。好在这一点必须远观，外人进出这个村子，不可能跑到田里去，只能在孙老太太家屋后的那条水泥马路上瞥上几眼。马路紧挨着各家院墙。院墙大同小异，距离如此之近，谁还会区分谁家楼房谁家平房呢。

这时候，黑狗突然站了起来，稍加思索，就一路狂吠着越过老太太平伸在小板凳上的腿，绕过屋角向外跑去，然后将自己的叫声集中在院门附近。孙老太太看来是个警醒的人，她只比狗慢一点点，很快也将自己挪到了墙角。在这里，她才可以直视院门。

虽然近些年治安大不如前，但村民们并不习惯大白天将院门关死。给串门串了一辈子的赵老太太陡然制造串门障碍，不符合孙老太太这种以善良著称的农村老大娘应有的道德水准。没错，门缝里确实是赵老太太那张皱巴巴的脸。她正在质问孙老太太的黑狗：要死的东西，你怎么连我也不认得了？叫，叫，再叫我就把你敲死。黑狗报以更响亮的叫声。

见孙老太太现身，赵老太太一改凶相，并自作主张地将原本虚掩的院门彻底推开，好让孙老太太知道有客登门拜访。只见她的身边站着一个四十多岁的陌生女人，长得还不丑。也涨红着脸在笑。但因为怕狗，笑得很慌张。

大妈！四十多岁的女人隔着赵老太太和密集的狗吠亲热地喊了一声。

孙老太太不得不将自己再往前移，她倒是没有想过去制止狗。事实是她家的狗除了欺生爱叫，别无所长，多年以来，它没咬过一个人，也干不过任何一条同类。孙老太太只是试图从日渐干枯的记忆里找出一张人脸跟这个四十多岁的对上号而已。但孙老太太只是徒劳一场。

引娣你不认得了？光明八队的，看来赵老太太记性要优于孙老太太，她是引娣啊。

引娣？孙老太太念了两声这个名字，似乎是为了赞美赵老太太优异的记忆力，仍然表示一时想不起来了。

赵老太太大摇其头，不得不跨前一步，将孙老太太拉到一侧搞了一番鬼鬼祟祟低声附耳。引娣听不清两位老太太在说什么，然后只听见孙老太太恍然大悟地"哦"了一声。黑狗闻听此言，很识趣地不叫了。

出乎意料的是，孙老太太延请引娣进屋坐坐，赵老太太却没有跟着进来。后者声称刚在门口剥的毛豆还没剥完，不剥完晚上吃什么呢，总不能忍饥挨饿吧。孙老太太也没强留。

引娣还给孙大妈带来了几样东西，一盒桃酥，一串香蕉，还有一盒牛奶。这让后者感到很不好意思。孙大妈不太愿意接受别人的东西，总让她有欠债的负担。考虑到太阳偏西，尚有余温，孙大妈嫌弃屋内太凉，二人就在墙根下分别落座。孙大妈仍旧占据藤椅，搭脚的小板凳则热情地让给了引娣。

引娣没有急着落座小板凳，而是在院子里转了转，上上下下看了许久。嘴里一个劲地夸赞：不错不错，蛮好蛮好。

好什么啊。孙大妈倒不是谦虚。

以前三间土坯房子我还记得呢，我还经常跟孙萍挤一张床呢，引娣说着，指了指空调外挂机附近，应该就这儿。

孙大妈表示同意，这几间砖瓦房的前世确实是三间土坯房。空调外挂机一带当年确实摆放过一张小床供女儿孙萍睡觉。这张小床和孙大妈孙大伯的大床仅隔着一道布帘。

这有好几十年了吧？引娣面露感动，终于在小板凳上坐了下来。因小板凳过小，引娣的屁股显得过于饱满硕大。

孙大妈不太同意她几十年的说法。就孙大妈的记忆来看，顶多二十几年。这是可以算出来的。女儿孙萍属兔，今年四十四，而引娣是孙萍的高中同学。孙大妈虽然不识字，但一斤肉三块五二斤八两多少钱是能一口报出答案的。不过，考虑到刚才赵老太太的一番窃窃私语，孙大妈没有纠正引娣这个算术问题，而是慈祥地点了点头。

孙萍在北京还好吗？引娣问。

显然引娣跟孙萍的交往应该停留在女儿考上大学那会儿。孙萍考上了，引娣没考上。引娣想考上，曾参加过两届高考补习班，但还是毫无结果。这期间，引娣和孙萍曾频繁通信。"北京"二字就此在她的脑子里扎下了根。而之后呢，之后是孙萍毕业去了深圳，在那里工作嫁人生子。这些孙萍看来没有在来信中告知引娣，或者说，北京之后，她们的通信已经断了。

孙大妈如实相告。且顿生愧欠之心，她找出孙萍给自己买的手机，第一个号码就是女儿的，然后拨打对方。但不知道为什么，孙萍的手机始终没人接。孙大妈于是把手机给引娣，说你把这个号码记下来，你以后跟她联系。

我没有手机！引娣的话让孙大妈颇为吃惊。她不禁重新打量了一下引娣，紧身牛仔裤，呢子大衣，脖子上还绕着一条挺好看的围巾。除了脸色暗黄，但五官端正，穿着打扮更是正常不过，怎么也看不出她这年纪的人没有手机。

让孙大妈更吃惊的是引娣说：我也不认得字了，都忘光了。

孙大妈掩饰了自己的吃惊。只好顺势问了问引娣的父母（都死了），兄弟（弟媳妇不欢迎她回娘家），丈夫（离婚了）。孙大妈不敢问了。这可真叫人伤心啊。

没想到引娣眼睛突然亮了起来，反问孙大妈：您怎么就不问问我闺女呢大妈？孙大妈刚蠕动嘴唇试图补救这个问题，引娣已迫不及待地讲了起来。她有个女儿，本来他老公（前夫）还想生个儿子，但国家那会儿不给生二胎，这不怪她。所以她可喜欢自己女儿了。女儿好，长得可漂亮了，一米六八，体重九十斤，眼睛比我的大，正在读大学。

在哪儿念大学啊？

当然在北京！嘿嘿。

孙大妈受引娣的情绪感染，也很高兴地和她一起笑了起来。

不过，等赵老太太在村里通报个遍再转回来的时候，她发现孙老太太和引娣在哭。孙老太太见赵老太太来了，就势止住了哭。引娣却不肯不哭。她哭得极其伤心。任两位老太太怎么安慰也不行。让她洗把脸到孙老太太床上歇会儿，她不同意；叫她等儿子媳妇回来了一起吃饭，也不行。引娣就这么嚎啕着冲出了门。两位老太太也不知道怎么办才好，只能站在马路上目送她。她先是跟二十几年前一样，出了门朝自己家（娘家）的方向走，再之后又返回。两个老太太赶紧迎上去。可这回引娣像不认识两个老太太一样，目露凶光，叫两个老不死的让开，也骤然止住了哭，然后雄赳赳气昂昂朝另一个方向走了。

孙老太太跟赵老太太是这么汇报的：她问孙大哥（孙老太太的儿子）情况的时候，我说儿子没什么出息，人家儿子都进城发财了，就他还在村里干泥瓦工。她也就是点点头，没发作。不过我说到我家那位（孙大伯）已经死了十几年的时候，她就哭了。然后你就来了。

儿子媳妇回来后，孙老太太也把引娣来的事通报了一遍。儿子只说了句"她不是早疯了吗"就到院子里给电瓶车充电去了。媳妇什么也没问，一言不发。孙子回来后见桌子上有香蕉，拿起来就吃。孙老太太想阻止他，但已经迟了，一根香蕉下肚，一盒牛奶也被打开了。

晚饭后,儿子媳妇各自用太阳能热水器的热水洗了澡后,夫妻躺在床上已经熄了灯准备睡觉。黑暗中,媳妇突然发问:她到底是谁?

谁是谁?儿子反问。

还装?

你说引娣?

是不是你的老相好?

什么啊,引娣是萍子的同学,那会儿经常到我们家来玩。

我说吧,里面肯定有事。

嘿嘿,儿子在黑暗中笑了起来,你要这么说我告诉你,那会儿这个引娣还真的长得不错呢,大眼睛,脸红扑扑的,两条大辫子,拖到屁股蛋上。老头子老是夸她漂亮,拿萍子跟她比,萍子还很生气呢……

夫妻二人床头夜话不提。孙老太太迷迷糊糊半睡半醒的当口,女儿孙萍打回电话。孙萍白天开会,没听到电话。后来也因为忙,没及时回。老太太将对儿子媳妇说的话又说了一遍。孙萍当然记得引娣,也在前几年一次同学聚会上从其他同学口中知道引娣疯掉了。不过,她必须提醒自己的老母亲,千万不要相信疯子的话。比如,引娣根本就没有女儿,

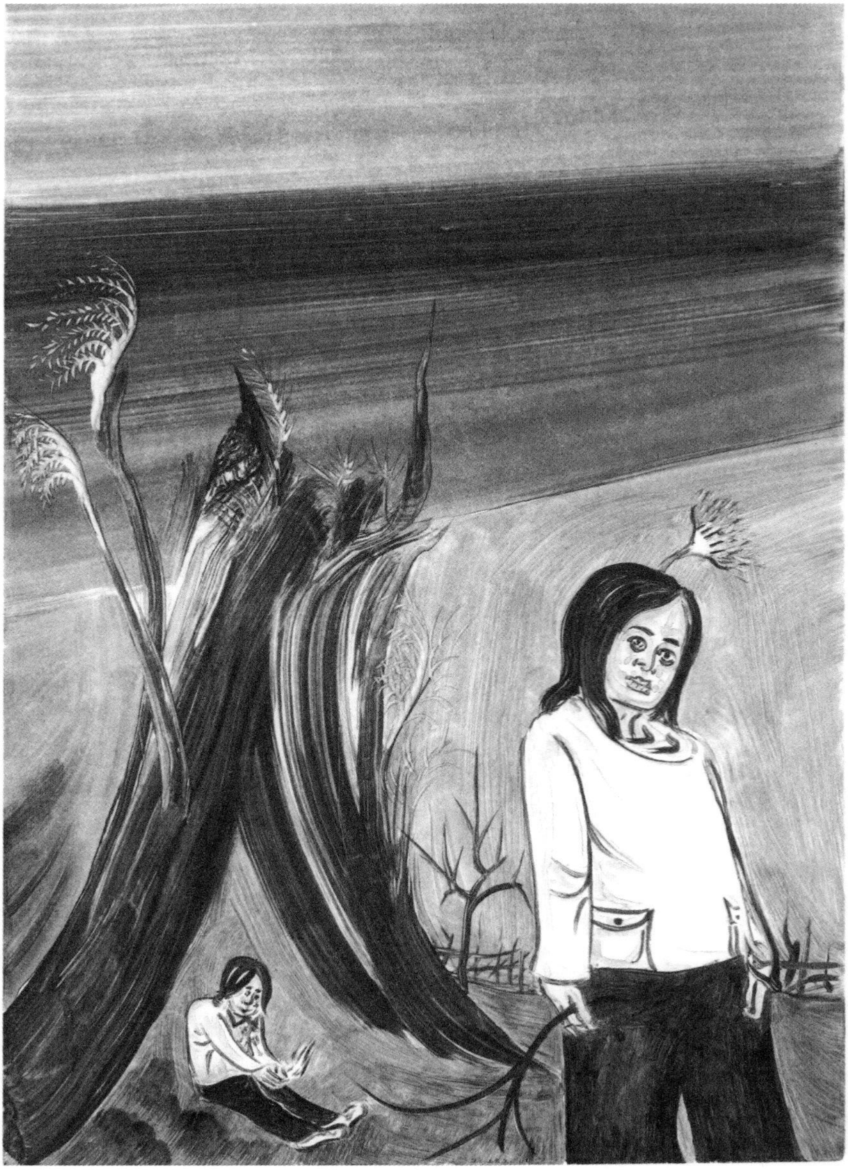

还北京读大学呢,据孙萍所知,引娣被前夫抛弃的原因很可能就是她不能生育。当然,引娣也不穷,据说前夫发了财,给了她一套房——女儿适时制止了自己八卦他人的恶习,回到母亲的血压和风湿,许诺今年带丈夫和孩子一起回来过年。至于引娣送来的桃酥、香蕉和牛奶,届时孙萍会想办法用其他途径还回去。女儿的这通电话才让孙老太太彻底放心。挂断电话,非常难得地睡了个好觉,甚至还梦见了死去的丈夫。丈夫从床上爬了起来,没有开灯,走到布帘那,掀开一条缝,窗口泻入的月光照在两个年轻女孩的脸上,而其中那个不是自己女儿的姑娘真是让他老人家发自内心的喜欢……

总之,因为睡得好,孙老太太以至于没有像平时那样半夜起来检查一遍院门有没有关,导致那条黑狗没了。次日赵老太太上门安慰孙老太太,不要难过,应该是被偷狗的人连夜敲掉了,这会儿被剥了皮挂在菜场的肉铺上还真说不定呢。

# 赵老师

有一个叫王奎的男子，三十来岁，据说自幼就很不听话。到了青春期也便成了当地一位逞凶斗狠的角色。坐过牢，刑满出狱后在家晃了几年，就跟人出去打工了。王奎没有什么文化，也没有技能，且好吃懒做，所以不可能往家寄钱。手上有了两个子，也无非吃喝嫖赌花了个光。逢年过节从不回家。其父母自称已经十几年没见过这个儿子了。父母虽然还有个女儿，女婿人也不错，但女儿女婿也长年在外打工，照顾不到这对老人。也就是说，老两口还是需要互相搀扶着到自家田里刨食。变化始自三年前，他们突然收到儿子寄自深圳的汇款单，而且数额不小，源源不断。老两口也不敢花，唯等儿子几时回乡再问个究竟。没想到，等来的是儿子王奎案发了。

王奎犯了什么案？这事讲起来得费点口舌，且案情血腥至极。敬请胆小读者到此为止，胆大者继续。

说是王奎认识了一个叫李红的女人，二人住在一起。这个女人每天晚上打扮得花枝招展，佯装为卖淫女（其最初身份确为卖淫女）出没于各个夜总会、酒吧等场合。不过李红跟嫖客应酬只是逢场作戏，她已懒得重操旧业，她真正关心的是其他卖淫女。比如卖淫女A，通过交谈和各种套近乎探听A的经济状况和家庭情况。有了底，李红再告知王奎。这时候，王奎也打扮一番，油头粉面夹着个皮包出场，俨然一个暴发户嫖客的形象。A见王奎出手阔绰，浑身名牌，也便谈好出台价格与之返回租住地。A想不到的是，一进屋，眼前不仅有李红，还有另外两个灰头土脸如狼似虎的男子甲和乙。

A自此进入了真正的地狱，各种酷刑和虐待之下，A需要配合完成如下事务：

一、交出银行卡和密码。

二、交出自己住处的钥匙，王奎委托甲或乙前往，将财物搜罗一空。

三、是叫A打电话给自己的亲友借钱，能借多少借多少。

四、向王奎和甲乙提供性服务。当然,这并非第四步,可以视情况穿插于一二三任何步骤中。

五、A被彻底榨干之后,杀掉。

杀人可能是一件易事,但处理尸体确为一件技术活。这里值得一提的是,甲为屠户出身,乙在机床上干过。甲负责分尸。尸块由李红和王奎使用硕大的钢精锅煮烂(为了不产生让邻里怀疑的异味,锅里放置了大量的八角、桂皮等香料),再使用电动绞肉机绞为肉末,由抽水马桶冲走(马桶内倒入大量的润滑剂)。乙则将骨骼钳碎,钳碎的骨骼不具人形,故乙用塑料袋子装好,丢在羊蝎子之类的饭馆门前的垃圾桶边即可。

这个分工有序的犯罪团伙究竟干了多少起,他们自己也记不清楚。但可以肯定的是,他们的作案对象非常精准,只针对卖淫女。何以如此?王奎交代,卖淫女鉴于其营生的非法性质,大多离乡千里,家人并不知其身在何处靠什么生存。关键还在于,卖淫女普遍不使用身份证,也很少会在当地办理暂住证,流动性极大,并不会与任何人或单位构成社会关系。也就是说,一个卖淫女从这个世界上消失,没人知道。虽屡屡有家人亲友因借款事后寻找女儿并报案,但公安机关无从侦查。

王奎一伙之所以最终落网,只与他们的懈怠有关。可能是润滑剂用完了没买新的，也可能是肉块未能绞碎，总之，他们在流程上出了错，导致整栋楼下水道堵塞。市政工人在清理下水管道中发现了一枚人类眼睑。不过，此次他们巧妙地逃走了，并未被抓获。抓获是由此事所引发的警惕性造成的。我们必须赞美我们的警察同志，他们发现了案情，就会不放过任何蛛丝马迹将案子侦破。至于最后如何抓获四人的，在此不赘。回到案发当天，警察们将整栋楼围得水泄不通，逐层排查，最后踹开王奎他们租住的房门时，映入警察眼帘的是煤气灶上的蓝色火焰仍在平静地燃烧，沸腾的钢精锅里翻滚着一颗头颅及其长发。而在楼下的封锁线外，王奎等人与其他市民正被维持秩序的警察挡在看热闹的人群之中。

上述这个案子显然来自于新闻报道，赵老师彻底被这一期的《法治在线》节目震住了，以至于久久陷在沙发上不敢起身。后来他发现家里没开灯，才赶紧爬起来把灯全部打开。多年以来，出于节省用电的习惯，赵老师看电视从来不开灯。要说这一习惯的养成还有赖于其亡妻的生前习性。现在他才明白过来，并愤怒至极，死去的老婆子真是死有余辜，看电视不开灯确实是一个巨大的错误。

赵老师关掉电视后,血压仍然没有降下来。他又开始怀念去年死掉的老婆子。最后,他实在忍无可忍,才决定给儿子打了个电话。

赵老师很少给儿子打电话,深更半夜打电话也仅有一次,即去年老婆子死掉那次。儿子在深更半夜接到乡下老父的电话,也确实吓了一哆嗦,总不至于父亲也死了吧。但电话确实是父亲的号码,儿子命令自己镇静点。不错,话筒里传来的声音也是父亲的,儿子放下了心。

又咋了爸?

没事。

你也不看几点了……

几点?

一点半了!

对不起对不起……年纪大了后,赵老师在儿子面前确实谦逊了不少。

没事就挂了啊?

好,好,不过……

嗯?

你明天还是想想办法跟霞子联系一下吧。

你叫我到哪儿去找?

赵老师一儿一女。儿子马马虎虎,进城打工,也就一直在城里混着,老婆孩子都接了去,大概是能养家糊口吧。女儿赵霞则不然，谈了几次对象都没谈成，给饭店端过两天盘子，不爱干，去年借奔丧的机会跑回了家，天天睡到中午才起来。赵老师看她也不顺眼，父女吵了几次，赵老师话讲得有点重，赵霞一赌气离家出走，过年也没回，一点消息也没有，都整整一年了。

你也真是，你都跟你女儿说什么了把她气跑了？第二天赵老师跟张德贵在村道上闲聊时，后者问。

张德贵是村里同龄人中唯一能让赵老师吐露心声的人。张德贵以前在村里当过会计，赵老师在村办小学当过代课老师，也就是说，他和张德贵都算端过公家饭碗。赵老师没能民办教师转正，张德贵也不算什么公务人员，总之二人都没有退休金。而早年在供销社当过干部的老魏，一个月有好几千的退休金，赵老师就不爱跟他说话。

赵老师坚称自己没说什么过分的话。

我是她老子，她是我女儿，我能说什么？赵老师反问张德贵。

也是，张德贵同意赵老师的观点，你家霞子也真是。

不过，赵老师没问张德贵有没有看昨晚的《法治在线》。张德贵客气了一番，叫赵老师到他家吃午饭，后者照例摇手拒绝，然后背着手忧心忡忡地走了，背影看，跟当年当民办教师时确实一样。没人觉得会发生什么事。

在乡村舆论中，赵老师显然是一个失败的人，或者命不好。别的民办教师都转正了，就他没有。有人说他考试没考合格才没转正，但赵老师的说法是自己没给文教办的人送一条烟。失败还在于赵老师的一对儿女没成才。自己身为教师，就算是代课教师，也应该把儿女培养出来。这话是死掉的老婆子经常拿来指责赵老师的。尤其是赵老师的女儿赵霞，她自幼就比她哥聪明，成绩一直很好，人也长得标致。村民至今都记得村办小学每年六一儿童节赵霞扎着两条小辫子在台子上唱歌的样子。谁能想到这么聪明可爱讨人喜欢的一个小姑娘连初中都没读完呢？在中学，赵霞尽跟那些地痞流氓鬼混。这显然与赵老师不会管教子女有关。赵霞的情况不也恰恰证明了赵老师并非一个合格的乡村教师吗？他被清除出人民教师的队伍并不冤枉。

初二下半学期，赵霞记得很清楚，也就是赵老师被清除出教师队伍的那一段时间，她爸爸看了她的成绩单，沉着脸，然后劈头盖脸就是一顿暴打。其时她已经是大姑娘了，有众多男同学热衷于偷偷看她、几个小流氓争先恐后讨好她为证。回到家却遭到了亲生父亲的家暴。赵霞那时就对父亲和这个家绝望了。

打累了后，赵老师气喘吁吁地坐在椅子上说：脸都给你丢光了，还是别念书了。

奇异在于，少女赵霞虽然恨父亲，但在念不念书的问题上，父女完全是一条心。

张德贵记得赵老师曾在他面前流露过没让赵霞继续读书的悔意。赵霞倒没后悔过，但她有过相关的自我辩护。她记得自己的初中语文老师老是叫她到后者的宿舍去背课文，她很不喜欢那个老师，尤其讨厌他关上宿舍门后屋里的光线和气味。她也从来没有跟地痞流氓们鬼混，这都是老师和同学们对她的污蔑。相比于广大师生，校门口那几个小混混对她倒是真的很好。

赵霞是再次回来奔丧时才在跟村人的闲聊中展开回忆的，毕竟她的父亲也死了，在死亡面前搞搞回忆也正是时候。当然，村人相信赵霞以后大概是不太会搞什么回忆了，她肚子大了，跟她一起赶来奔丧的正是当年那个在校门口名叫张亮的小混混。张亮现在做物流生意发财了，他一点也不否认赵霞肚子里的娃是他的，他也不否认他准备在孩子出生前跟赵霞把婚事办了。谁能想到呢，赵霞的爸爸赵老师喝农药死了。

赵老师下定决心喝农药，也费了好几天时间。赵霞的哥哥记得那几天父亲起码给他打了十几次电话，每次都询问赵霞找到没有。哥哥确实不知道赵霞的下落，也没有联系方式，他在工地上干建筑工人，很累，对父亲的电话确实烦不胜烦。事实上他在此期间遇到过张亮，张亮请他喝过一顿酒，他隐约记得张亮对他的热情超乎寻常，他也记得妹妹读初中的时候就跟张亮混在一起过。但也正是这个原因，他出于某种兄长的尊严，没有向张亮打听妹妹赵霞。虽然很烦老父的询问，作为儿子，他还是跑了一趟妹妹赵霞之前端过盘子的那个饭馆，一个染了黄头发的瘦瘦的小丫头告诉他，赵霞一年前就去深圳了。他于是把此话转述给了父亲赵老师。

也就是这通电话后，赵老师喝了农药，被上门聊天的张德贵发现，但为时已晚，人已经死了。

没错，赵霞在展开回忆的时候说，我爸真不是人，如果他不是死了，我还是不愿意回来。

他讲了什么话你那么气啊？大家问。

他说，赵霞摸了摸自己的大肚子，也看了眼张亮，满不在乎地说，他说我二三十岁的人了，不挣钱，吃他的，问我好不好意思，然后说，实在不行，你就去当婊子，还说，干这个的多了。

哦，原来如此，大家这才恍然大悟。

不过，赵老师为什么喝农药自杀的问题就这么被转移开了。如果张德贵及其他人还想深究的话，也只能百思不得其解，因为他们没看过那一期的《法治在线》，就算看了，也只是看了一期《法治在线》。

# 钓起来

刚开始,他也和你我一样习惯于在周末扛着鱼竿去钓鱼。也不用跑远,自己家门前的水塘就能伸竿子。到晚回家,怎么着也有斤把鲫鱼的收获(偶尔也有青鱼、昂刺鱼和鳊鱼之类)。红烧、清蒸、氽汤,做法视大小而定。也腌,尤其是小鱼,凑几个大太阳,晒干,然后搁铁炉子边烘烤,翻两次身,双面焦黄后就好了,撕开了一丝丝吃,真是异香,特别下酒。吃不完就送人。

周芹不爱吃鱼,也讨厌他浑身的鱼腥味和骚臭的蚯蚓气息,一度反对他周末出去钓鱼。他那阵子确实没怎么钓过。但周芹很快就怀孕了。不仅他妈认为鲫鱼氽汤下奶,周芹自己的妈也持相同看法。所以,在周芹的整个孕期和产期,他都可以理直气壮地去钓鱼，而且讨厌吃鱼的周芹居然"喝了整整一吨的鱼汤"（周芹语）。结果看起来却出乎所有人的意料，周芹始终挤不出一滴奶来。鲫鱼真是白钓了。周芹更厌恶吃鱼了。

"赵即啊，你可怜哦，一天奶没喝过，你是喝奶粉长大的！"儿子小学的时候成绩不好，周芹总是很生气，免不了打骂，奶奶就护孙子。不过，多年以后儿子赵即读到高中，饭桌上周芹不经意间提起这句话，赵即才隐隐觉得有点不对。奶奶名义上是帮孙子，但言下之意却是对周芹责骂儿子"笨得跟头猪一样"这一论断的无限认同，但奶奶的言下之意并未到此为止，而是指出：赵即的笨显然不是遗传他们赵家，责任在其母，在其滴奶不产的乳房。高中生赵即悟出奶奶话中的意思，说明他确实不笨，这既粉碎了周芹"笨得跟头猪一样"的论断，也粉碎了喝奶粉长大的孩子都是阜阳大头娃娃的恶意揣测。这作为家庭内部的一个段子，在多年之后被重新提起，当年婆媳之间的明争暗斗不仅早已随着奶奶前几年的离世而烟消云散，反而散发着某种脉脉温情。周芹笑，赵即也笑。

见此情形，他也趁机突然抛出一个意味深长的问题："赵即，你知道你这名字我是怎么给你起的吗？"

周芹显然想抢答,但她确实没那么快的反应。还是高中生脑子快,眼珠子一转,说:"鲫鱼的'鲫'去掉'鱼'字旁,是不是你钓鱼时给起的?"

事实上一家三口的关系并非一直这么和谐融洽,在他看来,绝对谈不上美满。尤其是最近几年。奶奶还活着的时候,周芹就有了点苗头,先是上班迟到早退,再后就是三天打鱼两天晒网。当然,周芹不喜欢鱼,不打鱼,她的晒网就是到楼下小区外面的棋牌室打麻将。棋牌室是老鬼开的。老鬼是他和周芹的初中同学。老鬼当年在校园内就是一个混子,逞凶斗狠,没读高中就到社会上去了。坐过几年牢,做过谁也说不清的生意。在外面混得好不好他不知道,但他知道老鬼可以忽略不计的脖子上那条假如不是假的的大金链子起码值个十来万。现在老鬼携其操着外地口音的老婆孩子回到鸭镇来混,就在他们楼下开了个棋牌室,每天乌烟瘴气,人声鼎沸。幸亏奶奶死了,死得及时,否则看到儿媳周芹从公司里辞了职,撂下家里的一切家务整天出没于老鬼的棋牌室,就算不死,也活活气死了。问题还在于,因为周芹打麻将的缘故,老鬼和他们一家居然变得热络了起来,经常带着自己老婆孩子邀请他们一家下馆子吃饭,周芹也难得地下厨忙活了一桌菜请过老鬼到家里来。老鬼自称性情中人，喝多了什么话都敢说。他除了当着自己老婆的面赞美他和周芹这对中学时代的金童玉女，还在自己老婆不在场的时候当着他的面赤裸裸地赞美二十多年前的少女周芹。是，他同意老鬼的话。中学时代的周芹真是漂亮。这也正是他读了大学（周芹没考上）后来分配回鸭镇政府端上所谓的铁饭碗仍对她念念不忘并最终娶了她的原因。他不认为自己是醋意大发，老鬼的言下之意也指出眼下的周芹只是一堆豆腐渣。他只是觉得老鬼这样的说话方式很不得体，让人难堪。更要命的是周芹的蠢相，她居然对别人赞美二十多年前的自己很受用，很感动，还抢过他的杯子要跟老鬼走一个。天哪，周芹什么时候喝过酒，他可从来没有看过和听说过。

赵即就更让他操心了。赵即虽然高中成绩好于小时候，但也并不理想，未必能像自己一样考个二本。当然，他也没迂腐到那个地步，认为非得要读名校。他私自认为赵即脑子还行，将来只要有个能相适应的平台，混碗饭吃应该没什么问题。问题是，赵即老给他添麻烦，早恋、晚自习溜出校门泡酒吧、和老师顶撞，还有一次居然无照驾驶被交警活捉。而他将这些麻烦帮儿子统统解决了后试图和儿子聊一聊的时候，儿子都嬉皮笑脸地将他任何张嘴说话的企图都有效阻止了。

"爸，你们领导最近没批评你办事不力吧？"

"爸，我不是假期在光洋KTV勤工俭学嘛，我告诉你个秘密，我看到你们办公室那个新来的小妞被个中年老男人搂着，如果那男的不是秃头，我还以为是你呢。"

"爸，老实说我挺同情你的，我也同情我自己，咱们中国人怎么就这么累？爸，你别东张西望，你看着我眼睛说，你说你到底觉得自己活着有什么意义？"

……

在赵即的年龄，他未必有儿子的经验，也几乎从来没有考虑过赵即提出的问题。也就是说，他青少年时代的既有经验和人生观对儿子赵即不具备任何教导意义。而动用成年人的那一套世俗标准来发言，显然又是不合时宜的。有时候，他甚至为儿子这些话而窃喜，他羡慕甚至崇拜自己的儿子——如果他们是高中同学的话。所以，当赵即收敛了嬉皮笑脸，突然很真诚很严肃地向自己提出："爸，你想办法让我出国去读书吧"时，他居然有点感动，也有点羞愧。"我能力有限"这句话几乎破口而出，但还是咽了回去。然后他像所有的父亲那样喝止住儿子的胡言乱语，完全无视儿子不耐烦乃至鄙夷的神色，慷慨激昂地说了一通冠冕堂皇的套话和废话。说得唾沫四溅，说得怒目圆睁。每次事后他几乎都能看见自己的样子，他对自己真是太失望了。

最终，他觉得家里那摊子事也没什么。周芹和儿子赵即并没有什么特别的。周芹确实用不着上班，他们四套房，有三套房的租金，这足够周芹在老鬼那输赢的了，就算她全输了，他的工资也养得起家。赵即更没问题，他年轻，浮想联翩，精力充沛，不甘平庸，略有叛逆。如果赵即铁了心出国，而且确有眉目，卖掉三套房也不是不可以。总之，母子都很正常。另外，真的有所谓的幸福人家吗？反正他将信将疑。还是去钓鱼吧。自然山水天人合一之类的漂亮话就不说了，提竿一震、一条鱼被提离水面那种瞬间的快意和满足感此时此刻对他来说显得那么弥足珍贵，简直能让人感动得掉下泪来。正如他和那个叫老魏的钓友互相在水边遇见时彼此招呼的话那样——钓起来。

不过，现在的问题是，鸭镇早已今非昔比。农民全被赶上了楼（四套房就是拆迁赔偿所得，一家四口一人一套，在长寿时代奶奶未到八十就英年早逝，据说也与不习惯套房有关），所有的土地都被圈占了，而密布于这些土地上的那些河塘沟渠也都被承包或租赁。没有野河野塘供他横竿。如果去那些专供垂钓的鱼塘，主家碍于他是镇政府干部未必会收钱，但也正因此，他不可能去。好在鸭镇毗邻长江，在老魏的带领下，鸟枪换炮，他早已学会在长江里钓了起来。

长江里的鱼除了河塘中的那些种类，还有鲢鱼、鲤鱼、鮰鱼、刀鱼、铜鱼、江黄鱼……种类繁多。一般的河里钓鱼，基本上会钓到什么鱼，都是可以预知的。而在长江里，可以毫不夸张地说，你根本不知道下面一条破江而出的是什么鱼。这种惊喜在我们已知的世上并不多见。还有一点很俗很关键，那就是长江里的鱼吃相凶狠、力量巨大，钓上来的都是巨硕之物。十斤二十斤的大鱼死死咬住你的钩子，你甚至被它拖到了水里，好在你没有丧失判断力和机巧，与之斗智斗勇，互耗体力，最终你因现代渔具的韧性和巧妙以及轮线抛竿的物理原理战胜了大鱼。你战胜了你的对手，你吃掉了你的敌人，在所谓的文明社会，这种野蛮据说也让人局部恢复了血性。虽然周芹至今保持着对鱼的憎恶，好在这些鱼的质量和体积足以使之能构成礼品，所以让周芹送给张三李四，送（卖）给老鬼的棋牌室让牌友们大快朵颐也算是物尽其用。

无数个周末，无数个烈日或风雨，他站在江边抛竿收竿，怎会想到自己得了肝癌。单位体检并不明确，两三家复查后，确定了。虽然不是晚期，但医生告知并不乐观，随时有恶化的危险。他心乱如麻。因为虽然年近五十，他还从来没有想过自己会死。震惊之下，他甚至想不起来要和周芹和儿子说这件事。这不是蓄意地不说，而是太过分沉浸在对肉身的自省中而忘了他还有家人可以分享这个噩耗。等这一情绪稍微平稳，他曾试图告知携带一身棋牌室呛人烟味的妻子。但周芹太累了，还没等他琢磨好措辞，前者已经打起了鼾声。考虑到自己是父亲而不是儿子，他决定在告知周芹之前，暂且不告诉即将高考的赵即。

次日又是周末。醒来，周芹料已去了棋牌室。他惊异于自己居然睡得这么死。这是从来没有过的事。多年以来，朝九晚五早已铸就了他的生物钟。所谓睡到自然醒大概是上辈子的事了。或者，是疾病的一个征兆？

可能与睡眠充足有关，即便想到疾病，他也没有像前两日那样心如刀绞，而是目光柔和地审视了一番自己的家。衣橱还是那个衣橱。其中一道门始终关不严，里面的衣物总是试图涌出来，像一个肥胖的偷情汉子那样藏不住自己的臀部。虽然蒙了一层灰，但电视机屏幕还是较为准确地反射着他坐起的身影。阳台上飘荡的衣物是前几天的，因为昨天他情绪激烈忘了收，习惯于丈夫料理家务的周芹更不可能收……这一切都和过去的这些年一模一样。真好，什么都没有发生。一切如常。

所以，他没有理由不像以前一样在草草吃完早饭后带着家伙开车前往江边。在路上，他想到老魏肯定会奇怪他今天迟到了，还在后视镜里看到自己嘴角撇出了一丝笑。果然，老魏见他到，大喊今天真是钓鱼的好日子，邀请他去观赏他短短一个小时的重大收获。他看了看，真不错，两条足有二十斤重的大花鲢。他称赞了老魏和花鲢，然后打窝，然后串虫，然后抛竿，然后静候铃铛响起来。

他很明确自己和往常一模一样，没有一道手续是错的。但他完全不知道自己望着江水看了足足有两个小时一动没动。在这两个小时里，他既不知道老魏又钓了四条鱼，也不知道有一个钓友曾走过来想跟他一起抽一支烟。这些都是二人事后告诉他的。

"你睁着眼，但魂好像不在身上。"老魏说。

另一个人说："递烟给你，你不仅没接，头也没回。"

所以，最后铃铛响了，还是老魏跑过来摇醒了他。他这才收竿。

"操，这条不得了，"老魏凭鱼竿的弯曲、鱼线的紧绷和他摇轮的吃力劲判断道，"快，加把劲，别叫它跑了。"

在拖出水面之前，老魏又狐疑了起来，"这条大的怎么会不搅？"

然后终于拖出了水面，黑乎乎的一大团。

"什么屌东西？"老魏叫，"拉近点。"

"操，是个人，死人。"

然后周围所有的钓友都赶了过来。大家七嘴八舌，呸呸直吐唾沫。最后在大家的催促下，他打了报警电话。

警察来了。

老魏劝他，鱼竿渔具都不要了。还有，赶紧去买挂鞭，再买几刀纸。放了，烧了。他照办了。

回家吧。回家。

回到家，周芹还没回。儿子赵即更不知道身在何处。

他在客厅沙发上坐了下来，一直坐到天黑。如果不出意外的话，他想，坐到天亮也没事。

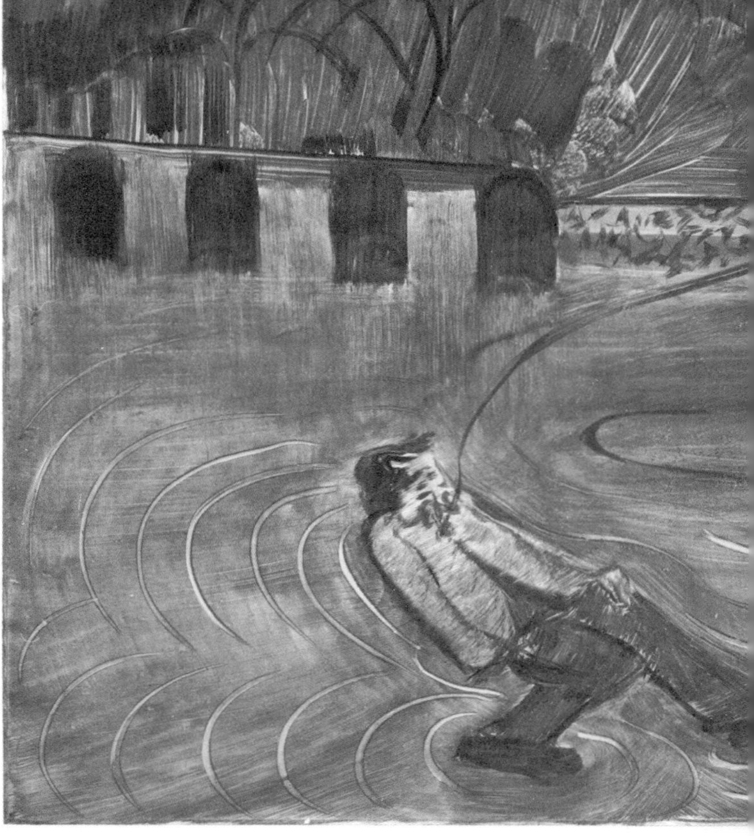

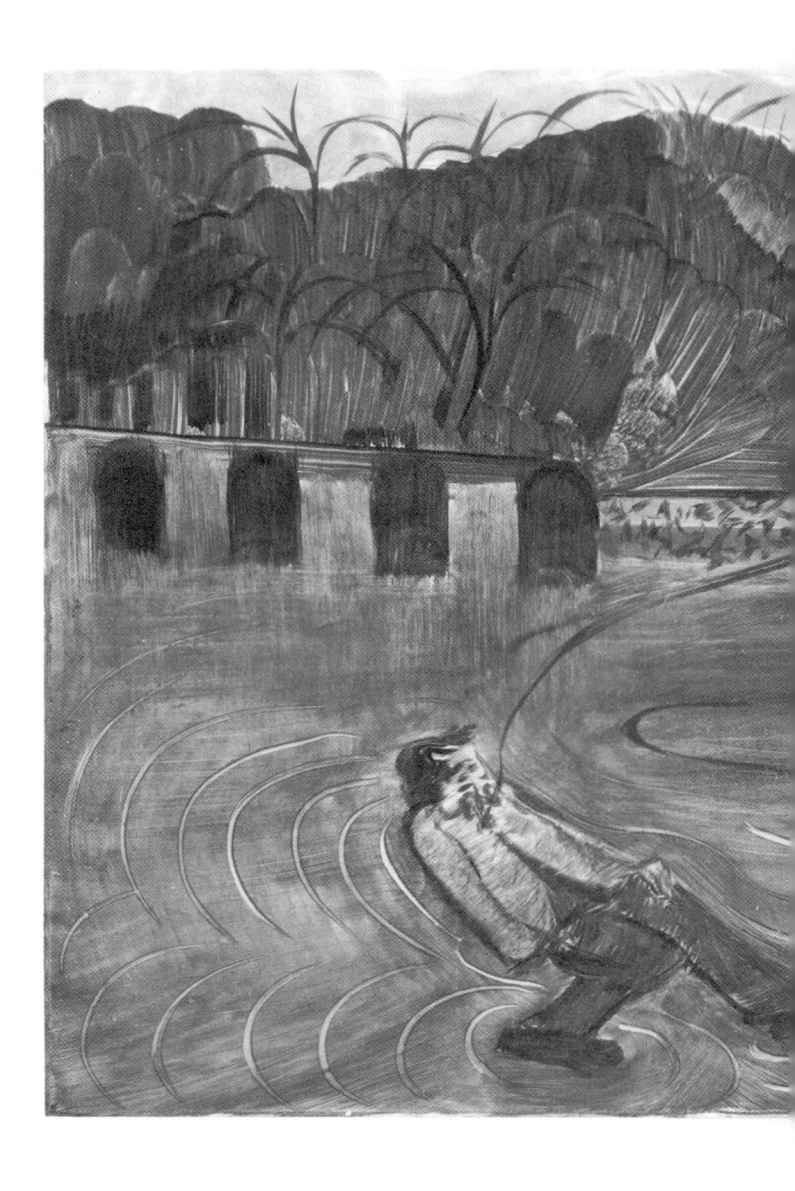

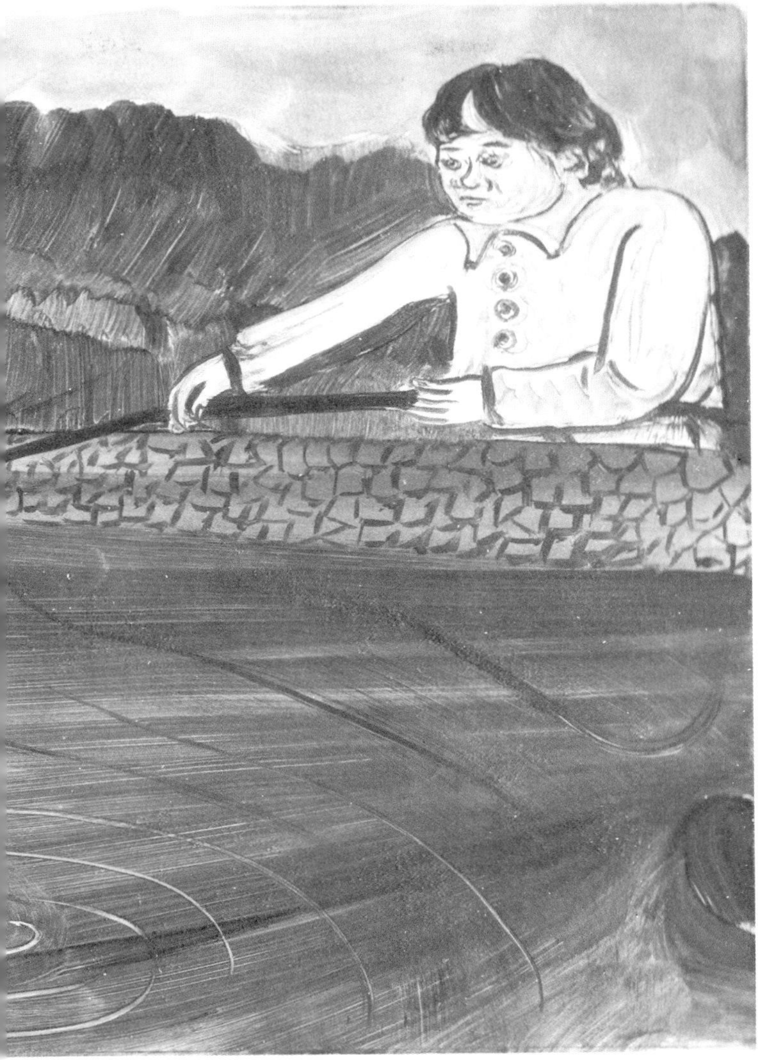

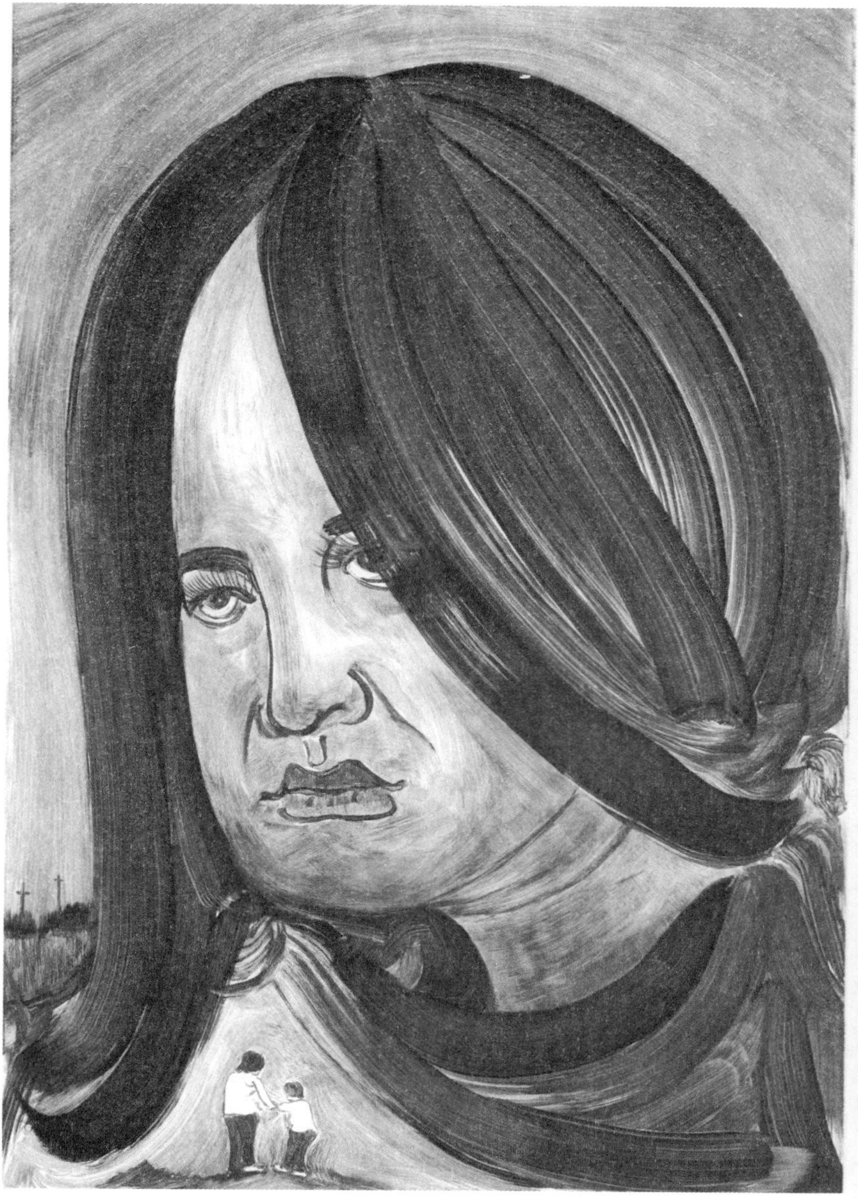

# 穷人

师范大学毕业后，魏明本可以回到鸭镇当一名教师，但他志不在此，留在了省城。自出生到所谓的高四毕业，好不容易考上大学，长达二十年的乡村生活不仅没有让他形成乡土情怀，反而加深了他对乡村生活的厌烦和对熟人社会的深恶痛绝。其实很多朋友都是农村出身，但像魏明这样不失任何时机地急于表达他对农村的愤怒和攻击的，确实少见，总之给朋友留下了极其深刻的印象。一个自幼生活在城里名叫顾益群的家伙曾有鉴于魏明的一贯秉性蓄意地在饭桌上向后者提出"什么时候邀请大家去你老家吃一顿农家饭嘛"，这不仅遭到了魏明的当场拒绝，而且二人多年的友谊也就此暂停。

魏明的前女友们，很大一部分其实都是朋友们介绍给他的,或带到饭桌上被魏明厚颜无耻抢先得手的。但即便如此,他跟她们分手后,这些大家都熟悉的女孩往往就人间蒸发了。他不许她们出现在自己的朋友圈,如果她们胆敢出现,那么他就不出现,而如果他和她们"巧遇"于某张朋友的饭桌,他就冷酷地说:"后果自负。"魏明无性别差的暴力倾向确实臭名昭著。几乎所有前女友都饱受过他的老拳。也只有一身肥肉体重超过两百斤的顾益群敢偶尔拿他开个玩笑。那句农家饭的提议若出自别的朋友之口,魏明怕是要掀桌子的。

虽然除了上述两大缺点魏明浑身长满了优点(后者才是大家接受他作为多年老友的原因),但在顾益群看来,魏明他妈的真不够哥们,你跟刘娜不谈了,我顾益群为什么就不可以跟她试试?顾益群蓄意激怒魏明并让对方率先提出绝交,现在看来可以说是顾益群老奸巨猾的所在。他确实于之后单独约过几次刘娜。刘娜有没有从了他,谁也不知道,因为以古道热肠闻名于世热衷于分享个人经验的顾益群没说。不过刘娜对他说过有关魏明的一件事,顾益群还是分享了。

刘娜说,魏明像所有人一样,睡觉也爱做梦,做完梦醒来也爱对枕边人复述。不过,魏明无论置身何地,无论梦见何人何事,梦中的场景却是永恒的，那就是谁也没去过的魏明的老家——鸭镇塘村。魏明虽然永远不会把刘娜带到实地去考察一下，但他还是乐于口述一番。他梦见刘娜从公司里辞职了，站在他老家房子后面的河边看着那株桑树发愣。越过草垛，魏明还看到他妈妈蹲在河边的那个石板上淘米，看样子是准备做晚饭。他想问问他妈米淘得够不够，毕竟刘娜来了。这时候魏明早已死去的父亲却从身后拍了一下他的肩膀。他吓醒了。

"而且哭了。"刘娜说。

总之，这些年，魏明跟顾益群等一干朋友一样，混得并不好。工作换来换去，谈了那么多女朋友一个也没留住。索性按眼下的硬性标准来看吧，魏明都快四十的人了，没房没车没钱。最要命的是魏明去年还出了场车祸，在打工子弟小学门口被一辆送孙女上学的电动车撞了。幸运的是，魏明活了下来，不幸的是，魏明一条腿瘸了。比货真价实的瘸子好点，比不瘸的人还是较为明显。而更大的不幸是，撞他的人是比他还穷的人。善良的魏明曾在病床上请求已经因病复合的老友顾益群，如果有可能的话，能否替他看望一下那个孙女？他说，在病床上躺了大半年，每天都能听见那个小姑娘哭。"告诉她，别怕。"

朋友们最终还是以探望老友的名义成群结队地来到了魏明的塘村老家，并且实打实地吃了一顿由魏明老母烧煮的农家饭。只是顾益群因临时有事，反而没吃上。有刘娜透露的点滴信息做底子，大家没有对魏明的塘村老家表示出失望和惊喜。嗯，确实差不多，塘村有一条小石子路，路的右侧是农民家，左侧则是一条长满水葫芦的接近于臭水沟的小河。在河岸，是农民们码垛的柴草堆。河对岸则是郁郁葱葱的农田。众人吃的农家饭就是对岸农田所出，而把它们烧熟的则是此岸柴草堆由魏明老母拔出的一捆干草。至于魏家的三间瓦房，因无刘娜提供的信息，大家进了门不免有点不好意思。确实寒酸了点。堂屋地上毫无规则地堆积摊放着竹弓、塑料薄膜、红薯、土豆等，厨房里的大灶则因年深日久黑乎乎的。魏明老母一会儿弓身潜入灶下添柴，一会儿又如鬼魂一般揭开锅盖飘荡于烟雾之中。魏明的房间也仅一床一桌，别无长物。值得一提的是，因行动不便，魏明苦于到屋后茅房里如厕，一只敞着口的粪桶就在床尾不远处经久不息地散发着臭味。见此情形，众人哪里还有心在魏家吃饭，一致决定把母子二人就近接到鸭镇的农家小饭馆吃饭，但这再次遭到了魏明的严词拒绝和厉声呵斥。考虑到魏明的固有脾气和现实处境，大家不敢坚持，只好就范。

饭间，众人除了安慰魏家母子，确实也找不到什么好话来说。魏明倒是表现坦然，热情异常，居然还幽了一默，说："可惜顾益群没来。"

回城路上，大家都心情沉重，没人说话。众人都给魏明老娘塞了或多或少的钱。但也就这点心意了，谁叫我们都是穷人呢。反正他们觉得自己是再也没有勇气来鸭镇塘村了。和他们刚才饭桌上安慰母子二人的话相反，谁都笃定，魏明那条腿确实废了。因为这是医学，而医学是科学。他们为自己能力有限，没法从命运的角度帮助这位因意外残疾只得返回破败老家的老友而深感羞愧。

顾益群来过的次数最多。有结伴的情况，更多的是自己来。

据顾益群说，魏明不打算回城了，人到中年，他坦陈自己大学毕业留在城里在世俗层面未必是明智的。就说他的一个师范同学吧，与他相反，回到了鸭镇，早早分到了单位的福利房，早早地娶妻生子，现在都当副校长了。这难道不是魏明未曾走但在当年完全可以走的另一条路？一条是通往副校长的路，一条则是通往残疾孤寡老人的路，在最初选择的时候，谁也没法预测。也不是后悔，而是奇妙。魏明说，他不会简单地把这个理解为选择的对与错，而是,"怎么说好呢,命?报应?"这有点玄了,顾益群也不擅长,他只能活跃气氛,建议魏明学学张海迪海伦凯勒之类的。所谓塞翁失马,"哈,我记得这个故事里确实有个瘸子。"

"最近跟刘娜还有联系吗?"魏明问。

"操,"顾益群赶紧摇晃自己的肥手,"没有没有,绝对没有。"

魏明似乎眼角含泪,居然对顾益群吐露起了衷肠。他说,他交往过的女朋友中,最念念不忘的其实就是刘娜。

顾益群没说假话,刘娜的手机早就停机了。即便如此,回城后顾益群还是找了找刘娜,目的无非是转达残疾人魏明对她的怀念,但确实没找到。

太惨了。写到此处,笔者都要同情魏明了。不过,这并非事实,或并非事实的全部。

魏明毕竟是塘村唯一的大学生,在鸭镇,同龄人中恐怕也不多见,不少乡亲至今还能听见二十年前魏明考上大学时燃放的鞭炮声。到底算一个曾经的体面人,起码也是一个体面的残疾人。亲戚朋友探望者络绎不绝。顾益群说,为了使探望者有个良好的印象,魏明不仅将床尾的粪桶移至别处,而且三间瓦房还翻修一新。鉴于他的伤残状况,鸭镇政府和塘村大队都分别上门表示过关心。当时顾益群也在场，政府甚至还考虑到魏明当过报纸编辑，表示鸭镇文史馆确实缺一个事业编名额。不过，这年头事业编需要公开招聘，要走程序，所以还请魏明魏大学生恭候一段时间。也就是说，如果此事成真，魏明确实因祸得福。所有的朋友都是社会闲散人员，事业编还了得。

而且顾益群多次往返鸭镇塘村也并非他与魏明交情深于旁人。他第一次来就发现：鸭镇距离城里没想象得那么远，而此处发展缓慢，在日新月异的当下，确为难得一见的乡野风光；更牛逼的是，鸭镇野河野塘甚多，且靠近长江，对于四下寻找水域的钓鱼发烧友顾益群来说，真是意外之喜。也就是说，他每次都是扛着钓竿来的。到了饭点，就直奔魏明家，扒两口饭，顺便听后者扯几句淡，然后嘴一抹再奔河塘。

自然而然的，赋闲在家静候事业编考试的魏明最后也扛上钓竿跟顾益群一起去钓鱼了。对河塘和钓鱼，魏明可谓轻车熟路。所以，与其说是一位城里的老友下乡来看望一个残疾人，不如说，一个城里人和一个农村人，酒友之外，又成为了钓友。而且这绝非农村人陪城里人。塘村人看到的景象是，那个城里人无论来不来，魏明每天天毛毛亮，就骑着电瓶车在一阵鸡鸣狗吠中去钓鱼了。电瓶车上可看不出他瘸不瘸。

"半年后去文史馆上班后,就没有这个闲功夫咯。"魏明说。

半年后的某天,顾益群一如往常来魏明家喊他钓鱼。魏明没有像平时那样瘸着走出来,而仅仅在窗口露张脸说不去,叫顾益群自己去。后者没多想,就自己去了。中午到魏家吃饭,居然冷锅冷灶没饭吃。确实没看到魏明老母,顾益群没好多问,想,魏母恐怕出门忙什么事去了。魏明也确实从来不会做饭。顾益群只好喝了两瓢凉水,又去钓鱼了。

"今天鱼真的太好钓了,你真的不去?"

"不去。"魏明说。

鱼获相当丰富。一直钓到天黑。顾益群不打算晚上再到魏明家。所以他至今也没明白自己是怎么到魏家的。也就是说,他还是到了魏家。大家普遍认为,他打算到魏家显摆一下自己的鱼获再走,只是后悔了而已。此时魏明还没有把因为笔试不合格文史馆为他量身定做的职务被另外一个更年轻更优秀更健康的应届大学生抢去了的噩耗坦诚相告。

冷锅冷灶,和中午的情况差不多。

不过,堂屋的桌上有一盘花生米和一盘猪头肉,看来魏明自己到镇上卤菜店去了趟。他已经坐在那儿喝了起来。见顾益群来了。魏明又找来一个杯子。

这顿酒，魏明给顾益群讲了前一天后者没来他独自去钓鱼时发生的一件奇事。鉴于对话描写的繁复啰嗦，笔者将用魏明的口吻复述。

我一大早就去江边那个沟里钓鱼，可能我去得太早了，钓了很长时间天都没亮。对，我什么也没钓到，这不重要。后来天终于有点亮了，我看见鱼浮已经被拉到水下了，所以我拎，没有，空的。这时候，我看到大堤上有一个黑影，像个老头。确实是个老头，因为他走了过来。站在旁边看我钓鱼。说不清长相，我看鱼浮，没看他的脸。就是有一搭没一搭地跟他说话。他说你现在钓不对，钓鱼最好等涨潮了钓。我说我不知道什么时候涨潮。他说还要过几个钟头。总之，他说话很内行，对潮水对长江很懂的样子。我说你是在江里打鱼的吧？他说现在渔政部门不给人在长江里打鱼了，捕鱼证收走了，保护大自然什么的。我说那你以前在江里打鱼都能打到什么鱼？他笑了，他说那就没根了，好的时候能打上百斤鱼，差的也就十来斤。最大的呢我问。最大的有二三十斤吧。我说那你这样的再叫你钓鱼就没什么意思了。他说是，钓鱼没劲。这时候我才看了他一眼，就是老年人那个样子，说不出来。我说我也鸭镇的，鸭镇不大啊，我怎么从来没有见过你。然后他说，我也好像没见过你，你哪个村的？我告诉他我是塘村的。他说塘村人他没有不认识的。我说我二十年前就出去读书了。他哦了一声，然后说那我肯定认识你老子。于是我把我父亲的名字说了出来。他确实认识我父亲，而且知道我父亲死了。我说死了快三十年了。这他倒是一惊，说真没想到，我还一直以为是前几年才死的呢。出于礼貌，我也顺便问他儿子叫什么。他很不好意思的样子说他没有儿子，有两个女儿。一个女儿嫁到城里，另一个女儿嫁到隔壁村。小女儿跟你差不多年纪，杨惠燕，跟你是不是同学？我说我不知道，要么我忘了，要么就是她跟我不是同届或同班。然后就没话了。他说你慢慢钓，他就走了。

　　这个老头走了后，天还是没怎么亮。这时候我才发现雾很大，非常大，刚才看见大堤上老头走下来，这会儿什么也看不见。我只好收拾鱼竿回家。只能看见眼前一小块地方，我开着车灯用最慢速度回的家，路上也没遇到什么人。到家后，老娘还问我今天咋这么早就回。

我说雾太大。我老娘居然笑了起来,说哪有雾?我一看,确实没雾,太阳出来了。但我没往心上去,只想回家路上正好雾散了。然后我就跟老娘说刚才遇见的老头。我老娘在鸭镇显然比我认识的人多。我也不知道老头名字,只说姓杨,以前在江里打鱼的,有个女儿叫杨惠燕。我老娘一听就明白了,她说杨惠燕小名叫小燕子,挺漂亮的一个小丫头,确实跟我是同学,而且当年两家还差点定了娃娃亲,你怎么就不记得了呢?你比我这个老太婆记性还差。至于这个老头,他叫……我老娘刚准备说老头的名字,突然怔住了。她反问我,你真遇到这个老头了?我说这还有假。她看了我两眼,不再说什么。扛起锄头就要下地干活。

魏明老母显然不愿意告诉儿子实情,但拗不过年近四十且已残疾的儿子,说:"他叫杨万才,早就自己不小心从船上掉江里死了,二十多年过去了,到现在还没捞着呢。"这么说着,魏明的母亲扔掉锄头一屁股坐在了地上,嚎了起来,"儿啊,你是遇到鬼啦。"

说到这里,魏明大概是喝多了,没有再回答顾益群的任何问题。比如魏明老娘一天都没见了,

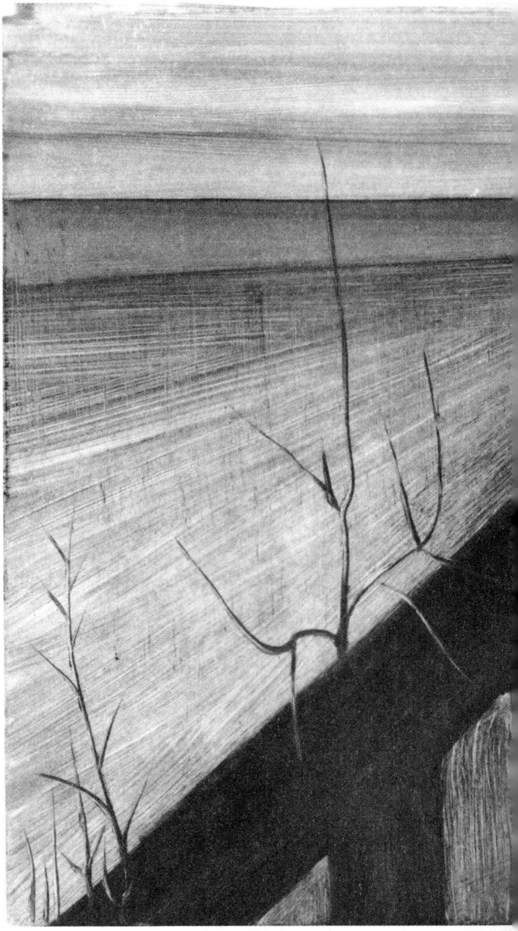

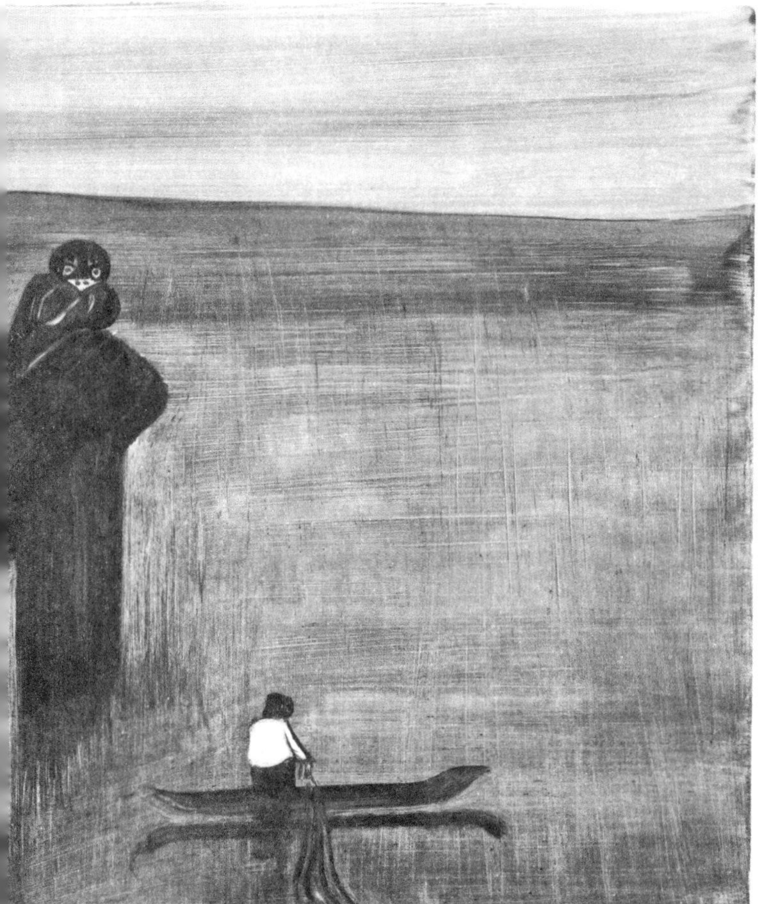

人到哪儿去了。魏明只是矢志不移地反问顾益群一个后者确实没法回答的问题，仿佛这是交换，只要顾益群能回答魏明这一个问题，魏明就能回答顾益群所有问题。

魏明问："顾益群，我是不是已经被那辆电瓶车撞死了？在一年前。"

# 春风沉醉的夜晚

对张亮来说，回家过年这件事一直是个问题，因为他回答不了村中亲友如下几个问题：

1、你每个月挣多少？

2、什么时候请我们吃喜酒？

3、你快四十了？

所以他好几年没回家过年了。今年回来是有原因的。第一，正好房子到期，他不打算在上海再待下去了。为何？他说"上海没意思"。已经跟赵志明联系好了，一过完年就到北京去投奔他。当然，微信上，李瑞强在广州也盛情邀请。但考虑到李瑞强刚结婚生子，"估计去了也不好玩"。所以北京是首选，如果北京不行，那，再说。第二，父母虽然对儿子有种种不满意，但张亮毕竟是他们的独子。在田间地头如刨似拱地苦了一辈子，他们多少有点积蓄。而儿子在外飘荡至今也没买房置业。考虑到在村里要点老脸，给儿子一点体面——总不能让儿子将来跟自己一起挤在村里的房子里吧？现在的鸭镇已经不时兴给儿子盖房起屋了，年轻人都纷纷跑到镇上住单元楼——老两口不顾儿子的坚决反对掏空积蓄并借了一大笔债在镇上给张亮买了套八十多平米的房。木已成舟，"你还是行行好回来看看给你买的房子吧？"张母背着老头子特意跑到鸡圈后面在腊月二十二的电话里哀求儿子。没错，张亮在电话里听到了鸡的叫声。

"主要是没地方去，"张亮跟赵志明倒是坦诚，他还规劝起了赵志明，"要不你也回吧，你老娘不是身体不好吗？"

赵志明没有回他，也没有说他过年期间怎么安排。如果他们多年的友谊能够成立的话，张亮认为赵志明在万家团圆大鱼大肉之际，后者只能在京郊的租屋里含泪吃泡面。这是旧历年前他和赵志明最后一条微信。看时间是腊月二十八。

"完了，"大年初一赵志明突然发来一个信息，"我走不了了。"

原来赵志明跑到湖北 X 城找女网友过年去了，X 城因为新冠病毒封城了，女网友也不能从家里出来跟他会面,他在一家宾馆里哪儿都不能去。

"操!"

"操!"

即便张亮一直以不关注时事新闻自居,但铺天盖地的有关疫情的真假新闻,尤其是朋友圈中赵志明原创或转发的图文,不得不让他觉得这事确实是个事。所以在整个疫情期间,除了吃饭睡觉,玩手机看疫情进展成了他生活中最大的内容。因为这涉及到湖北X城何时解封?赵志明何时返回京郊?自己何时动身出发?父母还是那个父母,问题还是那些问题,老实说,他真的在家里待不住。他也从来不觉得"妈妈烧的饭菜是世界上最可口的饭菜"这句话有什么道理可言。

也正是因此,他才发现一个让他不得不面临的严峻问题,虽然宽带早已村村通,但囿于他长年不在家,家里没有无线网(父母使用的是完全不需要WIFI的老人手机),村中其他人家亦同理。镇上新买的房子更别提了,还在建设尚未交付呢。几架高大的吊机静止在年前年后的风雪之中。疫情之下,谁也不知它们何时挣脱冰雪和锈迹吱吱嘎嘎重新启动。多年以来,城市生活到处是免费WIFI,就算直接共享,密码写在了墙上,张亮也可以通过各种方法破解。他可从来没考虑过自己应该去营业厅办一个无限流量的套餐。他考虑过在线办一个无限流量，但还没付诸实施，他就发现，这完全是一种对资本市场的屈服（这种所谓骨气可是他和赵志明等人伟大友谊的核心部分），也是多余的。戴着口罩在村路上晃荡的时候，刘晓华家门前居然有满格的WIFI，用户名就是汉语拼音全拼 liuxiaohua。

若非WIFI，张亮可以肯定自己已经忘了刘晓华。虽然刘晓华跟自己青梅竹马，在童年时期，曾在过家家的节目中扮演过自己的妻子，但初中之后，可以说他们就分道扬镳各奔前程了。然后是张亮在高中暗恋某个女同学，在大学谈过两场恋爱，之后有过若干恋爱、同居乃至通奸的经历。而刘晓华呢，他也仅仅是刚刚在父母口中隐约获知，已经跟男人离婚好几年了，这几年一直住在娘家。

"不过，"张母说，"蛮能干的，天天早出晚归，在镇上有个门面，卖装潢材料，钱没少挣。"

确实，刘家的三层洋楼应该是村里最高大豪华的建筑，据说这完全得力于刘晓华的经济条件。

"我都忘了她长什么样了。"张亮说。

这句话其实不是问题，但张母显然是过度理解了，想了想，说："不丑。"

虽然打过好几个照面，张亮没法判断刘晓华到底丑不丑。因为他们相遇时彼此都戴着口罩。如果不是刘晓华一惊一乍地主动喊出他的名字，张亮的本意就装作不认识。

"是我。你是？"张亮还是想继续装。

刘晓华说："我是刘晓华啊。"但她并没有如张亮所愿摘下口罩让自己辨认。

"哦哦，刘晓华啊，新年好新年好。"

他们站在刘晓华家门前彼此寒暄几句，刘晓华就骑着电动车出门了。好在刘晓华没有提本文开头那三个问题。

第二次，还是在刘晓华家门口。她还是出门办事，车上一左一右架着两桶油漆。这次刘晓华流露出张亮何以在大冷天不在自己家待着却靠在她家院子外面冰冷的铁栅栏上玩手机的疑惑。张亮只好惭愧地告以蹭网实情，谎称这不疫情严重嘛，公司的事情只能靠网络解决。虽然张亮明确表示自己早已经验丰富地破解了刘晓华的网络密码，但刘晓华还是热情地报出了密码：88888888。

当然，刘晓华的父母（没戴口罩）也多次看见张亮。二爷二婶热情邀请过张亮进屋里坐坐，张亮都以疫情严重响应政府号召绝不串门相婉拒。二爷二婶大概也仅仅是客气客气，并不勉强。

就这样，张亮和刘晓华在"老地方"多次不期而遇，他们的寒暄越来越少，以至于最后他们遇见都是以笑一笑相招呼。这从他们眼角平添的几道皱纹可以看得出来。如果张亮没记错的话，刘晓华仅比自己小一岁，也快四十了。

不过，村里的闲言碎语还是穿过口罩很快通过张母的口反馈到张亮的耳中。但张母指责的并非"寡妇门前是非多"这句俗语以及儿子日复一日"跑寡妇门口傻站着"的蠢行，而是声讨村民的下流和庸俗。她跳出平时与他们为伍的阵营，倒戈一击，陡然品质脱俗起来。她强调，刘晓华首先不是寡妇（"寡妇"是村民针对刘晓华这种离异情况的一种约定俗成的说法），其次，刘晓华和张亮从小一起长大，这么多年没见了，偶尔说几句话难道不是情理之中的事？再说了，儿子张亮可不是去找刘晓华的，他跟新闻里说的那样是"在线办公"（此话也是张亮诓骗父母的说辞）。张母甚至赌气发狠地自言自语，就算儿子跟刘晓华好上了，又有什么不好呢？好得很！老娘高兴得很，届时刘晓华不用早出晚归，就住在她和老头子给儿子在镇上买的房子里，不两年，就得抱上大孙子，气死你们！

张亮感到很尴尬，请求他的老娘不要再说了，并发誓自己再也不会到刘晓华家门前蹭网。不过，晚上睡觉前，他倒是畅想了一下老母的说法。刘晓华和自己弄假（三十年前的过家家）成真成了夫妻，自己不去北京了，等房子交付，就和刘晓华一起装修，后者正好是开装潢店的，估计还能省不少钱。二人自此在鸭镇过上了平静稳定的家庭生活。这确实也没有什么不好。年近四十，漂泊多年，张亮承认自己确实感到有点疲惫。至于老母抱上大孙子的梦想，这倒有点好玩。据说刘晓华与前夫离婚的直接原因就是对方认为没有孩子是刘晓华的问题，而如果自己把刘晓华肚子搞大了，那是否能让其前夫颜面丢尽？

张亮对自己真是失望，这一连串的所谓畅想居然让自己在临睡前的黑暗中无耻地兴奋了起来。

起码有十多天张亮未再去刘晓华家门外蹭网。也正是这十多天，从各方面看，疫情似乎开始缓解。当然，这也可能是天气转暖的原因。水仙茎叶委顿被连盆泼入墙角，腊梅凋谢结出了颗颗青果，乃至于一觉醒来，隐约可闻鱼苗场的水面上传来阵阵蛙鸣。赵志明两张宾馆窗外的景象的图片也证明了这一点。几乎完全一致的角度，完全一致的拍摄对象，远在湖北X城，一张荒芜一片，一张则菜花金黄。

张亮跟赵志明仍时有联系，张亮明确感受到后者情绪从最初的烦躁不安到眼下的安之若素。赵志明自比坐牢，他一度试图越狱，但因为把守严密，未能得逞。现在呢，他在朋友圈晒的却是佛经的只言片语，如给宾馆房间白墙的照片配以"无者无何事？念者何物？无者离二相诸尘劳。真如是念之体，念是真如之用。性起念，虽即见闻觉知，不染万境而常自在"这种诘屈聱牙的句子。为了配得上他们无话不谈的伟大友谊，张亮除了点赞，更多的是调侃自己的这位老友。如在此条朋友圈下写道："您的意思是说，您还活着？"朋友圈互动外，当然也偶有私聊，发发语音什么的。张亮岂会隐瞒刘晓华这个村居期间的唯一值得向老友分享的小插曲？事无巨细之外，无非添油加醋。在赵志明看来，刘晓华显然自幼就喜欢张亮，而张亮时隔三十年才恍然大悟。刘晓华是否因青梅竹马的张亮而离婚，此不敢胡乱定论。但疫情如果再持续半年，但凡张亮抛一个媚眼，刘晓华携自己的装潢店以身相许看来是迟早的事。

所以，赵志明经过深思熟虑斟词酌句终于在自己坐满五十天的牢之后，向自己这位老友提出了一个请求，那就是能否借两万块钱给他？赵志明告诉张亮，宾馆不是白住的，一天四百多，自己早已分文没有。而他跟张亮关系如此之密切，深知张亮手上没什么钱，且因父母在鸭镇买房而债台高筑，家里可能也拿不出钱来，那么，张亮是否可以向暗恋了他半辈子的那个传说中的乡村富婆刘晓华开这个口呢？

张亮很明确晚饭时不顾父母相劝自己灌了半斤白酒是出于对赵志明的愤怒。他未卜先知地认为自己跟赵志明的伟大友谊恐怕到此为止了。而自己的北京之行也势必千山万水前途渺茫。他甚至还忍痛给李瑞强发了一个两百块钱的红包，肉麻兮兮地表示这是"穷叔叔给咱儿子的压岁钱，只是一点意思"。不过，他还是靠这半斤白酒壮胆，摇晃着走出家门，来到了刘晓华家门前。

真是一个春风沉醉的夜晚啊。

在刘晓华家门前，酒气上涌，晕眩难支，呕吐在地。巨大幅度的身体动作还产生了连锁反应，他倒在了刘晓华家的大铁门上。整个情形看上去就像他是一个半夜醉归的丈夫被严厉的妻子反锁在大门之外，而他必须怒气冲天地摇晃大铁门以示抗议和诅咒。

满村的狗吠就不提了。原本熄灭的灯火骤然明亮起来。刘晓华家不愧是村中第一豪宅，门灯和院灯将张亮照得通体透明。被惊动从床上披衣跋鞋赶至院门的是刘晓华的父母，而刘晓华仅仅是从二楼的一个窗户缝中探出披头散发未戴口罩的半张脸。不过，因为灯光是自内而外的缘故，张亮虽然时隔多年第一次看到未戴口罩的刘晓华，可惜仍然没有看清楚她的长相。

# 吃龙虾的人

和《春风沉醉的夜晚中》的张亮不同，李锋不仅急于回老家过年，而且老婆小高也一改往年，积极主动地要求回。这倒并非他们蓄意严守小高已孕的秘密，迫不及待打算放在家庭聚会的餐桌上公布，以期获得一惊一乍以及老泪纵横（李锋老母）等效果。他们毕竟不是国产电视剧中那些浪漫人物。早在医生诊断确定小高怀孕的当日，远在鸭镇乡下的家人就通过电话知道了这个好消息。李锋老母在电话中也听不出什么特别激动。不过，二人都是家中独生子女，鉴于去年过年他们是在鸭镇过的除夕，今年他们则必须在小高父母家看春晚。

小高父母是退休工人，虽强于李锋父母各自拥有一份偶尔能在电视广场买一盒保健品的退休金，

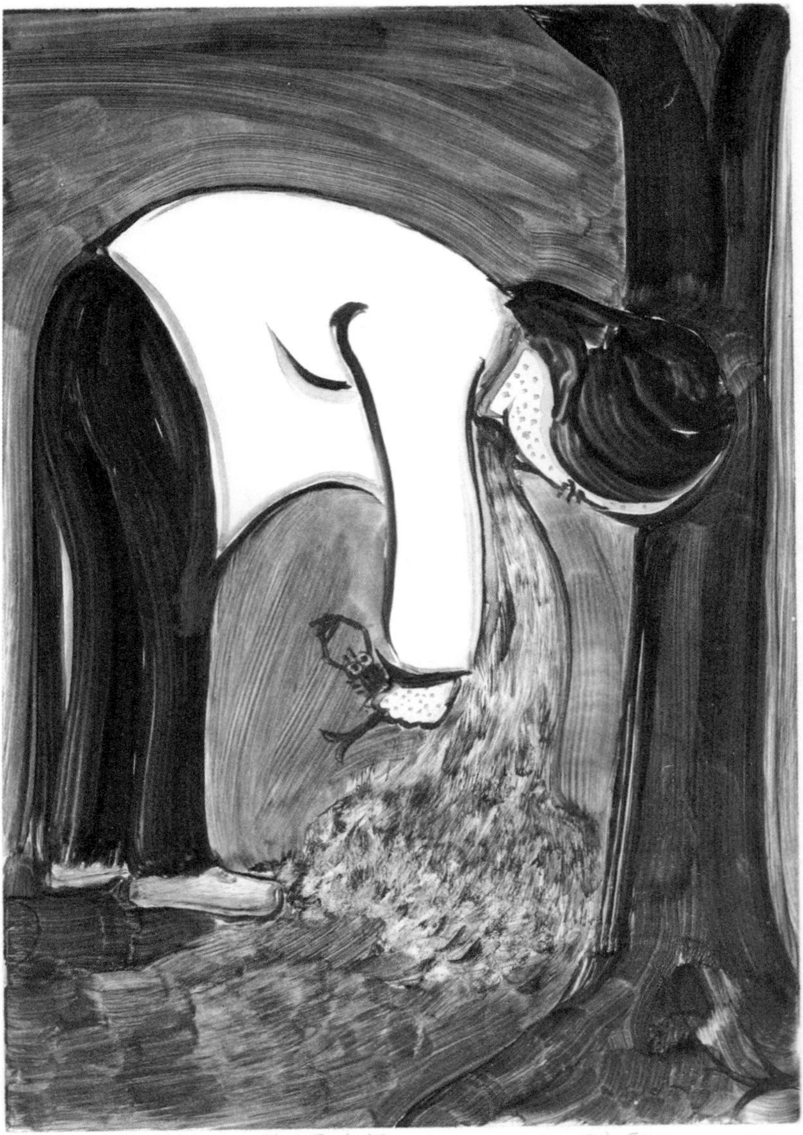

但考虑到鸭镇拆迁在即的小道消息早已臭了大街，这也不得不让这对退休老工人对乡下那对到死也不会退休的农民亲家肃然起敬起来。根据政府相关条文，农村拆迁基本是按户口簿成员分配安置房，且有一笔数目尚可的拆迁补偿金。具体到鸭镇，据说是每人一套。城郊大量开着大奔到处找人赌钱的拆二代已举不胜举。

"你也真是，"小高妈妈在除夕的饭桌上再次责备女婿，"你那时候干嘛非要把户口迁出来呢。"

小高爸爸将筷子往桌上一顿，也照着之前的台词念道："老说这种废话干嘛。"

据说小高爸爸当过车间主任，如果不是因为自己一身正气不愿参与到腐败队伍中去，到退休前当个副厂长是完全可能的。从他说话惯于使用一二三可见其副厂长的干部素质。

总结一下，他的意思是：一、李锋是个好孩子，作为农家子弟，考上大学，落户城市，这是当年的户籍管理制度决定的，是李峰奋斗的结果。后来李峰还自己于房价如此之高的前几年自力更生（虽然房贷要还二十年）买了房。难道不正是这种勤奋靠谱的品质，我们女儿才看上了他？我们才答应女儿嫁给他？二、三十年河东三十年河西，你最早以"怎么嫁给一个农民"的话反对女儿嫁给李锋你忘了？

三、更早的时候你响应毛主席号召要到农村接受贫下中农再教育，后来又托关系走后门好不容易通过招工的名义回城，再后来我陪你去下乡的农村看望老支书你还流泪不止地跟乡亲们说"我永远是大王庄公社的社员"，我不信这些你全忘了？

不过，这是万家团圆的年夜饭，电视机里的欢声笑语中还传来了鞭炮声，为了不影响节日气氛，也因为说的次数太多，再说犹如背诵，小高爸爸这次对老伴仅仅是一声短促的呵斥。然后他转脸向李锋和女儿小高说："我看你们也别过了初三再走了，明天就走，我跟你妈用不着你们陪。"说着还下意识地瞥了一眼女儿小高再过几个月才会显露的肚子。

小高也打了一个嗝，放下筷子下意识地摸了摸自己的肚子，似乎这样她才能将有孕在身的事实混淆于吃饱了之中，然后说："啊呀，你们整天说这个，烦死了。户口那么好迁到农村吗，听说鸭镇户口都冻结了。李锋在村里一个能帮上忙的人都不认识。什么一人一套房，反正，反正我才不在乎呢。"

谁能想到呢，他们至今也没有回鸭镇。

其实在年夜饭前后，他们已有耳闻，但并未上心。

先是小高妈妈神经过敏，她以自己知青年月在农村客串过赤脚医生的职业素养提醒家人，先哪儿也不要去。反正家里为了过年储存了不少吃的。然后就是在家实在憋不住的小高爸爸戴着口罩到小区公园里找老伙伴们高谈阔论时，发现一个听众也没有。再然后就是新闻和各种消息的集束轰炸。尤其是听说孕妇如果被检测出阳性需要强行流产的小道消息后，下楼丢了趟垃圾的小高妈妈一进家就狠狠地摔上了门。

疫情真的爆发了。

返回鸭镇路途遥远，虽然李锋自己开车，就算不吃不喝，但免不了要上厕所，还要交过桥过路费……总之，路上感染病毒的几率确实比住在岳父母家大。不过，李锋曾试探着向岳父母提议，他可以和小高回他们自己的家。但这遭到了岳父母的严词拒绝。理由是李锋和小高的冰箱里确实什么也没有。

李锋并非对岳父母有什么成见，而是他不习惯和非同龄人生活在一个屋檐下，这也包括自己的父母。自从十六岁李锋考上重点中学离开鸭镇后，他就对和长辈生活在一起感到痛苦不堪。比如早年的寒暑假，他无法容忍父母忍痛杀掉一只鸡宁愿让他连吃多日吃馊吃臭了而老两口自始至终一筷子也不伸的日子。而小高父母，虽然婚后这几年接触时间加起来也并不多，但小高妈妈恨不得整个人变成一块抹布的洁癖让李锋胆战心惊。大概也正因有此母，小高在他们自己家里倒是什么也不干什么也不收拾，完全是一头"脏兮兮的小猪"（李锋语）。李锋只能使用成功学书籍上那些条款勉励自己，学会和岳父母相处未必不是一门为人处世的艺术或哲学。

　　艺术或哲学到后来就是，他也无需顾忌岳父母的感受，和小高一样，每天睡到中午才起床，不刷牙不洗脸坐下来一家人吃午饭。下午时光是老人坐在客厅无休无止地看电视，李锋和小高关在自己的房里（小高出嫁前的闺房）玩手机。晚上，先是他们以客厅传来的电视声音为背景玩手机，再后来是岳父母以他们手机里的微弱声响（小视频或游戏）为背景进入所谓的梦乡。除了这些"天籁"，就是人声。他们当然免不了交谈。在交谈内容上，除了重复，他们确实疏于创新。如果有什么新意，完全取决于疫情的进展。总之，在这所有的声响之外，还有一个更高的背景音乐——水滴声。这倒并非岳父母家某段水管漏水，亦非那驾年深日久的马桶（但被岳母擦拭得雪亮）即将寿终正寝（岳父曾是厂里著名的水电维修工，一整套维修工具此时正悄然静卧于工具箱内上锈或整装待发），而是来自厨房的水龙头。在岳母一生的各种生活小常识中，微微开启一点水龙头使之滴水，下用一个塑料盆接着，水表不会因此转动，而次日势必获得满满一盆免费的清水。在这盆清水中，李锋起码看了两次圆月。当然，此类老年人的节省问题相当普遍，还比如李锋不止一次半夜上厕所"巧遇"岳父，老头子从无起夜居然还要开灯的恶习。

当然，不可外扬的家丑及相关的争吵也必然会在此高度集中的群居生活中表现出来。大概是在家困了两个星期并有谣传喝白酒能抗病毒后，老头子才不顾岳母的再三阻止并以其曾经胃穿孔的病历相恫吓终于提议和李锋"来两盅"。天哪，李锋真的没有想到，在岳父的床肚子底下藏着那么多好酒。拂去灰尘，露出真容，虽非茅台之属，确为上个世纪九十年代各色精酿。按市面上某些说法，这些酒可都是在中国人学会勾兑造假前用正经粮食酿的。"都是别人送的。"老头子轻描淡写，但让李锋隐约闻见九十年代车间主任酒气熏天的权势。

刚开始，他们确实只是来两盅，之后就失控了起来。李锋不爱喝酒，酒量也浅。但可以看得出来，老头子应该曾是酒桌英豪。病历中的胃穿孔显然与酒精有关。酒精让一向或高谈阔论或沉默威严的老头子逐渐活跃了起来。他不仅积极教导女婿如何在世上为人处事，还教导女婿如何活得更有趣味和意义。唱歌跳舞算什么，老头子对此时因为疫情广场上暂歇的歌舞嗤之以鼻。如果不是岳母及时将老头子拉回来，估计广场上的老少娘儿们都会哭着喊着争抢当他的交谊舞伴。事实是，老头子年轻时候不仅歌舞全才，吉他二胡笛子也是手到擒来。不信？有照为证。老头子从床肚子底下又掏出一叠影集和获奖证书，这些材料有力地证明了他年轻时代的风光。也恰恰是因为老头子在厂里和大院里如此优异，老太婆才每每将自己饭盒里的荤腥拨给老头子以示爱慕。不过，正如几年前的广场上一般，从饭盒里拨给老头子荤腥的女人并非眼下老太婆一人。无非老太婆手段高明或下作而已。年轻的老太婆正告年轻的老头子，如果你不娶我，我就将于1983年告你流氓罪。

酒到此，老太婆还不至于发作。因为这种家庭内的爱情往事说起来大抵如此。虽在当年被人戳破有所难堪，但时隔多年，终成佳话。老太婆发作是因为老头子竟然无视自己再三示意终于说破了女儿小高出生五年后那个叫陈桂珍的狐狸精。老头子是在厂游泳池里遇到陈桂珍的，后者被前者一身腱子肉所折服（喝高了，为了鄙夷身为农民子弟却瘦弱的女婿，李锋也瞻仰过这身略微松垮但旧痕依稀的肉）。以李锋男性猥琐的眼光来看，陈桂珍若非对自己的身材容貌有足够的自信，断不敢现身八十年代的工厂泳池。啊呀，好一对肉身坦陈的俊男靓女。好在艳遇戛然而止。若非老太婆打上门去，并哭闹至领导办公室，老太婆和小高沦为孤儿寡母是完全可能的。

以洁癖著称于世的老太婆将饭碗砸在地上，饭菜撒了一地。老头子则借酒精岿然不动。二人隔着桌子谩骂起来，鉴于皆为市井粗鄙词句，不赘。进而撸袖子要诉诸暴力。此情此景，李锋和小高这种晚辈的存在终于派上用场。二人分别劝慰、摁住一位老人，直至二老音量变小，叹息抹泪，他们才谨慎地收拾桌面和地面的狼藉。刷锅洗碗，抹桌扫地，小两口多少还是要干点家务的。李锋洗碗时不由得联想到婚后小高曾一度与前男友微信来微信去。因此，小夫妻二人也曾在他们自己家大吵大闹以至于叫嚣出"离婚"的决定。所幸此番隔离在家，小高已为孕妇，对即将出生的孩子的爱显然超越了对前男友的依恋（集中于关注网店各种孕幼用品为证）。李锋确实看到疫情期间有不少离婚的新闻。"那是因为那些女的没有怀孕"，李锋只能这么解释这一现象了。

另一件大事是疫情基本缓解（以武汉解封为标

志）后，一家人熬不过，集体跑出来下馆子吃龙虾时发生的。

当然，此前他们也偶尔出门。主要是为了采购生活用品。而且一般以委派家庭成员中的一员的方式。最初，都是派李锋出门。据说病毒热衷于向老年人下手，而李锋正值壮年。即便如此，口罩、雨衣、即时洗手液，李锋必须携带整套装备方能出门。见没事，后来老头子和岳母也分别斗胆出了几趟门。

"大街上一个人也没有。"

"403那个，对，左撇子那个，左手比右手拎得沉，在楼道碰见了。招呼是招呼了，让得老远。"

"街道的人也在小区大门。我差点没回得来，说我发热，我就是跑得快了点。大门外站了好一会子，体温才合格了。"

"超市里人不少哦。都跟抢似的。"

……

然后就是街面上的人越来越多，店面次第开门营业，直到孕妇小高鼻子尖，嗅到了楼下"姐弟龙虾店"飘来的香味。

确实，所有人都以采购的名义出门放过风，独有小高身为孕妇坐满了整整两个月有余的牢。她实在受不了了。叫外卖还不行吗？不行！一定要出去？一定！好吧，本来决定李锋陪小高到龙虾店买上一盆就回。他们快出门时，老头子才恍然大悟，他和老太婆待在家里又是干什么呢？一、两个月来，他们如此谨慎，主要是为了保护孕妇及其腹中胎儿。二、小高怀揣胎儿都出门了，如果没事，他们也不会有事。如果有事，他们也跑不了。三、去他妈的。所以全家都陪着小高来买龙虾。

让他们瞠目结舌并兴致勃勃的是，不仅龙虾店里坐满了吃龙虾的人，店外临街的人行道上也摆满了临时支起的塑料桌椅。等龙虾的人戴着口罩端坐桌前，龙虾端上，摘下口罩吃得汁液横流。怕死和不怕死，淋漓尽致。算了，咱们也坐着吃，别带回家了。没人反对。

蒜蓉的、麻辣的、十三香的、冰镇的，各来两斤。不够？吃完了再加。只见这一家子，甩开腮帮子，掂起大槽牙，好一顿大嚼。考之清明刚过，红彤彤的龙虾壳在桌上堆得跟个坟似的。谁也没有注意到其他成员的反应。直到后来，李锋哇的一口将龙虾啤酒包括之前的饭菜一股脑儿吐在地上。

上吐下泻，浑身通红，布满疹子，更要命的是隐约有点发烧。

他们还是理智的，没有送李锋去医院。如果李锋不是龙虾过敏，而是染上病毒，那么其他三个人，包括腹中的胎儿势必全部完蛋，就算不完蛋，有人幸存，也势必家破人亡。没错，此时他们才意识到李锋才是这个家的顶梁柱和未来。如果李锋不幸被病毒或如此严重的龙虾过敏夺去了生命，那么他就不可能将自己的户口迁回鸭镇。他不落户鸭镇，女儿何从以婚迁的名义也落户到彼？腹中胎儿更无可能。也就是说，如果李锋先走一步，整个家将在拆迁在即的鸭镇损失三套拆迁房及相关补偿金。就他们的收入来看，不出意外的话，他们三代人一辈子也挣不到。小高流下了懊悔的泪水，老太婆脸色惨白，独有老头子表现出深思和沉着。他们围坐在床边，偶尔帮打摆子的李锋掖掖被子，静候命运的安排。从未有过的绝望萦绕在他们的头顶。

在李锋死掉或痊愈之前，笔者，也就是我曹寇，想献上一篇十几年前题为《死虾子泛红壳》的短文以示同情。如下：

　　春夏季，大街小巷，扶老携幼吃龙虾，这是南京近几年来的一道景观。

　　我出生并成长于河汊交错的乡村，秉承古老的渔耕传统，自小就是搞鱼摸虾的一把好手。作为一个村子的搞虾大将，我学会并用尽了一切捕捞方式。其中有钓、网罗、下套等。而就光钓一条，从钓具而言大约可以分为钩钓、针钓和篾钓数种；从诱饵的角度来说，又可分为蚯蚓钓、饭钓、玉米粒钓等多种。当然，最厉害的是一种我们称之为"竭泽而渔"的残酷干法：选一段鱼虾繁茂的河沟，使用铁锹前后各筑一坝，然后再使用桶或脸盆将这段水域（两坝之间）的水泼干，所有的鱼虾于是全部被捕。这种干法使我获得了大量的龙虾，最多可达几十斤。把这些龙虾扛到家里，家人烧吃自不用说，以至消化不良；馈赠亲友也是常情，邻里因此更加和睦。当然，出于贫穷和改善贫穷，我还曾在第二天一大早把这些龙虾带到集市去卖，卖完再去学校上学。乡村少年就是这样光着脚丫毫无畏惧地行走于野地里。被阳光晒得奇黑无比，一副好牙灼灼生辉。

是的，天气很热，现在我们应该知道这点，吃龙虾的季节和搞龙虾的季节是对应的、同步的。我经常是在这个季节最热的午后去搞龙虾。这时候，乡村几乎所有的人都在各式各样的阴凉处午睡，他们不分男女老幼地四仰八叉地享受或忍受着被汗水泡得越来越大的梦境。如果说他们还因为肚子一起一伏活在世上，那么我大概就像一个鬼魂那样扛着工具飘出了村庄。到处都是强烈的日光。这些灼热刀片般的日光

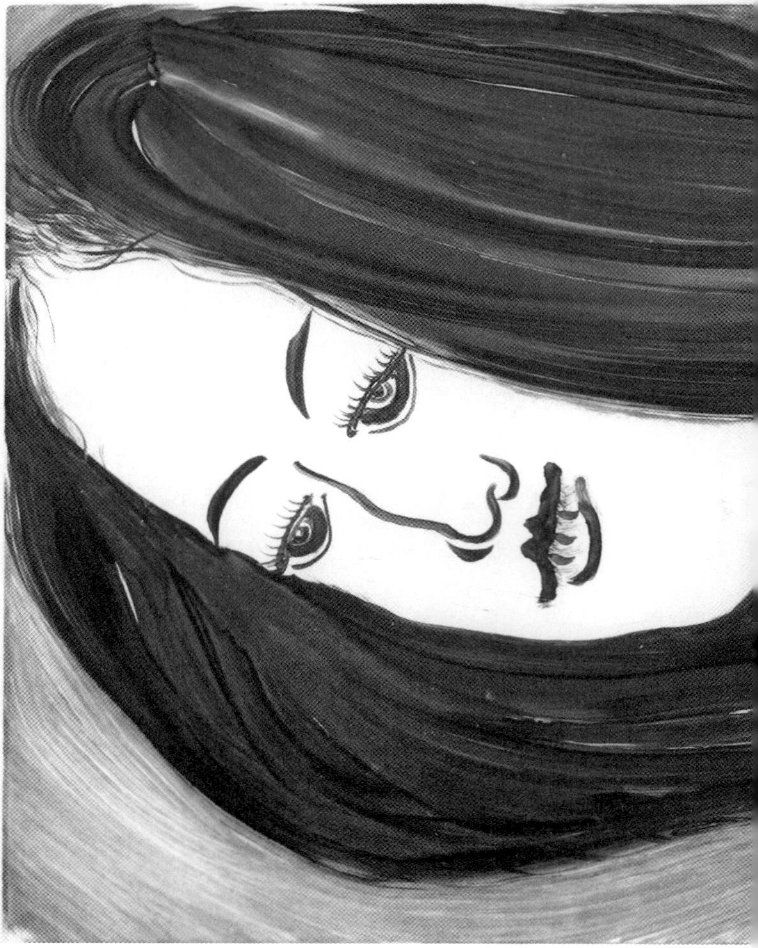

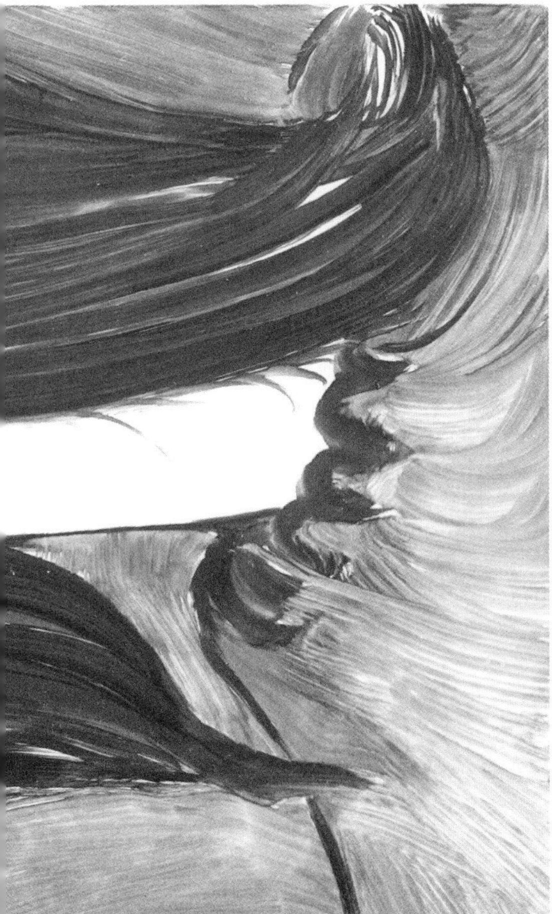

被纵横交错的河流反射向所有能到达的地方，从而使这个世界明亮到令人眼前一黑。置身于这片阳光之中，就像首位置身一片有待开垦的处女地或外星球那样兴奋和霸道。寂静和荒凉差点让人热泪盈眶。

正所谓弹指一挥间，大了，不搞鱼虾了，干别的去了。有那么一天，我像往常一样大吃了一顿龙虾，结果，过敏了，差点要了命。过敏那晚的情形印象深刻。当时我浑身通红地从床上爬起来，然后跑到镜子前自我观察时，看到的是一具早已腐朽的臭皮囊。这么说，也许不失夸张，但对那晚来说，确实合情合理。看着因为过敏而浑身通红的自己，当时我还突然想到了小时候家乡的一句俗话：死虾子泛红壳。这句话的意思也很好懂，那就是死掉的无法返青，失去的永远失去，年华如此，健康亦然。

# 清单

尊敬的明达公司领导和员工们：

你们好。

我是贵公司销售推广部业务员李瑞强的妻子（起码目前在法律上还是）。相信推广部部长夏总以及其他部门同事应该还记得，去年10月4日晚七点，你们曾经莅临鸭镇丽岛大酒店参加过我们的婚礼。李瑞强为了照顾好你们这些远道而来的贵客，曾于婚宴结束后，又拉着我邀请你们去烧烤。那天晚上，李瑞强喝得胡言乱语，丑态百出，以致最后不省人事，我和大家一样都记忆犹新。所谓"洞房花烛夜"，无非是我连夜洗换床单被子。不瞒大家说，李瑞强回家后不仅将婚房吐得到处都是臭不可闻的呕吐物（他在床上吐了两次，所以换了两次），谁能想到他在后半夜还小便失禁，这下不是换床单能解决的事了。8000块钱买的床垫被他那泡臊气之外仍然散发着酒气的尿液浸透。说实话，我很生气，没再管他，而是任由其浸泡在自己的尿液中酣睡，自己去客厅沙发上凑合了一夜。

追溯起来，我和李瑞强很小的时候就认识了。我们都是鸭镇人，他是塘村的，我是坝村，他比我高两届，同在鸭镇中学读书。誉为"青梅竹马"可能有点不符事实，而且在我们相处之前，也从未说过话，但乡里乡亲彼此知道对方，没有任何问题，这在我们后来谈恋爱时获得了验证。我印象里他是中学时代为数不多的没有自行车的学生之一。每次在上下学路上遇见他，他要么是步行，要么是坐在别的男生的书包架上，有时也像一个巨婴那样淘气地坐在前面的大杠上。但从来没见他骑车别人坐车。早年他家买不起自行车的贫穷阉割了他诸多正常人理应具备的技能，至今没有学会骑自行车只是其中一项而已。现在满大街到处停靠的共享单车不仅与他无关，而且简直是对他的羞辱。今年春节期间，我们走亲访友的某一天，他不顾我的劝阻，不辞辛劳地将一辆共享单车扛了起来，然后涉险爬到河边，再将自行车放在河坡下的浅滩里。半年过去了，那辆橘黄色的自行车还在河坡下。有一次我特意去看了一下，春夏季节涨水，现在它只有坐垫和车把露出水面。

李瑞强也表示对中学时代的我有印象，并且在十多年后再次让我听到了我那个让我难堪和痛苦的绰号——小菜坛子加冬瓜。是的，我承认我不苗条，我的形体不尽如人意。但这显然并非我的过错。虽然这是老天的恩赐，但我也并不想这样。而李瑞强，此时我们已谈婚论嫁，已是枕边人的关系，他就这么赤身裸体着躺在一侧抽他的事后烟，陡然冒出"小菜坛子加冬瓜"攻击或调侃两分钟前与他肉身相交的未婚妻，还擅自发出下流的笑声，他到底意欲何为？到底是什么意思？既然这样，我们何必在一起。我迅速起身穿衣要走。结果他伴称纯属玩笑，还指责我没有幽默感，并反问我："你难道不觉得亲切吗？多么让人怀念的青葱岁月啊。"

我不想陈列李瑞强的种种人格缺陷，我只是想说，我们领证并在丽岛大酒店举行婚礼，对我来说是一种勇气。我是鼓起勇气才和他结婚的。另外，我想自己可能过于自信。我是一名教师，师范学院毕业后回到母校鸭镇中学担任教职，从班主任干起，到现在的德育主任，经我手的学生，绝大多数都能教好，无论其什么样的家庭背景，什么样的品学现状。工作多年来，我的教学成绩不仅在鸭镇受到广泛认可，在我们整个区的排名中，也往往处于中上水平。当然，李瑞强不需要我教授他知识。但我作为一名"先进教育工作者"（市级），作为"师德标兵"（省级），劝导帮助我的丈夫李瑞强成为一个正直的人，一个健康的人，这既是我的专业，也是一个贤妻的职责。

我太自信了。面对李瑞强，我第一次感到无能为力。

李瑞强换过多少工作，恐怕连他自己也说不清。现在他在贵公司推广部负责文案工作，也无非两年有余，但早在一年前他就不止一次地抱怨自己对工作的不满，称这份工作"无趣"，是"涂脂抹粉"，是"虚假宣传"。鉴于他现在仍是贵公司的员工，我不会挑拨他和公司的关系。我只是想说，工作的换来换去也能证明李瑞强不是一个长性的人。可笑在于，李瑞强居然长期在我面前自我吹嘘是一个"阅历丰富"的人，以此来贬抑我对教职的从一而终是一种孤陋。规律性的生活对一个人来说是多么宝贵和健康，尤其是在这个浮躁的时代。李瑞强抽烟酗酒，花天酒地，有点闲钱就云游四海，表面看来确实风流快活，而其实质呢？实质是高血压、痛风和心脏病，以及因此对家庭的极度不负责任。他也自称自己可能活不了太长，因为他的父亲就是四十多岁猝死的。农民没有体检，当年不讲究验尸，也没那个条件。李瑞强说，他几乎可以肯定父亲死于心血管疾病，而自己的心脏肯定也遗传自父亲。对此，我当然不敢苟同，心脏病患者活到八九十岁的屡见不鲜。种种资料显示，后天的保养远远重于先天遗传。我的规劝就是他不要浮躁，工作上勤勤恳恳，生活上放弃恶习，保持规律性生活。在交谈中，我不止一次地告诫，日出而作日落而息这种生活制度并非他说的是所谓的"前现代"生活方式，而是人类自原始社会即已形成的自然、经典的作息选择。在这种作息方面，美国小镇上的一对夫妇与鸭镇上的人又有何异？

作为夫妇，我并非出于要结束这种两地分居的生活局面，而是为他的身体和寿命考虑。我希望他尽早结束在省城的漂泊生活，回到鸭镇来。我说，不要相信浅薄的成功学论调，没有混好，也是可以回来的。结果呢，结果他嫌弃鸭镇的亲友，嫌弃鸭镇没有他所需要的夜生活（无非是KTV里的小姐），还扬言分居可以保鲜我们的爱情（如果它是真相的话）。事实上，他的朝秦暮楚并没有改变他们李家的贫困。他在省城的有房（五十平米的公寓）有车（价值两万的二手车）仅仅是拜时代进步所赐。他无视鸭镇这些年来翻天覆地的变化，蓄意丑化乡村带有旱厕气味的新鲜空气，还因一两次出国经历，恶毒攻击中国的乡镇生活。他坦言自己更愿意到澳大利亚去放羊。面对此类奇谈怪论，他的母亲和姐姐都看不下去了，纷纷指出他崇洋媚外的嘴脸，却没有获得他的重视。

他的乖张脾气与他自幼被家人宠溺有关，也与我的过分独立分不开。我始终没有坚持让他回到鸭镇与我过正常的夫妻生活。哪怕他试图要求我放弃自己的生活前往省城，我一度也没有表示反对。他自称某位大学同学现已是某区教育局的人事科长，拍着胸脯表示，将我的教职调动到省城应该不是难事。他使用他人际交往中惯用的伎俩，请客吃饭唱歌泡脚，可想而知，最终没起任何作用。当然，这也不能全怪他，我在这件事情上表现得并不积极。也就是说，婚后大半年来，他不愿回来，我也没能到省城，异地夫妻，离多见少，已成为我们家庭生活的严酷现实，我已不堪忍受。而这时候，更加严酷可笑的，也可以说顺理成章的事发生了。

他要求离婚。

如你所知，面对如此形同虚设的畸形婚姻，我又怎会反对离婚？我的父母亲友很早就暗示过我"这样的日子有什么过头"。但考虑到我在鸭镇的身份和处世为人一贯的态度方式，我觉得自己有必要将这个念头先搁置起来，缓一缓。李瑞强同学虽然有着这样那样的缺点，试问这个世界上又有多少人没有缺点呢？圣贤们的事迹告诉我们，人并非生而为人的，人生是一个过程，也就是一个"成人"的过程。所谓"以戒为师"所谓"修身"，斯之谓也。李瑞强还是太浅薄了，毫无觉悟。在离婚这个话题上，我和李瑞强的区别可以明确的一点是，我只是避而不谈，他则是大肆叫嚣。换言之，我欲开口他已开，我承认我比他迟了一步。对于离婚成瘾（他之前有过一段婚姻）的李瑞强来说，离婚和他口中不断提及的"约炮"是一样的家常便饭，但对我来说，毕竟是一件人生大事。一如在答应李瑞强的求婚时我所作的郑重考虑一致，我回复他，我同意离婚，但我得先想一想。

"想什么想，别想了。"李瑞强武断地说。他的这句话只是让我想笑，他确实是我理解中的巨婴。但紧接着我就笑不出来了。

真没想到，李瑞强居然有事无巨细写日记的好习惯。作为班主任，多年来，我也确实要求学生写日记写周记，但我自己却在高中时期因为学业的繁重而放弃了。作为夫妻，李瑞强写日记，我并没有太放在心上，更不可能违背公序良俗去偷窥他的日记内容。直到他以日记为原始档案给我开了一份清

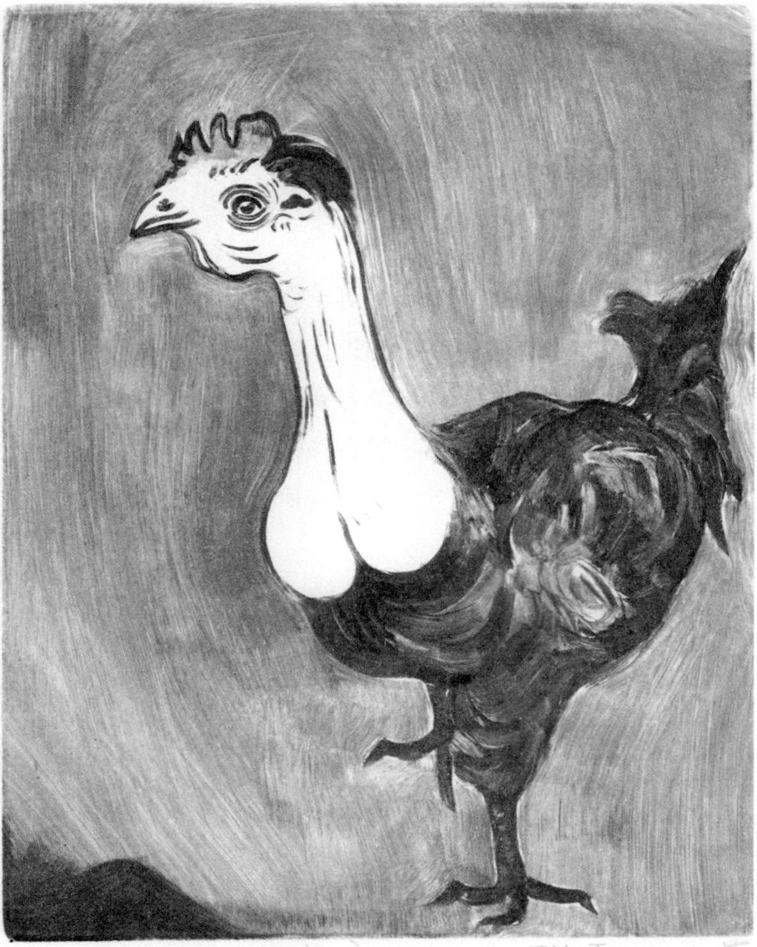

单（见附件），我才可以大致了解到此人写日记的独特之处，那就是一份账本，记录着每一笔收支及其缘由。我相信大家和我一样并没有耐心阅读这份清单，所以我有必要简略介绍一下：在这份清单里李瑞强提供了他和我恋爱至今花在我身上的每一分钱，具体到时间和地点。这份清单本身确实可以构成当下社会一个奇闻。我一方面在清单上看到了我们恋爱和婚姻的生活细节，有往事历历在目的既视感，同时也惊讶于自己居然有幸成为这一奇闻的主角。另外，李瑞强日记清单想必在未来社会具备物价、社交等层面的社会学和考古学的文献价值。至于李瑞强开列这一清单的目的，无需我赘述，我也不屑于复述他的请求。我给贵公司诸位女士先生们写这封信，仅仅是想共享我们共同认识的一个叫李瑞强的人，他是多么有趣。

打搅了，谢谢。

此致

敬礼

李瑞强现在的妻子，不久后的又一前妻

年月日

附件：

| 时间 | 地点 | 原因 | 金额（元） |
| --- | --- | --- | --- |
| | | | |
| 3月5日 | 小城镇虎子烧烤 | 吃饭 | 153 |
| 3月22日 | 常春藤咖啡 | 咖啡和简餐 | 271 |
| 3月22日 | 大华电影院 | 看电影，饮料 | 110 |
| 3月23日 | 洪山路集贤楼 | 吃饭 | 252 |
| 3月30日 | 新华路兰州拉面 | 吃饭 | 35 |
| 4月8日 | 大光路嚎叫KTV | 请你和你的朋友唱歌 | 1320 |
| 4月8日 | 大光路拐角一号 | 夜宵 | 537 |
| 4月11日 | 上海路奇珍奶茶店 | 奶茶和汉堡 | 54 |
| …… | | | |
| 7月23日 | 中央门儒家酒店大床房 | 过夜 | 360 |
| 7月24日 | 洪山路沙县小吃 | 早饭 | 30 |
| 7月24日 | 洪山路集贤楼 | 午饭 | 210 |
| 7月24日 | 石矶公园 | 门票和饮料 | 140 |
| 7月24日 | 美华商厦负一层美食广场串串 | 吃饭 | 99 |
| 7月25日 | 洪山路沙县小吃 | 早饭 | 41 |
| 7月25日 | 米雪蛋糕 | 给你带回家的甜品 | 74 |
| …… | | | |
| 8月14——19日 | 皖南五日游 | 所有费用 | 4951 |
| …… | | | |
| 中秋节 | 你家 | 礼品 | 1600 |

| 时间 | 地点 | 原因 | 金额（元） |
| --- | --- | --- | --- |
| 9月24日 | 小城镇丽岛大酒店 | 订婚宴<br>订婚钻戒<br>彩礼 | 4360<br>21900<br>80000 |
| …… | | | |
| 10月3日 | 我家 | 暖房酒 | 4000 |
| 10月4日 | 小城镇丽岛大酒店 | 婚酒 | 29999 |
| …… | | | |
| 10月10——17日 | 新马泰七日游 | 蜜月旅行<br>购物及其他自费部分 | 15000<br>16840 |
| …… | …… | …… | …… |
| 1月3日 | 洪山路沙县小吃 | 晚饭 | 30 |
| 1月4日 | 洪山路沙县小吃 | 早饭 | 20 |
| 1月4日 | 中西医结合医院 | 看望你姑妈 | 500 |
| …… | …… | …… | …… |
| 2月10日 | 你表姐家 | 表姐儿子过周 | 800 |
| …… | | | |
| 3月23日 | 你二叔家 | 二叔盖房子上梁 | 800 |
| …… | | | |
| 4月7日 | 你家 | 你奶奶过世 | 1000 |
| …… | | | |
| 合计 | 311356 | | |
| 备注 | 建议AA制 | | |

清单

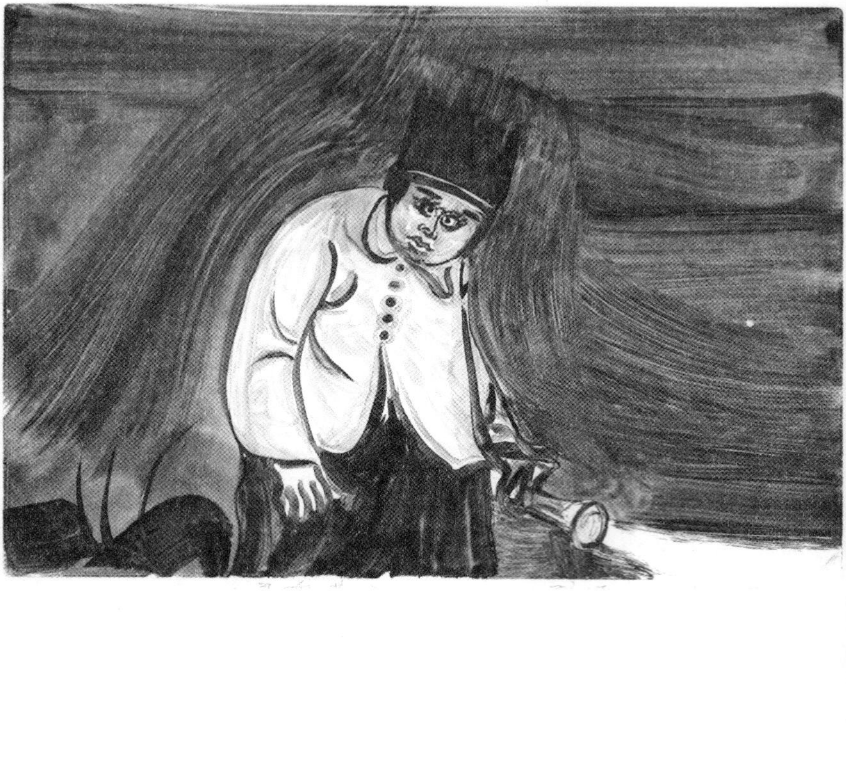

# 大埂上

    那个很老的年轻人一上大埂就引起了一阵较为隐秘的骚动。借着黄昏最后一点余光，大家认为他穿得比较骚气，耐克鞋，紧身牛仔裤，一件宽松且粉红的印有"我是谁"几个大字的文化衫。因为他耳朵里挂着白色的耳机线，所以大家绕不开他的脸。沟沟汊汊，委实算不得年轻。所有人都认得他，准确点说，所有人都记得他。

    这不是骆家的二子吗？

    可不是。

    十几岁出去念书就没回来过了吧？

    去年他妈死，我瞧见过。

    我听说他妈是叫他气死的？

    这个不好说，不过他妈活着的时候从来不提他这个儿子老婆跟人跑了这事。

有孩子没？

没。

老婆为什么跟人跑了？

据说他犯了事，坐了两年牢。

那在政府里那差事是不是也丢了？

政府里怎么能有犯罪分子？

那，犯了什么事呢坐牢？

这你得问二子。

当然没人问二子这个问题。好像如果二子不戴耳机的话，他们就会把这个问题抛出来。看来骆家二子混得确实比较惨，不仅犯事坐牢老婆跟人跑了妈也死了还没个后代，居然也沦落到跟大家一样跑到大埝上参加防汛。出于对一个不幸的人的同情，大家只是拍拍他的肩膀，或远远地冲他咧咧嘴点点头。没人好意思当面跟他说什么，以期他将耳机拿下来。老实说，耳机里是什么，大家也隐隐有点好奇。

好在生产队长在天黑之前也来了，他需要安排村民们分两人一组在天亮之前排班巡埝。所谓巡埝，具体就是拿着手电在大埝内侧走两里路，及时发现散漫和管涌现象，以防这些现象导致溃坝。一般情况下，村民会根据关系亲疏，自由组合，不能自由组合的，再由队长安排。不过，这次没人主动要求跟谁搭班，完全一副听凭领导安排的意思。队长虽然明白大家的意思，但也免不了感到恼火，让他安排，毕竟让他费了神。大概是为了报复村民，二子是最后被安排的，而且还特意安排给了李瑞强那个哑巴老婆。李瑞强长年在外打工，哑巴老婆只好代夫上埂。这么一说倒也般配，二子的户口念书那会儿应该就迁出去了，他来防汛，是受他在外做生意的哥哥骆老大委托。一个哑巴，一个聋子（戴耳机）。虽然大家觉得哑巴是打听不到二子什么事情来了，但想到这一层，不免你看看我我看看你，会心一笑。

从傍晚六点到次日早上六点，共十二个小时，每两个小时一组，六人正好三组，每组正好巡埂两次。因为二子和哑巴是最后安排的，也就是第三组，他们巡埂的时间也便分别为：半夜10—12点；次日凌晨4—6点。

除了给抽烟的村民递过两次烟，二子确实没有摘下耳机。

在天黑透之前，他们看了眼即将与大埂齐平的浑浊的江水，这才依依不舍地进入防汛棚。学生时代，因汛期和暑假相交，二子也一度替家里参加过防汛。酷热和能把人抬起来的蚊子让他记忆犹新。二十多年了，时代看样子确实进步不少，当年塑料布搭就的棚子，现在是一节临时放置的集装箱，内部安装有空调。集装箱内临时搭就的大通铺足够四个人（另外一高一矮两条汉子已出去巡埂了）和衣睡上一觉——如果你想睡并能睡着的话。

此时，大家（其实也就是二子和哑巴前面那班的一胖一瘦两个汉子）显然没有什么睡意，他们夸张地发出愉悦的呻吟躺了下去，然后齐刷刷把目光集中到二子身上。虽然二子是侧身躺着，但能通过自己的脊背感受到这些目光。为了抵消这个感受，他不得不将耳机的声音调到最大。不过，让他没想到的是，靠墙坐着的哑巴几乎是面对面地正好奇地看着自己。二子并不认识哑巴，她是在二子念书离开村子后才嫁过来的，但他知道她是李瑞强的老婆，也知道她是哑巴。其实他根本不希望也不愿意知道这些信息，但他就是知道，这就是农村。

闭上眼睛装睡，似乎也有点过了。但不这样，确实也没有别的办法。

后来一胖一瘦那两条汉子开始聊天。也不知道他们聊些什么。二子没忍住，集中精力听了听。胖子说，上游已经有地方淹了，也死了人。有鉴于此，胖子提醒瘦子需要做点准备，反正他已经将家里的被褥家具从楼下搬到楼上去了。他说，就算我们鸭镇被淹了，想也不会淹到楼上。这么说是有根据的，其一，电视上很多地方淹了，都是那些没有撤离的人站在楼上等待救援，这才有人民子弟兵背着孤寡老人蹚着齐腰深的水艰难挪行的感人画面；第二，1983年鸭镇是被淹过的，那年头苦于经济条件差，农户没有能力盖楼房，所以他们家里那些被褥家具都叫洪水冲走了。瘦子点头称是，就此还补充了一个段子。1983年，洪水退掉之后，他们从江南返回家园之时，瘦子那个在七里村的名叫赵刚的连襟一进自家院子，被眼前的景象吓坏了。虽然他家的三间土坯房耐不住大水的浸泡倒掉了，木质的大门门框却屹立在一堆烂泥里。而正对着这个门框的是一口不知从哪儿漂来的棺材。是一口红漆棺材，里面当然没有死尸，应该是哪位老人提前给自己准备的寿材。瘦子的意思是，虽然他的连襟赵刚被吓了一跳，磕头烧香闹了挺大动静，但却因为这口红通通的棺材交上了好运。赵刚后来当了包工头发了财，儿子也大学毕业在省城当了国家干部，眼下起码是副处级。

　　什么狗屁副处级！听到此处，二子实在忍无可忍，他拔下耳机，坐了起来，大声驳斥了瘦子。这确实出乎胖瘦二汉的意料。一方面他们没想到二子戴着耳机也能偷听他们的谈话。另一方面是二子言语粗鄙,有甚于他们这样的庄稼汉。第三方面,哑巴居然也被吓得一哆嗦,发出了只有哑巴才能发出的怪声。胖瘦二汉不禁面面相觑:难道聋哑不是一体的吗?难道该妇女这么多年来是装残疾人骗取国家对残疾人的优惠政策?

没错,二子振振有词道,你连襟的那个鸡巴儿子是不是叫赵志明?他是我同学。前几天我们还一起他妈的喝过酒。而且我告诉你,赵志明根本就不是什么鸡巴国家干部,他只是一家改制的原国有企业的工人,一个月也就三四千块钱。

没想到瘦子不以为然地笑了起来,然后轻飘飘地表示,二子,你别激动,你跟我说的可能不是一个人。二子没听他的,激动地从铺上跳了下来,站在地上歪着脖子并借着脖子上那根鼓起多高的青筋的力道跟瘦子争辩起来,那你说你连襟的鸡巴儿子到底是不是叫赵志明吧?瘦子说,是又怎么样,叫赵志明的多了。二子说,我懒得跟你扯没用的,我就问你赵志明是不是喊你大姨爹?瘦子说,是啊。二子掏出手机,冷笑道,行,我现在就给赵志明这个傻逼打电话。

很清楚的一点是,胖子确实一直躺在那儿看笑话，而二子准备拨打赵志明电话的手却被哑巴一把摁住了。

二子睁开眼，眼前确实是哑巴。他支起身子看了看，一胖一瘦正手拿毛巾塞进衬衣里擦汗，似乎唯恐已经使用了五六十年的肉体被在场的唯一女性哑巴所窥见。酷热和疲惫让他们懒得看一眼自己，看样子他们更感兴趣的是即将躺上去的铺位。而一高一矮则早已反比例地鼾声大作，也就是说，高的鼾声纤细清亮，矮的则浓浊雄浑。二子这才明白，一觉醒来，轮到他和哑巴巡埂了。

现在，二子和一个哑巴离开空调吹拂的集装箱内，置身散发着洪水腥臭的黑暗之中，他决定不戴耳机了。湿热的空气直接钻进他的耳孔，让他一时感觉不错。只见手电形成的两根光柱晃动着从高大的大坝上方移至更为黑暗的埂下，使他们看起来更像一对私奔的男女。

事实确实如此，二子如果没记错的话，李瑞强比自己大几岁，料想他这位哑巴老婆跟自己年龄相仿。当然，二子在小学和中学从来没有看到过这个哑巴。也就是说，哑巴很可能没有上过学。同理，哑巴如果不是聋哑，他们很可能是同学，有借橡皮的交情，有互生情愫的可能。这么想还在于二子仔细观察过哑巴，她并不难看。尤其是此时此刻的背影，一个略显瘦弱因此而部分妖娆的标准的中年女人的背影。她高一脚低一脚地走在他的前面，像带路一样尽量避开那些前几天雨水造成的泥泞，并使用手电照射这些泥泞提醒身后的二子。值得一提的是，她自己穿着胶靴，这么做的原因是她考虑到身后的二子穿着耐克球鞋。

他们就这么默默地向前走，并无意于发现所谓的散漫和管涌。二子远在少年时期的防汛经验即已表明，没人会真正关注散漫和管涌。村民们只是出于惯性响应政府号召，从自家凉爽干净的床上来到黑暗的大埂底部，依据要求，定时定点地在黑暗中走那么一段路，仅此而已。即便他们发现了散漫管涌，他们也不知道该怎么办。是奔走于大埂敲锣打鼓通知睡熟的村民？还是打电话给什么人吗？死去的母亲可以作证，二子读高二那年暑假替家里防汛那段时间，不止一次地发出反人类的牢骚：淹了才好呢。二子本人也不止一次地产生这样的冲动，就是在洪水高悬头顶所有人熟睡之际，他用当年刚刚变音的嗓门在大埂上奔走呼号：破圩啦破圩啦。时隔二十余年，没想到这样的牢骚和冲动仍在他的心里挥之不去。

他确实想把这些对哑巴倾诉一番，同时，如果她确实是哑巴的话,他也愿意告诉她自己犯了什么事以及牢中遭遇。至于他的前妻离他而去对他是否造成外人所认为的伤害,他觉得也有辩驳和澄清的必要。他更乐于向哑巴表明,他们的夫妻关系早在坐牢之前即已岌岌可危。

两里路并不长,他们很快就走完了。哑巴用手电照了照一块临时竖立的木牌,转过头看了看二子,嘴里发出怪声,示意他们的任务顺利完成了,或曰他们的路走到头了。他们没有立即离开,在木牌前站立了片刻。可见远处也有两束光柱,那是另一个生产队的巡堤者。二子像二十年前那样用手电向他们照去,闪烁了几下,作为招呼,对方也做了回应。他和哑巴也像二十年前那样一起笑了一笑。然后就向大堤上方爬去。大堤上有风。没有堤下那么闷热。

此时距离交班还很遥远,按照既定规则,他们在大堤上分别找两块砖石坐等交班时间即可。二子和哑巴熄了手电(免于被政府巡查人员逮到),距离两米地坐着。对岸城市灯火璀璨,江面的倒影更强调了这一点。抛锚停泊的大小轮船静止于江面,偶尔发出近似于叹息那样的声音,此外就是一些辽远的不知源头的沉闷的机械的轰鸣。这一切都使大堤上二人两米左右的距离尤为死寂。可能和之前的睡眠有关，这反而让二子有点亢奋。

二子从之前与瘦子发生争执那个梦开始，说，我真的不喜欢他妈的农村。

哑巴说，切，你不就农村的吗？

二子说，是，我不是说我歧视农民，妈的，我的意思是说，在农村生活挺叫人烦的。

哑巴说，怎么烦？

二子说，农民最爱探头探脑地打听别人的破事。我最烦这个。

哑巴说，这不很正常嘛，这也是乡亲们对你的关心是不是？

二子说，看来你确实没读过书，真他妈没文化，隐私你懂不懂？

哑巴说，我就懂脚正不怕鞋歪身正不怕影子斜。

二子说，还有他妈的混得好混得差，老子就是混得差，怎么了？

哑巴说，切，真没见过你这样的，混得差你还好意思得意？

二子说，庸俗，你这个傻逼真庸俗，亏我刚才在大埂下面在你后面走的时候还挺喜欢你的。

哑巴说，哦。

二子被这个简洁的"哦"激怒，试图辩解一下，或者对这个哑巴不妨施诸一番暴力？情急之下居然拧亮了手电。

哑巴见此才慌乱起来，压低声音目露凶光地呵斥道：快关了，巡查的人来了。

正是这一声呵斥，二子再次被惊醒了。哑巴已经穿好胶靴站在集装箱门外等着，他和哑巴今夜第二次也是最后一次巡埝开始了。

之前那次巡埝，二子没戴耳机。拜哑巴所赐，走完两里路后坐在大埝上确实无所消遣，与蚊子的搏斗更让人心烦意乱，所以他决定这次戴耳机，听几段评书相声也好啊。结果他找不到自己的耳机。他在集装箱内气急败坏的翻动寻找必然惊动了一高一矮一胖一瘦。

二子没有歉意，毫不客气地质问这群被打搅的人：你们有没有看到我的耳机？

高的说没看见，矮的反问我之前不是看你戴在耳朵上的吗，胖的则坐了起来帮助二子找了找，然后安慰他，等天亮了再找吧，不会丢的。只有之前跟二子事关赵志明的身份发生争执的瘦子始终紧闭着眼睛以示自己睡得很死。这让二子基本认定自己的耳机一定是瘦子藏了起来或扔了。但他也认识到一点，即便瘦子装睡的样子像极了他就是绑架和谋杀耳机的嫌犯，但证据呢？你有证据吗？此外，事关赵志明身份的争执难道不是梦境吗？

总之这一回二子是晕晕乎乎和哑巴下了大坝。他一时分不清之前梦境中有哪些细节是假的，在他看来，1983年的洪水是真的，赵志明也确有其人，而和哑巴的对话更是他的一贯风格。这一出神致使他辜负了哑巴的提醒，几次踩进泥泞之中。耐克鞋和牛仔裤裤脚上的烂泥终于让他彻底清醒了。也可能是此时气温降至当日最低点有关，他突然为自己在梦中的表现感到羞愧，尤其是一脚烂泥严重亏欠哑巴前面带路的好意。所以他紧追几步，用手电捅了捅哑巴的后腰。哑巴停下脚步，回头看着他。

跟哑巴说什么呢？二子没多想，他用手描述了耳机挂在双耳上的形象，然后两手一摊，表示找不到了。哑巴似乎看懂了他的意思，只是摇了摇头，大致表示她也不知道，并对他找不到耳机这事表示遗憾和同情。这是他和哑巴的第一次交谈。第二次交谈发生在天蒙蒙亮的时候，哑巴主动。其时晨风微拂，蚊子消散，露水沉重，二子垂首坐在大坝没有一丝梦境非常干净地睡着了，而且睡得相当之香。然后是哑巴的尖叫和揪抓打断了这一切。

朝霞在东方显现，来自宽阔江面的晨光清澈地照射在哑巴恐慌的脸上，两只被肿胀眼袋包围的三角眼里布满了血丝，这个可怜的蓬头垢面的哑巴女人，已是满头华发。

　　哑巴一只爪子紧紧揪住二子的胳膊，另一只手指着江面。她的惊叫和揪抓是有道理的，一具肥胖硕大的浮尸正在她的指尖缓缓漂过。

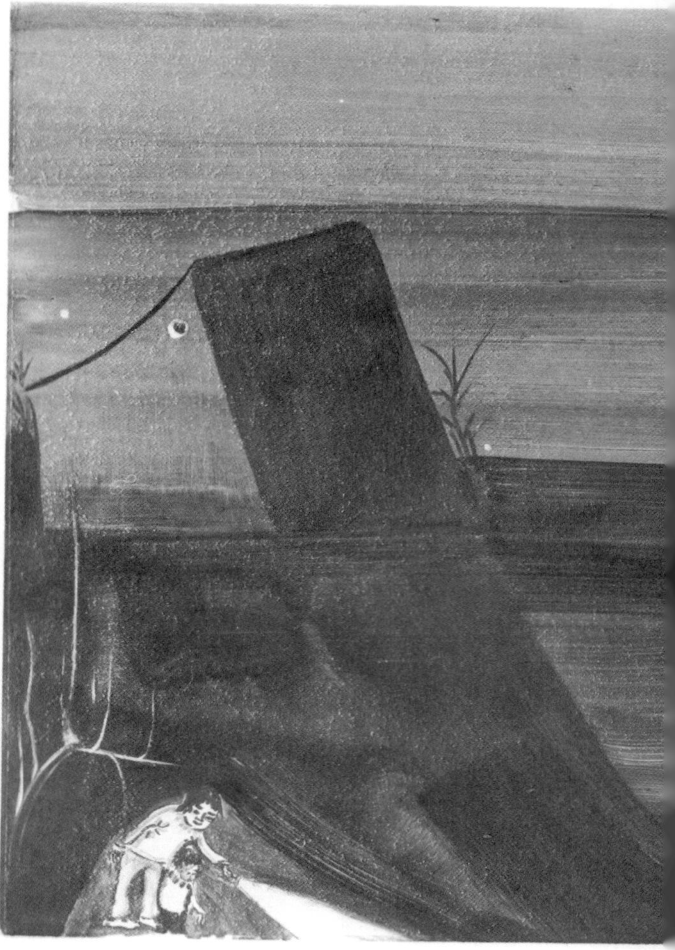

# 老司机

　　313路公交车始发自鸭镇中学，途经菜地路、老码头、船厂等七八站，然后上长江大桥，进入市区，在市区也停七八站，到国贸中心地铁站附近为终点。不过，313路在国贸中心没有停车场，后门进城的人全部下车的同时，前门返回鸭镇的人也便上车了。然后原路返回。因此，李瑞强和他的同事们不难发现：每天早上进城的人太多了，拥挤不堪，前呼后拥、争抢座位及因此造成的口角和斗殴时有发生。而返程时车厢内却相对空旷，此其一。第二，早上进城的以年轻人居多，而返程的乘客则以中老年为主。第三，前者大呼小叫，穿着鲜艳，描眉画眼，阵阵浓厚的香水味发自他们汗津津的腋下；后者则普遍穿着保守得体，公文包小坤包，老成持重，不苟言笑。这是所谓的早高峰，晚高峰则与之相反。

鸭镇的就业状况因此一目了然。年轻人进城上班，大概与他们还年轻有关，光鲜而廉价的外表并不代表什么。他们在国贸中心下车后赶赴地铁站，其紧张和慌乱程度并不亚于挤313。然后地铁再及时把他们撒到市区的各个角落。迟到了扣工资奖金，或者被老板训斥，这好像是他们每天最担心的事。好在他们相信，只要他们不迟到早退，努力工作，跟领导同事处好关系，迟早能升职涨工资，一不小心自己当老板也未为不可。届时攒够首付在市区买了房就再也不受这个罪了。而相反的那拨人，显然是从市区到鸭镇来上班的。他们行头低调，但一件藏青色夹克在商场里很可能值几千，至于箍着他们大肚皮的皮带，只在车厢内较为燥热之际，才偶尔于敞开的夹克下闪烁出国际名牌的商标。没错，他们大多是机关、银行、学校和卫生院等单位的人。当然，他们中的多数早年也是鸭镇人（比如其中就有李瑞强的老师和同学），经过多年的奋斗，加之体面的工作和优厚的福利让他们早已将家从鸭镇搬到了市区。不过，就李瑞强不止一次偷听到他们的谈话所透露，他们正在考虑退休后回鸭镇盖一栋小楼，种两分菜地，养几只小鸡。"毕竟农村空气好啊"，这是他们最爱说的一句话。

作为313公交车驾驶员，李瑞强有时不免要跟同事就此展开讨论，他们自己在这两拨乘客中究竟属于哪一拨？这还用说，胖子直言不讳地指出，你跟我可没钱在市区买房啊。转而露出淫荡的神情，悄声告诉李瑞强，今天小苏坐他车了。

是是，李瑞强脸一红，这倒并非因为胖子所提及的小苏，他蓄意略过小苏。严正申明：我不是说我们比打工的好到哪儿去，不是那个意思，我只是觉得……李瑞强自己也说不出来，或者说不好。中立方？不对。第三者？什么啊。局外人？李瑞强对自己使劲摇了摇头。他就初中毕业，没什么文化。

初中毕业后，李瑞强先学了烹饪，在一家小饭馆干过几天，就回了鸭镇，闲在家里，期间也给鸭镇人家红白喜事掌过勺。但据说因为扣肉做得不地道，筋拽拽的咬不动，也再没人请。这时候，他的表哥劝他去学驾驶。他就考了驾照。帮人开过渣土车，中巴车。后来开出租。鸭镇通公交时招人，他来应聘。没想到招人只是幌子，司机早都定好了，自然被刷了下来。过了好几年，他舅舅从什么地方听说了这件事，怪李瑞强不早跟他说，舅舅在下坝村当村干部，算是亲戚里混得最好的，也是家里说话最权威的人士。也不知道业已退休的舅舅还有什么资源动用了什么手段，然后硬是把李瑞强塞进了公交公司，使之光荣地成了一名313路公交车司机。

老实说，李瑞强有点怕自己这个舅舅。除了舅舅的干部身份，他的大块头和大嗓门自幼就让李瑞强不得不低声下气。都说外甥像舅舅，有一天舅舅在他家喝酒喝多了怒气冲冲地一把将李瑞强像拎小鸡那样拎到跟前，将另外一只手横为掌形，比对了一下外甥和自己的身高差距，撇着嘴说，长不高还不能多吃点长胖点？当时李瑞强已是二十多岁的小伙子，虽然瘦弱，但也羞愤难当，试图挣脱，舅舅只稍稍一使劲，李瑞强当场就趴下了。当然，这些都是多年前的事了。现在的问题是，不仅开313这份工作拜舅舅所赐，五年前李瑞强终于把婚结了，舅舅也是功不可没。媳妇并非外人，正是舅妈娘家的侄女。也正是因此，结婚五年了，媳妇还没怀上，舅舅对外甥的大嗓门看来是永远正确了。

现在我们再来谈谈小苏。小苏是313路公交车上的一位女乘客，年龄二十四五，每天和那群公家人模样的家伙一起坐车早上来鸭镇，傍晚回城。就好事者打听所得，小苏在船厂上班，应该是出纳会计，至于家住哪里，已婚与否，那就不知道了。其实这些一点也不重要，重要的是，313全体驾驶员都对小苏印象深刻，垂涎已久。大家一致同意，小苏是他们有幸驾驶313路公交车以来所见过的最漂亮的姑娘。怎么漂亮？漂亮到所有驾驶员遇到她都不敢直视，只敢行车途中偷偷在后视镜里瞥上几眼以饱眼福。

她穿得其实挺普通的，胖子说，也就T恤牛仔裤，也没见她拎过LV，怎么就那么好看？

皮肤还有点黑你发现没有？李瑞强提醒胖子，但看上去比谁都干净。

……

当然，更多时候李瑞强不太想加入司机们针对小苏的讨论。一方面是这些老司机们热衷于把话题引入下流，另一方面李瑞强不愿意跟他们分享他对小苏的观察和发现以及自己重大的思考成果。

小苏有一天上车刷卡时发现卡里没有余额了。她掏出手机，打开支付软件准备刷。李瑞强没忍住，说，算了，不用刷了。但不知道是自己声音太低小苏没听见，还是小苏坚持己见非要刷掉两块钱，她终究还是用手机刷了。这导致那一整天李瑞强都在骂自己不要脸，虽然所有司机都热爱小苏，但李瑞强相信，不会有人像他这样表露得如此轻浮。自从无人售票以来，逃票现象几乎是每个驾驶员必须面对的问题。一般情况下，驾驶员也无可奈何，然后以一句"素质"来表达抗议和自我安慰。不过胖子说他有时就是来气，决定让车熄火，将驾驶员对逃票乘客的指责转让给赶时间的全车乘客。当然，这有管用的时候，但这视逃票者的块头和相貌。若是一个地痞流氓状的家伙，全车人只能心甘情愿地跟逃票者静静地坐在一起，绝望地等待车子重新启动的时刻。另一种逃票是遇到认识的司机，乘客会相当自然地不刷卡。同是鸭镇人，甚至是你的亲友，李瑞强又怎么好意思强行要求他们刷卡呢？李瑞强的隔壁彭飞，也是每天早上进城上班的人之一。早上赶时间，他没法挑坐谁的车进城。但傍晚，李瑞强屡屡碰见彭飞。据李瑞强老娘所说，那是因为彭飞为了省两块车钱，只要司机不是李瑞强，彭飞坚决不上车回家。下班了嘛，反正时间有的是。此外，就是李瑞强像对小苏这样主动希望对方不刷卡，比如鸭镇中学的赵老师。赵老师教过李瑞强，是后者最尊敬的老师。但德高望重的赵老师并不缺这两块钱，也向以遵守社会公德良序为荣，每次都是边和李瑞强热情地打招呼边刷卡。有一天在一个同学聚会的饭局上李瑞强遇到了赵老师，提到了这一点，表示赵老师以后若再坐他的车千万别刷卡。赵老师反问为什么？李瑞强反而无言以对。赵老师哈哈一笑，还是像当年那样看穿了李瑞强的斤两并纠正其错误思想。他说：瑞强啊，我知道这也是一种权力，说难听点，是你在这个世界上最大的权力，你想使用这个权力，用这个权力照顾你的亲友对不对？不过，你想过没有，你的这个想法与一个滥用权力的贪官其实完全是一回事啊。

如果座位可以挑选的话，一般人上车习惯落座于后门附近的座位上。这首先易于下车，而且位置居中偏后，既没有占据老弱病残孕专座，也在于老弱病残孕上车后因自己确实不愿让座而形成的道德压力至此能得到相应的缓解（占据专座的人良心何在？前排的所有人良心何在？）。相比之下，小苏却喜欢坐最后一排车座左侧靠窗位置。这看起来更像躲避让座，其实不然，李瑞强不止一次看到小苏远远地从自己的座位上站起来向需要座位的老弱病残孕招手的感人画面。李瑞强的看法是，勤于让座虽然让小苏显得满怀热情，但她本人挑选的座位说明，她很可能是一个并不喜爱人群的人，一个骨子里有点冷漠的人。众所周知，车右可以透过车窗浏览行人、店铺等街景，外面的喧闹配以乘客急切张望的神态以及幅度较大的动作，均是热爱生活的表现，而小苏的座位所面对的是窗外的车流，不仅如此，小苏很少望向窗外，她喜欢将秀丽的头颅轻轻搁在车窗玻璃上闭目养神，她似乎总是很累。李瑞强还愿意相信的一点是，小苏选择这一座位的另一用意在于她置身有限空间的最偏远的角落，便于她审视观察所有其他乘客。这与驾驶员通过后视镜和摄像头观察车厢如出一辙。对，他们都是观察者。所有驾驶员都喜欢小苏，看来也隐隐有着某种幽暗可辨的因缘。

也正是因此，有一天，当313终于返回鸭镇中学的停车场作休整后，李瑞强习惯性地来到小苏的座位前，刚准备坐下（她的体温早已在几站路的时间里荡然无存，但李瑞强还是抱有侥幸心理），却发现车座下面有一个手提纸袋。李瑞强承认自己一下子变得相当激动，以至于手指微微颤抖。打开纸袋，检视一番，他才平静下来。并无什么了不得的东西，只是一包尚未开封的A4纸，李瑞强相信，他即便启封，这些A4纸上也不会有一个字，即便有字，也不会是写给他的。不过，他却又开始烦躁不安起来。按规矩，他只要把这个纸袋送到停车场313调度室旁边的失物招领处即可，但问题是，他知道失主是谁，自己带上，次日当面奉还就行，根本无需劳烦小苏猛然发现自己丢失物品然后从船厂赶赴此处领取失物。问题还在于，一包A4纸，仅仅是一叠微不足道的办公用品，它并不值多少钱，如果是李瑞强丢了，他相信自己不会去找。小苏又何尝不会就此算了？也就是说，如果李瑞强把它送至失物招领处，这叠A4纸恐怕就永远搁置在物架上了，而他那时再想拿出来当面交给小苏，手续复杂还好说，让公交公司的相关人员起疑就无聊了。最后，李瑞强自作主张私自留下了乘客的失物，确实是次日当面在小苏刷卡的时候物归原主的。小苏的表现是大吃一惊和疑惑不已。她对一叠A4纸失而复得显然没什么好激动的，她不由得认真打量了一番这位司机师傅，三十七八，瘦如马猴，眼神躲闪，从没见过。不过，这件事很快就呈现了积极的一面。以后小苏如果上李瑞强的车，就会主动地问声好，后者则报以龇牙咧嘴的一笑。

幸亏李瑞强没把这些与小苏有关的段子和想法公之于众，否则真是笑掉老太太的最后一颗槽牙。所有313老司机其实都能说出一大堆与小苏有关的段子和个人想法。最让人嫉恨的是，不久之后胖子居然还和小苏吃过饭呢。胖子的小舅子帮船厂跑运输，为了感谢照顾他的生意，特意请船厂一群人吃饭。小舅子酒量不行，叫以酒量著称于鸭镇的胖子一定要请一天假帮他陪酒。慑于年轻有为的小舅子日渐发达的淫威，作为姐夫的胖子只好从命。万没想到酒桌上巧遇小苏。真是天仙下凡啊，胖子感慨万千，这样的漂亮姑娘居然降临镇上王老头饭店芦苇滩包间，真是蓬荜生辉呐。你也没看王老头那德性，像条老狗那样跑来跑去，舌头都拖地上了。胖子承认自己当天喝多了，他也承认酒量惊人的他之所以喝多与小苏有关。小苏能喝酒，酒量也不错。小苏没有嫁人。小苏是财经大学毕业的。船厂是小苏姑父家的。小苏姑父没孩子。船厂将来是小苏的……总之，胖子这顿大酒没有白喝，他带来关于小苏足够的信息。一群人围着他听他说了许多天还没说完。奇怪的是，一向和胖子关系最好的李瑞强倒没怎么加入听众，表现得不是很感兴趣的样子。看上去，胖子这顿大酒严重伤害了李瑞强的感情，他们的友谊看样子是走到头了。

当然，事情也可以从另一个角度来理解。那段时间李瑞强确实摊上了不少事。先是他媳妇终于怀上了。结婚五年来，李瑞强禁烟禁酒，日夜操劳，始终没见成果。刚刚恢复烟酒没多久，媳妇倒怀上了。意外怀孕！反正李瑞强是这么看待这个问题的。一家人喜出望外，一改长期对这个老实媳妇的冷眼相对，个个上门嘘寒问暖，搞得李瑞强媳妇受宠若惊极不适应。正所谓喜极而悲，李瑞强这辈子最大的贵人恩公他的舅舅此时又突然中风了。虽然舅舅自有儿女照顾，但老娘认为儿子也得多去探望照料，李瑞强不敢违抗。也正是舅舅中风，李瑞强才和三

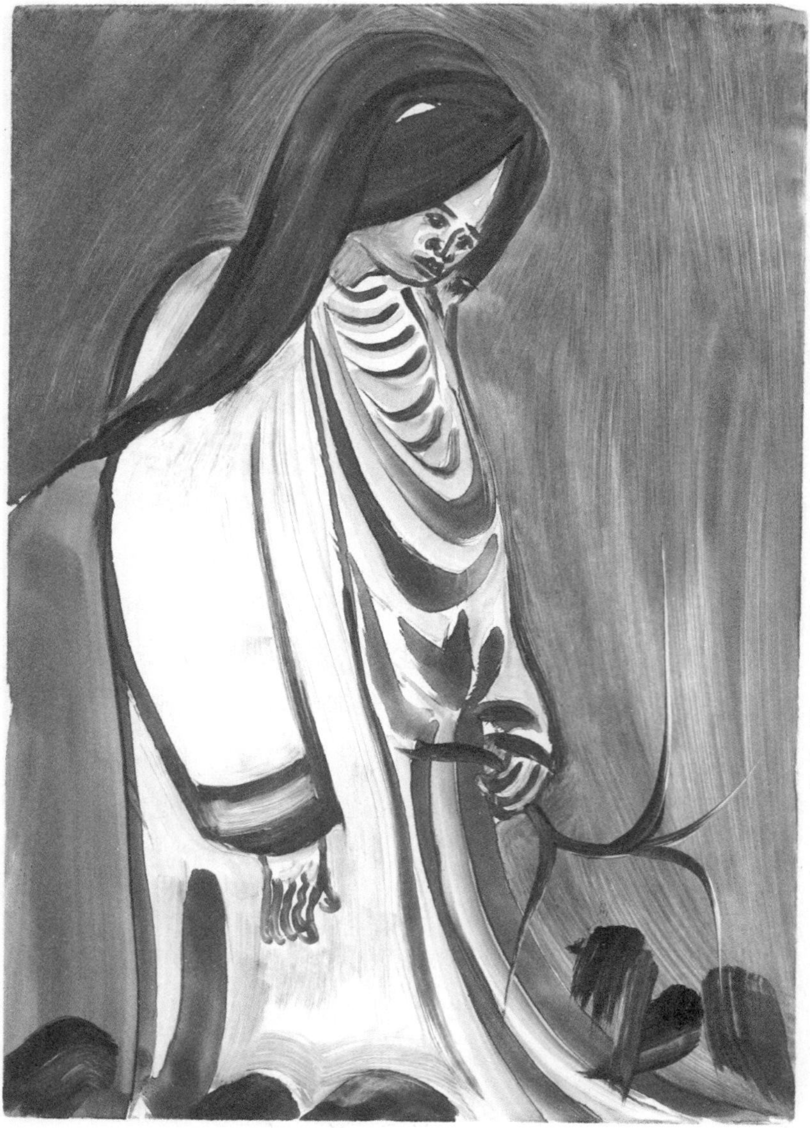

个表兄妹时隔多年得以重逢。大表哥在外面开公司，有专职司机接送。表姐大专毕业，虽然也没什么好工作，倒是嫁了一个军区老首长的孙子。小表弟那就更了不得了，直接是从国外赶回来的。至于他在国外搞什么，李瑞强斗胆问了问，小表弟也平易近人地告诉了他，但他根本就没听懂，还是不知道小表弟是干什么的。再看舅舅，坐在轮椅上歪着嘴，舅母不停地用一块毛巾擦拭他的口水。虽然不能说话，但他显然还认得自己这个号称让他操了一辈子的心的不争气的外甥。李瑞强跟他面对面坐着，舅舅瞪着他。他躲到墙角蹲着抽烟，发现舅舅还是瞪着他。李瑞强只好把烟头狠狠摁在地上，站起身表示忙，先走了。

孩子降生，李瑞强获得假期在医院照顾妻儿。他可能还没有反应过来，显得手足无措。他一直拒绝抱自己的孩子，理由是护士告知的那些注意事项让他觉得比中考代数题还难。好在老娘和丈母娘轮流出场，委实也不需要他具体做些什么。然后就是出院回家。然后就是重返工作岗位，照常上班。

胖子沉痛地告诉李瑞强，小苏死了。死亡地点是在船厂东边一里处的二侉子农家乐，小苏代表船厂招待一群客户。二侉子农家乐大家都知道，有一大片水塘，倒映着几排乱七八糟的房子和两条狼狗。

垂钓吃饭之余，二侉子也向远道而来的城里人兜售他在后面那排简易平房里养的所谓走地鸡和草鸡蛋。小苏是这么死的：她喝了不少酒，然后摸黑去二侉子家那间男女通用的旱厕上厕所，就再也没有出来。别人都以为这个姑娘不胜酒力自己先走了，也没人在意，据说撂下客人不管也是小苏固有的办事风格。只是次日清晨，二侉子遵照五十年来的个人传统一大早去上茅房时，才发现粪池里有一个人，一个被蛆虫和粪便紧紧拥抱的漂亮女人。

# 饭局忠魂

瞎子到底是发了财的，每次请客都有好酒，所以大家免不了都喝得很好。所谓好，就是可以放开量喝，喝大了走不了路也没关系，鉴于前例，瞎子会派人把你安全送回家，第二天头还不疼。好也在于菜，毕竟是在鸭镇最好的隆兴大酒店，据说这里的大厨一个月都要开万把块钱的工资。虽然在座除了瞎子每月挣多少钱没人能说清楚，但很清楚的是，其他人没几个月收入能跟这个大厨比的。

和往常一样，看着桌面上盘子里的东西都不多了，瞎子叫服务员小红来二次点菜。

"你们点！"瞎子往椅背上一靠，深吸一口烟，继而像被烟熏到一样，揉了揉右眼。这也是瞎子标志性动作。

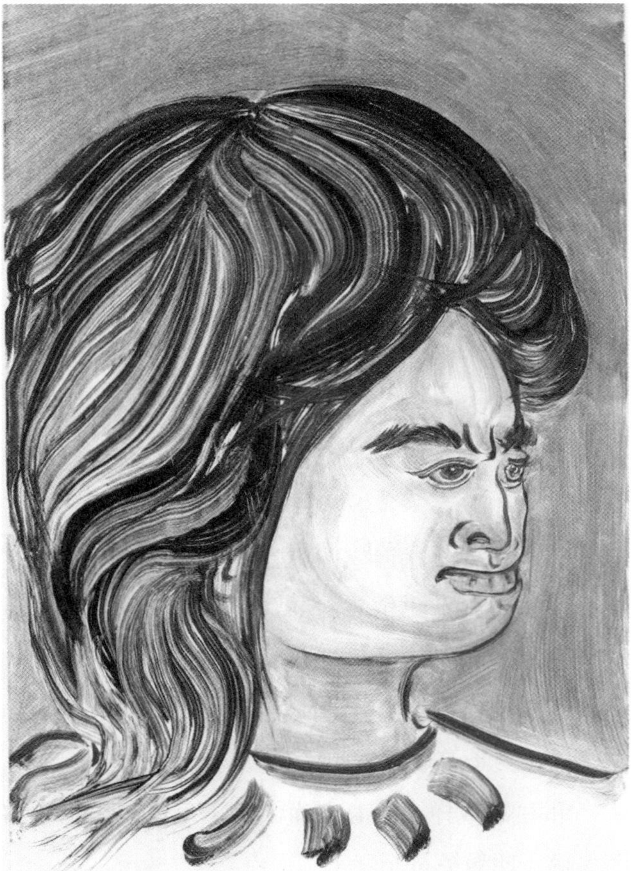

瞎子的右眼是个塑料球,据说每天晚上上床睡觉,瞎子都会像老太太摘下假牙那样摘下这颗眼球放在床头柜的一个盛满清水的玻璃杯里泡着。当然,这话是陈钟说的,但可以肯定的是,陈钟跟瞎子没有一起睡过觉。

大家也便接过瞎子递过来的点菜权,纷纷从椅背上直起身,把硕大的脑袋搁置在菜单上假模假样地看上好一会儿,最后还是丢开菜单冲小红说:

"还是再上一份臭鳜鱼吧。"

"鸭舌也不错,也再来一份。"

"粉蒸排骨呢?还能上吧?"

"瞧你们,也不嫌腻,我要一份小青番茄平菇煲。"

……

不知道为什么,这事(瞎子二次点菜时下放点菜权,以及众人所点的菜名)就像发生过很多回而且每次都完全一模一样似的。也好像这么些年来,瞎子和大家从来没有离开过这张桌子一样。至于离开这张桌子各自的生活,似乎都是假的,或者是模糊的,多年来,大家生活中唯一清晰可见的就是这张饭桌。因此,下面发生的一切也很可能反复发生过多次。

先是吴宇清借着酒劲要站起来唱歌，唱《大刀向鬼子们的头上砍去》，唱着唱着还以两只手一上一下给自己打拍子的方式兼职指挥号召大家跟他一起唱。但没人跟他唱，于是他很不高兴，限于圆桌，他只能将不满发泄在坐在他左边的斯大哥头上。斯大哥的头被他不轻不重地打了一巴掌。后者强撑着笑了笑，没有发作，而是将椅子向后挪了挪，继而担心吴宇清挥舞的手掌再次落在他头上，届时自己势必得表现出忍无可忍，那样一来场面就会难看，所以，他说去撒泡尿，跑到外面去了。

吴宇清的手落空在斯大哥原先脑袋占据的地方，也兴味索然地坐了下来，喊："喝酒。"这句倒是受到了局部响应。

陈钟放下酒杯，突然说他今天遇到个人，"你们猜，是谁？"

"关我们屁事，"吴宇清像报复陈钟刚才不跟他唱歌那样表现出自己懒得猜，"喝酒！"

但这次没人端起酒杯，都看着陈钟。

"是刘彤。"不容大家猜一下，陈钟自问自答起来。

"刘彤。天哪，好几年没见了，她现在怎样？"瞎子好奇地问。

陈钟充满歉意地说自己也只是远远地看见，并没有上前跟刘彤说话。但他补充道："也不是我不想跟她说话，我觉得刘彤也看到我了，但装作不认识，所以……"

吴宇清审时度势，也放下酒杯，说："是问你刘彤看上去怎么样？老了？丑了？"

"那倒没看出来，"陈钟说，"开宝马，穿着打扮挺好的，看上去嫁了个阔佬，过得不错。"

"算了算了，"瞎子用筷子敲了敲桌子，醒悟过来似的提醒大家，"为什么要提这个女人，提她我就来气。别提了。"

见瞎子如此决绝，大家只好沉默，似乎默认瞎子关于刘彤是个坏女人的论断。

门敞着，其实斯大哥就靠在门外的墙上正在一边抽烟一边跟站在门外等候吩咐的小红有一搭没一搭地聊天。小红老家哪儿的一个月挣儿千有没有男朋友为什么到现在还不嫁人等问题也不知问过多少遍了。交谈并不积极，所以他和小红也无意间听到了包间内的谈论。

"刘彤这名字好熟。"小红说。

"当然熟，"斯大哥说，"就是以前跟我们一起来的那个老骂你的女的。"

"经常跟你们一起的那个徐哥老婆？大美女啊，"

小红恍然大悟，但转瞬也露出哀容，"徐哥就是在我们饭店门前死的，我没看到，但他们说就在门口不远，真可怜。"

"嗯，他们觉得就是这个女人害死了徐哥。"

"啊，怎么回事？"小红几乎是一把抓住了斯大哥的胳膊。

斯大哥笑了："有话慢慢说，别动手动脚。"

"去你的，"小红松开手，"快说嘛。"

斯大哥叹了口气，用一种客观公正的腔调又说："其实也不能说是刘彤害死了徐哥，徐哥是喝多了被汽车撞死的这你总知道吧？"

小红说她听说徐哥头都被压扁了，而且还听到现在都不知道谁撞的，司机至今仍在逃逸。

"真要怪，怪他。"斯大哥拉了拉小红像特务那样蹩着墙挪到窗口，隔着玻璃迅速地指了指吴宇清，再以同样的速度返回墙面靠着。见小红还站在窗口，他还生怕暴露目标似的一把拉回了小红，小红跌在了他的怀里。

小红从斯大哥怀中挣脱，问："跟他有什么关系？"

"那天就是他招呼吃饭……不在你们这，在城里，把你徐哥灌多了，散了后，各自回家，你徐哥估计糊里糊涂地就被撞了。"

小红更不明白了，她提出了两点。一，你们（指瞎子为首的这群熟客）聚会不都是来隆兴嘛，那天为啥去城里？二，埋单的从来都是瞎子，那天为啥吴宇清要埋单？

也不知是斯大哥不愿意跟一个饭馆服务员说得太多，还是这时候包间内又有人开始谈论刘彤了，小红见在斯大哥这儿获得不了答案，便把后者继续扔在门外，以给大家倒茶的名义进了包间。

诚如小红所言，刘彤是鸭镇上著名的美女，而且是在座亡友老徐的遗孀，显然是饭桌上一个好话题，就这么轻而易举地略过，陈钟还是有点不甘心。他对瞎子征求意见般地说道："瞎子，刘彤对老徐不好，这确实是事实，但要说刘彤是个坏女人，咱们是不是太那个了？"

没容瞎子驳斥，吴宇清跳了出来，他历数刘彤对先夫老徐的种种劣迹。比如不管在什么场合，从来不给老徐面子。有一次，大家吃饭，老徐也仅仅是比预先说好回家的时间迟了十分钟，刘彤就直接从家里冲出来跑到隆兴掀了桌子。这事大家应该都没忘吧？就是，连小红都记得，小红说她当时可吓坏了。另外，老徐的工资卡奖金卡全部被刘彤没收，这有老徐从来没埋单可以作证对不对？

吴宇清显然有点口不择言了，很明显，他确实埋过一次单，但也正是那次我们亲爱的老徐死掉了。这就算不怪他，不算问题，问题在于他意有所指。没错，陈钟也没有埋过单，站在门外听得真真的斯大哥也不例外。这是什么意思？在斯大哥看来，埋过一次单并被不断提起，这恰恰证明吴宇清是个货真价实的小气鬼。

斯大哥忍无可忍，重新返回包间，直接指出吴宇清的阴暗心理，大声疾呼道："老吴啊，真有你的，行！陈钟，你今天别怂，你就把单埋了——下次我来！"

天真可爱的小红以为一切会按着斯大哥的思路进行，觉得这桌看来是要结账了，赶紧跑出去计算账单。不过等她使用计算器噼里啪啦结算好，拿着账单返回包间，发现，所有人都稳坐其座，并无要走的意思，此外，陈钟两眼泛红，好像哭过，而瞎子则取下右眼眼球叫小红找个干净的玻璃杯倒半杯清水。小红将眼球掂在手中，发现陈钟所说不对，不是塑料的，而是玻璃的。

很简单，陈钟没有接斯大哥的话茬，瞎子又怎会让斯大哥和吴宇清继续放肆下去。他挥了挥手，埋单权就被他轻而易举地重新夺取了。他说既然大家都把话说开了，那就再开一瓶酒放开了说吧。他说他对刘彤"坏女人"的评价绝非虚言。这倒并非"蛇蝎美女"这种庸俗不堪的论调，长得漂亮岂是刘彤的过错？刘彤的过错或亡友老徐的错误在于，二人根本就不般配。最初，老徐拜倒在刘彤的石榴裙下，死死追求，但除了死死追求这点强于其他追求刘彤的人，其本身就不平衡，从最初老徐就处于下风。或者说，老徐的个人有限的材质在刘彤的美貌之下，只能处于弱势。二人就这么一个死缠烂打一个极不情愿地结婚了。过起日子来，什么不给面子，什么控制老徐的钱财，这些都是表象。难道老徐在活着的时候不是心甘情愿地被刘彤奴役？而瞎子敢于下"坏女人"的结论，还在于他也一度倾慕刘彤的美貌。众所周知，当年瞎子除了以一只玻璃假眼闻名于世，确实一文不名。实话实说，作为情敌，他一直妒忌老徐。而当他腰缠万贯之后，他却发现自己的妒忌毫无质量。其时，刘彤虽不至于频送秋波，但不止一次找他控诉老徐的无能倒是真的，并多次提到想和老徐离婚。刘彤甚至还当着瞎子的面说起了她和老徐的夫妻生活是多么地不和谐。瞎子试图表明的是，若非他为人正派，睡了刘彤怕也正是迎合了后者之意。而刘彤的目的，瞎子以一只眼即可洞穿：她正是暗示自己，如果瞎子跟老婆离了，她就同时跟老徐离了,与之重新结缡。

"人各有命,我岂能上她的当!"

也正是因此,吴宇清想叫瞎子帮他谋一份差事特意跑到城里请大家吃喝这事,让他感到伤心。何至于此!老吴但凡有需求直接提,多年老友,瞎子岂能不出手相助?但这么做就外道了,届时怕是朋友都做不了。出于对友情的珍惜,出于对老徐的同情,老徐已故,老吴应该记得,他瞎子那天喝了很多,而且主要就是跟他俩喝的。期间他和老徐还一同去了趟厕所,谈了很多,鉴于另一位当事者已死,瞎子无权在此与人分享。

陈钟也动情了。叙述了一件往事,有一个周五晚上他单独和老徐在隆兴喝酒,喝完他就走了。次日接到刘彤电话,叫他还人。也就是说,老徐彻夜未归,之后才知,老徐那天晚上就在隆兴的杂物间睡了一觉。所以,吴宇清在城里请大家那天,当晚他本来是决意要打车送老徐回家的,他可不愿意再接到刘彤那种冷酷的电话。但老徐坚持要自己打车,非常坚持。

"我说,得了吧,你自己有钱吗?"

老徐嘿嘿一笑,说:"你别告诉刘彤就行,哥们有点私房钱。"

这一点老徐确实没有骗陈钟,尸检时,法医还在老徐的鞋垫底下发现了五百块钱呢。

总之,瞎子他们这一桌永远是隆兴最后一桌,俟瞎子一干人等散去,小红这一天的工作就真的结束了。其实也不用她到厨房通知大厨歇火打烊。但她还是出于习惯去了。大厨正蹲在肮脏的地面上吃一大海碗面,一旁的灶台上还放着体量稍小的一碗。

"怎么才来,趁热吃了。"大厨见小红来了,高兴地命令道。

小红也很高兴,端起碗,挑了挑面,除了大厨手擀的韧劲十足的面条,还有青菜、油渣、虾米,碗底还卧着一颗吹弹可破的荷包蛋。大厨知道小红最爱吃这些。二人于是一蹲一坐相对着呼啦啦地吃面。

"你还记得那个叫老徐的家伙吗?"小红问大厨。

"你是说有一回赖在饭店不走,跑到你宿舍对你啰里吧唆后来被我扛到杂物间那个猪头?"大厨反问,"咋了,他不是死了吗?"

"是,不过他们那拨人今天又来了,刚走。"

"这群蠢蛋!每次都是他们耗时间。"

小红停下碗筷,咽下口中之物,严肃起来,说:"我没对你说实话,他那天晚上跑到我宿舍跟我说了什么。"

"啊，不是哄你骗你说喜欢你吗，还说了什么？"大厨也停下碗筷，咕咚一声将口中之物咽了下去。

"他还说他老婆跟他朋友通奸。"

"这些人真是畜生！"大厨发了句感慨继续端起碗吃面。

但小红失神地望着货架，连一只鬼头鬼脑的老鼠爬了上去也没在意。

大厨不高兴了："你到底又咋了？"

小红想了想，觉得不该再不跟这么好的男朋友实话实说了，但不免有点吞吐："我觉得，这个姓徐的，被车撞死，在我们饭店门口，跟我，可能有关。"

# 杀气较重的夜晚

据说过了冬至白天会越来越长，但李瑞到家的时候，天早已黑透了。当然，李瑞几乎每天到家天都会黑透。他的工作在市区。市区那段路总会赶上晚高峰。老实说，他很高兴自己能被堵上那么一会儿，对于出城返回鸭镇那段畅通无阻的路倒有点痛恨。也就是说，他喜欢天黑到家。村里都是长辈，早年他怕跟他们打招呼，按理说买了车后是不用怕的，但考虑到自己的车很快也被村里的老头老太太们认识了，所以夜色掩护还是让他轻松些。

村里让他感到愉悦的东西越来越少，车可以随便停在自家的大院子里勉强算一个，更重要的就是自己养的那条黄狗。此时后者像阔别重逢那样又蹦又跳，以示他这么晚回家黄狗不仅不介意而且加倍

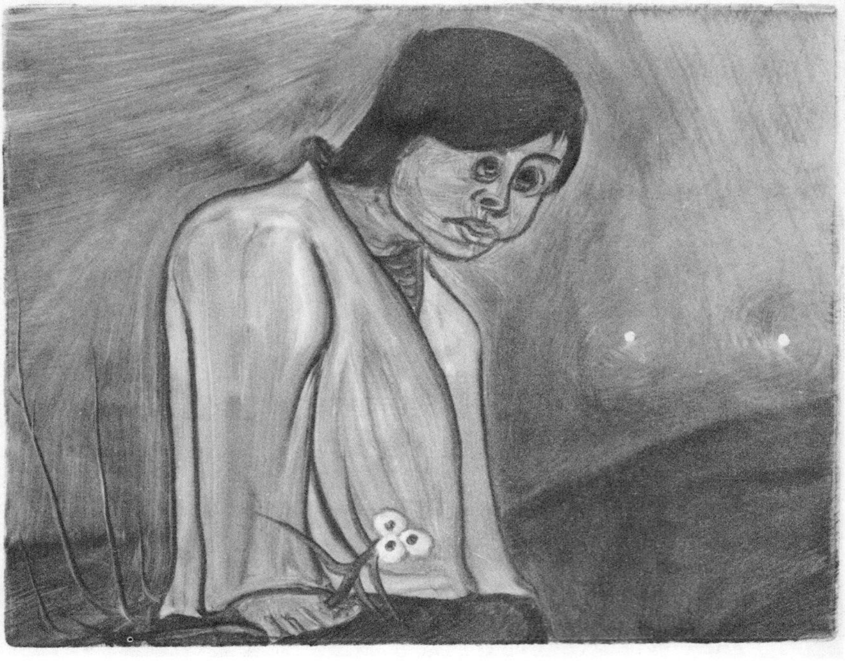

地高兴。他照例蹲下身抚慰一下阿黄的激动心情，俟后者情绪稍稍稳定，这才一前一后（有时狗前人后，有时相反）进厨房。

与平时不同，见儿子回来，李母没有忙着端出饭菜，而是坐在小板凳上面对着一张巨大的木盆（李瑞没记错的话，他儿时包括整个青春期都在这个木盆里洗过澡），盆中热气腾腾，视力需拨开云雾才能看清盆内有两只鸡，一只正在李母手中被揪毛，另一只则赤身裸体不知羞耻地在热水中或沉或浮。而盆外，就在李母的脚边，还有两只。颈子上刀口鲜明，少许血渍在水泥地上呈现出不规则形状。

反正饭菜都在电饭煲里保温，李母难得地要求儿子亲自盛自己的饭，而她则表示不饿，等清理完这四只鸡再吃不迟。李瑞吸了吸鼻子，以示他对鸡澡堂子气息的不快，但大概确实饿了，果然亲自盛饭亲自吃了起来。他本想端着饭碗到正房里去吃，但大概正是意识到自己这个念头是某种屈服，也就在门槛上止了步，蹲下身嗯嗯吃了起来。其间趁李母没发现，还将碗中的两块瘦肉被自己咬掉吃下后的肥肉扔给了阿黄。

他其实不想说话，但还是没忍住，问其母在哪里搞来这四只鸡？一下子杀四只鸡怎么吃啊？李母也便喋喋不休起来，本来她是不可能一下子买四只鸡的，谁叫这四只鸡加起来就一百块钱的呢，确实便宜。要知道到菜场一百块钱两只鸡都未必买得到。当然，这种鸡跟早年他们自己家养的俗称"走地"的鸡不可同日而语，这是邻村养鸡场的蛋鸡。蛋鸡的一生以勤勤恳恳下蛋为念，一心想着为人类供应口味上乘的鸡蛋，对自己的肉似乎倒并不重视。所以，蛋鸡肉不好吃，不香。不过，腌起来晒干，饭锅上一蒸，李母认为，应该也没问题。李母由此不禁对儿子以家里养鸡太脏为由阻止她养鸡再次表示了不满，否则李瑞吃的鸡会比这四只好吃得多，此其一；二，就算这四只鸡不贵，但自己养鸡的话，犯得着花这一百块吗。明年我可不管，李母下了决心似的，不仅要养鸡，她还打算养头猪。你不知道现在猪肉多少钱一斤！李瑞大伯家就每年都会养头猪，短吻黑猪，就今天早上杀的，刚李瑞吃的猪肉就是大伯送来的。这么些年，也幸亏大伯照顾，都像你三婶那么势利眼你也就没亲戚可走动了。提到三婶，李母及时制止了自己的愤怒，转而伤感起来，李瑞爸爸早早地就跑到阴曹地府享福去了，撇下这对孤儿寡母。不靠她省吃俭用，李瑞又岂能读到大学？不过，她能力有限，不能像三婶给雯雯（李瑞堂妹）凑笔首付到城里买房。俗话还是说得好，不怕老子穷就怕儿子养得怂。李瑞工作不错，她老人家也算没白把他拉扯大,自己能买车也算不错了。总之,靠人不如靠己,三十大几了,眼看又长了一岁,别人介绍的你都不干,自己就一点本事没有,连个姑娘都搭不上?

絮叨至此,李瑞赶紧把碗中剩饭扒完,撂下碗就要回正房。李母表示,煤气灶台上还有一锅肉丸子平菇汤。李瑞只得号称自己饱了,懒得喝汤。李母仍然不依不饶,从盆里倒拎出一只鸡喝住就要进屋的儿子:把这只鸡给你大妈送过去。李瑞只得照办。不过,他想了想,坚持要求他妈用一个塑料袋装好,他才送去。李母摇了摇头,也照办了。去大妈家送鸡,阿黄当然跟李瑞一起。李瑞想过阿黄还没吃饭,不过,考虑到李母也没吃,若是先喂了狗,怕是坏了李氏一门的规矩。

李氏本系微末小户,很多很多年前仅形单影只李瑞爷爷一人。据说这个李老汉是个逃荒的,路上,家人全死了,就他一人讨饭至此并扎下根来。此后不外乎娶妻生子开枝散叶。共生三子,李瑞短命的父亲是老二。李老汉死前即给儿子们分了家。村民以东为大,所以理论上说,大伯家在李瑞家东边,三爷三婶则自然在西边。但现实问题是,东边那块宅基地,大伯又分给了大堂哥和二堂哥,自己则到三爷家的西边菜地里另辟了块宅基地。也就是说，李瑞送鸡，必须经过三爷门前。李母和三婶多年妯娌矛盾，子侄辈却不宜做出生疏外道的模样。三婶端着饭碗在门前看到，被问的话，李瑞还真想不出有什么好答案。好在三婶家大门紧闭，也没灯光。李瑞松了口气，径直进了大伯家的院子。

谁能想到呢，灯火通明中，八仙桌上，分明坐着大伯、三爷、三婶、雯雯和一个没见过的胖头大脸的黑皮汉子。站在门外，他就能闻到，酒肉果然是相当之臭。没人注意李瑞到来，结果是从厨房端菜而来的大妈发现门外站着一个人影。李瑞把手中的那只鸡递给大妈，就想走，被大妈一把拽住。李瑞挣脱不了，试图自己走进屋，以此解放大妈的大爪子，好让她把那只蛋鸡带进厨房。但大妈看来是怕她稍一松手，亲爱的大侄子就跑了，所以坚持一只手拎着一只鸡，一只手掐着李瑞把后者送进屋。好在大家虽然齐刷刷看到了那只鸡，并没人针对该鸡发表意见，都纷纷对它保持着心照不宣的沉默。他们的热情在于一定要将李瑞摁到席中，李瑞不敌众手，只得就座。原来那个胖头大脸的黑皮汉子正是堂妹雯雯的新男朋友，自称小赵。小赵热情得很，不仅亲热地以雯雯的口气叫李瑞三哥，还给三哥斟酒递烟。没错，酒是茅台，烟是中华。这不可能是农民大伯的风格，量是小赵孝敬无疑。可惯的是，李瑞既不抽烟（一直没学会），也不喝酒（酒精过敏）。得知这一情况并获得雯雯作证后，小赵才有点不好意思地坐下来。不过，他很快就想出一个此时理应想出的奇招，那就是三哥以茶代酒，无论如何，初次见面，小赵必须敬三哥满满一杯酒。

相比于大伯家两位哥哥，李瑞跟雯雯年纪悬殊不是那么大，小时候还是一起玩过的。所以这对堂兄妹多少还能聊一聊。据雯雯所说，小赵也鸭镇人，现在是干工程的，岁数比李瑞应该还大那么一点。这从小赵的大金链子和一脸油汗也略能看出。让李瑞好奇的是，一向喜欢俊男小白脸的雯雯几时跟这么一个货搞在了一起？真是世事无常啊。更让李瑞惊叹的是，小赵已经称三爷三婶为爸妈。果然，从他们的口音里能听出，婚期就在过年期间。酒席也已经提前预定好了，就在市区那家著名的长江大酒店里。这倒不在于长江大酒店有多好，小赵谦虚道，只是住得近而已。李瑞当然听得懂，长江大酒店消费很高，倒未必在于菜做得真有那么好，而是地理位置使然。市中心嘛。换言之，小赵在市中心是有房子的。总之，长辈在上，雯雯的婚期也自然导引到李瑞何时结婚的话题。李瑞敷敷衍衍。小赵则夸张地停下杯筷，大吃一惊地表示，三哥如此英俊潇洒，居然至今未婚，怕是要求太高。不过，小赵不才，倒也认识些三朋四友，有几位和三哥同样优秀的姑娘届时不妨介绍介绍让三哥挑挑。听到这里，李瑞确实不能不把原来集中在小赵身上的注意力转移出去，目光不免偶尔飘忽到大伯家堂屋里那张只在夏天才搬出来使用的凉床上。凉床上堆放着从那头黑猪身上卸下的猪肉和猪下水，尤其吸引眼球的是那颗硕大的猪头，居然仍处于那些猪肉和猪下水的前方（也可以理解为后方）。只见它双目紧闭，死得其所，嘴角上扬，十分满意。

李瑞略坐了坐，就佯称还有事起身告辞了。在村道上，他深深呼吸了一口清冷的空气。心里莫名地有点难过。当然，晚饭请三爷三婶一家，并不意味着大伯大妈轻视自己的寡妇老娘。雯雯带新女婿回来，遵三爷三婶嘱咐携带茅台中华拜见大伯大妈在礼节上毫无问题。而自己老娘和三婶长期不和，自然无需硬拜。大伯大妈又何尝不知道老娘和三婶不能坐在一个桌子上吃饭呢。即便如此……另外，雯雯的婚期势必再次刺激老娘。不在于雯雯结婚早晚对错的问题，而在于这一噩耗很可能会让老娘与三婶多年来的争斗中再次处于下风。所以，他得琢磨琢磨回家后怎么跟老娘说。

没等想好怎么跟老娘汇报，一进家门，李瑞倒是被老娘问住了：阿黄有没有跟你出去？

是，跟我出去了。李瑞记得很清楚。但阿黄跟他跟到哪里，是到三爷家门前止步，还是也跟到了大伯家？李瑞一点也想不起来了。或者阿黄贪图大伯家酒宴桌下那点骨头而有意让李瑞先回一步？李母说，她吃完饭后用肉汤泡了点中午的剩饭，就叫阿黄。在李母的经验里，肉汤泡馊饭是阿黄最爱。结果屋前屋后叫了半天，也没见着。她也想到了阿黄可能跟儿子一起出门了。但现在儿子回来了，阿黄却没有。

我去大伯家看看，李瑞掉头就走。

村道上李瑞遇到王老四，他在叫"王八王八"。王老四出身不好，早年受过刺激，脑子据说有点不太正常，是远近闻名的老光棍。李瑞只当他疯病犯了在瞎骂人。没想到王老四一把抓住李瑞，问有没有看见他家的王八？

什么王八？

我的狗啊，黑狗，只有一条腿是白的。

这些年来，李瑞确实对村人村狗生疏了不少。他还想笑一下，心想，王八是不是王老八的简称？王老四可真会给狗起名啊。不过，几乎是同时，他意识到了什么。挣脱王老四就向大伯家跑了起来。

八仙桌上的人被再次气喘吁吁赶到的李瑞吓了一跳。从桌上众人的尾音中依稀可辨他们此时讨论的正是李瑞。不过李瑞没有心情听他们说什么，也不可能再听到什么。他只是问，我家的狗在不在？说着还蹲下身看桌肚子下面。就好像狗是李瑞遗失的物品那样，在座也纷纷起立，然后弯腰俯身看向桌下。李瑞和小赵也因此在桌下对视了一眼。

当然没有。此时，外面传来了更多的人声。

王八，王八。

赛虎，赛虎。

黑豹，黑豹。

……

大伯看了看三爷，三爷看了看三婶，三婶则看了看雯雯，所有人都露出了惊恐的神色。

大妈说：有人偷狗，肯定。

李瑞冲上村道，大伯等人也随后一拥而出。村道上人影紊乱，叫声凄惨，都在找狗。

李瑞伸长脖子正要大叫阿黄，一个人却从身后捂住了他的嘴。不是旁人，正是小赵。小赵不仅叫李瑞别叫，也压低嗓门跑到众黑影中制止他们叫。他不得不沉痛地告诉大家一个不幸的消息，你们的狗现在应该都死了。当然是一个偷狗的家伙干的，也可能是团伙作案。这么多狗同时失踪，显然不是捕杀，而应该是毒杀。毒杀之后，毒狗的坏人肯定得把每条死狗装麻袋运走，而这绝对是一项体力活。不出意外的话，坏人就在村里。所以大家别叫，埋伏起来，过会儿坏人说不定会自动现身。

靠，王老四直接骂了起来，你是什么东西，这么清楚，妈的，你是不是就是毒狗的坏人？

这是我女婿，幸亏三婶及时解释，大家才恍然大悟。并纷纷表示小赵所说的很有道理。

不仅如此，小赵还当仁不让地当起了伏击偷狗贼的总指挥。王老四带两个人蹲东村口，大伯三爷再跟谁蹲西村口，查看过往人员车辆。其他人都蹲自家门口灯光和月光照不到的暗处即可。不要空手，带家伙，以防意外。老弱病残孕最好进屋子，锁好门窗。说着小赵自己进大伯家找了一把鱼叉，并递给李瑞一根棒槌，他叫后者跟着他在村里巡视。也不知为什么，人声陡然安静了下来，所有人都遵照小赵的安排脚后跟踩地各就各位去了。只有雯雯说她害怕，她不敢跟三婶回家，要跟小赵和李瑞一起。

这是个小村子，东西长不过几百米。南面为河，北面为田地。也就是说，偷狗贼如果想运走死狗，过不了王老四和大伯两道关。而他如果还在村里，只有两条逃生之路，一是从田里逃命，另一个就是下水过河，但这不太可能。小赵的意思是严密注视田里的情况。

我不想事无巨细地描述这一夜村人在小赵的排兵布局下所经历的紧张和寒冷。事实是他们始终没有找到那个或那些偷狗贼，倒是被沉霜重露压得喘不过气来，被寒风冷月搞得鼻涕直流。此后唯有两件事值得交代。

一、在田埂上巡查时，雯雯被绊了一个跟头。确实是一个麻袋，抬到灯光下打开，里面确实是一些死狗。其中有王老四家的王八，但没有李瑞家的阿黄。小赵一看就明确地告诉大家，皆为窒息而死。偷狗贼使用的是鸭脖子里塞生石灰，鸭脖子被狗嚼碎，生石灰也便烧坏狗的食管和气管。雯雯是吓坏了，在月光下哭得花枝招展。不过她并没有伏在未婚夫的怀中嘤嘤啼哭，而是紧紧抱着李瑞的一条胳膊哭。这不由得让李瑞终于忆起了他和雯雯遥远的童年。

二、到了后半夜，连小赵都开始泄气的时候，他们突然听到了水声。循声望去，河岸水跳板上果然蹲着一条黑影。之前李瑞曾一直想问小赵如果真的遇到偷狗贼会不会拿鱼叉刺他，现在他知道了，小赵二话没说，直接将鱼叉投了出去，可惜准度不够，鱼叉入水，跳板上的黑影啊了一声。此人并非偷狗贼，而是大伯的二儿子也就是李瑞的二哥。二哥自幼喜爱搞鱼摸虾，曾一度在长江里捕鱼，是鸭镇这个农业地方少见的渔夫。自长江禁渔以来，二哥不得不找份保安的工作，只有在他看来比较适合的夜里才去江里捕鱼。就他自己所说，禁渔是有道理的，因为长江里的鱼真的越来越少了，照这样滥捕滥杀下去，他每天晚上搞几条大鲢鱼怕也是不能了。这天晚上，二哥只搞到了两条大鲢鱼。数量越发地少了，谈不上卖，只能自己吃了。回到家后，想到明天还要进城当保安，考虑到二嫂子怕水冷，所以他觉得不如自己就手把鱼杀了，清理干净。不过，他半夜是怎么回的村，有没有被王老四或自己的父亲拦住盘问，二哥说没有，他对村中众狗同日丧命和村民的埋伏一无所知。事实也正如此，看过麻袋里的死狗，村民们基本放下了心，明确知道自家的狗是再也活不过来了。咒了一番偷狗贼，也便像王老四一样抱着自家的狗回去了。明天大家还要干活呢，谁有精力在黑地里耗一宿？至于小赵向二哥投叉一事，最终也算是不打不相识，二人也便蹲在河岸上互递香烟聊了起来。二哥说，如果不是长期搞鱼摸虾听得出鱼叉飞来的风声自己躲让及时，他怕也像他叉过的鱼那样现在有几个血窟窿了。

最后李瑞终于疲惫不堪地回到了家。李母还没

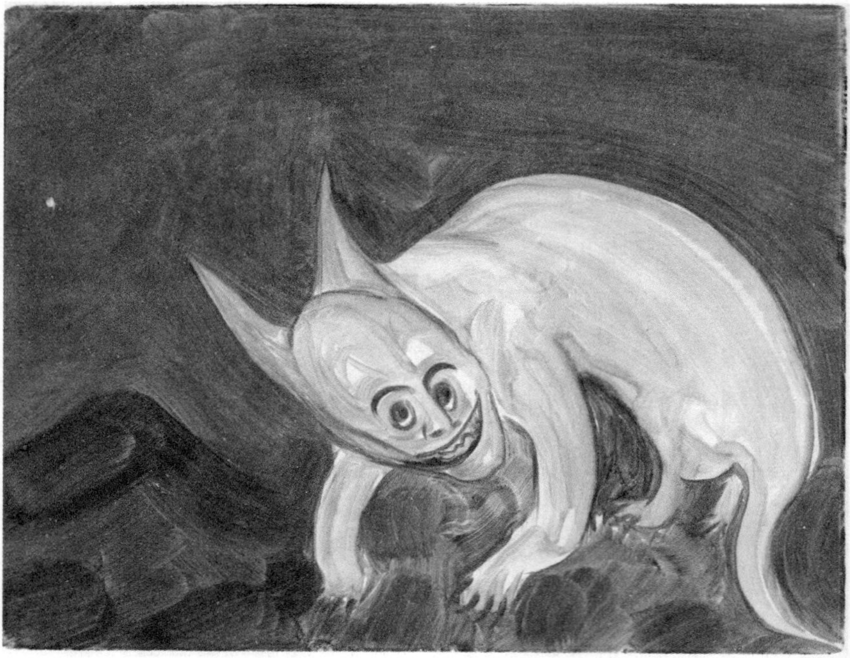

睡，倚门而望，见儿子脚前脚后没有阿黄，两手空空，也不再问。只说电饭锅里的肉丸子平菇汤她又热了热，儿子赶紧喝一碗就睡吧。李瑞遵命喝了。确实好喝。大伯家自己养的黑猪肉真的好。李瑞喝得满面红光，一头大汗。腾出手来一抹，脸上似乎还有两行老泪。

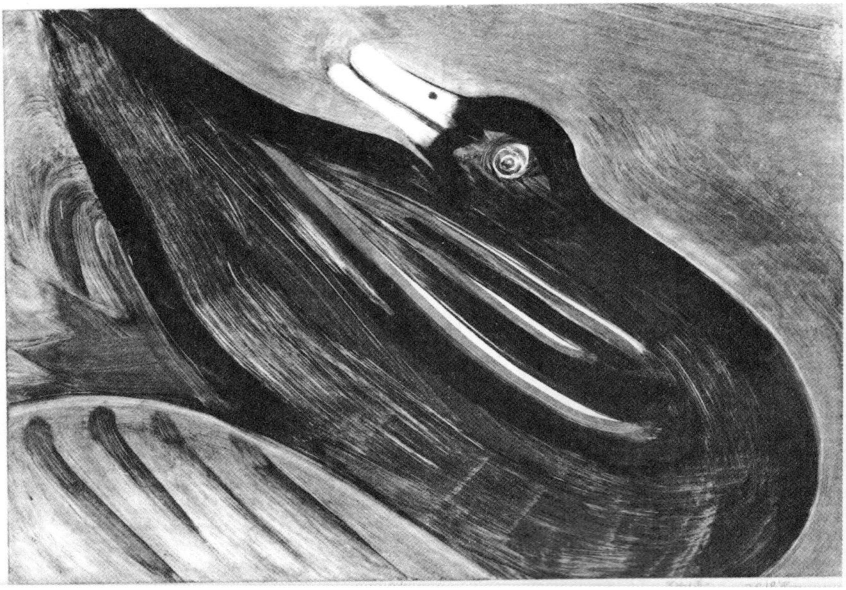

## 鸭镇疑云

这是一个真实的故事
故事发生在1996年的鸭镇
遵照幸存者的要求
使用了化名
出于对逝者的尊重
除此之外
故事未做任何改动

一

鸭镇,从名字看,就知道是个小地方,城乡结合部。时至今日,环绕小镇的几条河汊里还漂浮着成群结队的鸭子。鸭镇的咸鸭蛋没有什么名气,但家家都腌，不卖，就自家吃，能从端午吃到中秋。年底腊月，河面上的鸭子就少了许多，镇上人家门前窗外的晾衣绳上倒是齐刷刷地有了它们的身影。此时它们已被开膛剖肚拔毛去屎成了咸鸭。也有缺胳膊断腿的，是户主切下来放在饭锅里蒸掉吃了。味道不错。总之，它们就这么赤身裸体暴露在年底懒洋洋的日光之下，也不觉得羞耻。鸭绒也能卖钱，铺在水泥地上晒，像一小片脏兮兮的雪。等真的下雪了，个别户主不在家的，没有及时收回家的鸭绒瞬间就混淆于雪中。晾衣绳上的鸭子，身上也落了点雪，看着倒确实让人感到冷。

小镇上绝大多数人家在河对面还有亩把地。年轻人当然都有所谓的正经工作。年纪大的，退休的，就要到河汊那边去伺候那亩把地。不种粮食，就当菜园，菜吃不完，也卖。天气冷了的话，他们还在菜地里支起塑料大棚，种点反季节蔬菜。塑料大棚白花花的一片，从河对岸看过去，还是像雪。因此，鸭镇有许多桥。最大的那座桥叫青年桥。不知道这个名字的由来，可能是桥不远处是鸭镇中学的原因吧。

放学的时候，学生们骑着自行车从桥上经过。桥栏杆上每每此时都骑着三三两两当地的坏孩子。他们大多刚刚从鸭镇中学毕业（辍学）不久，目前还没有找到工作，暂且以在桥上欺负老实孩子和向漂亮女学生吹口哨为乐。好学生遇到他们，当然是避而远之，紧赶慢赶回了家。成绩差的，或者比较叛逆的，倒是愿意加入他们的行列，和他们一起在桥上大声说着脏话。老师们下班当然也经过这座桥，这些曾经的学生故意表现出满不在乎，很坚决地不打招呼，就像没看见一样。几乎是出于天性，他们普遍对教师没什么好感。他们已经离校，也正是因此，犯不着跟这些不久前对自己不是打就是骂的老师们持友好态度。也可以说，他们还在生这些老师的气。有一个叫张亮的，甚至觉得自己跟教物理的赵老师有仇。远远看见赵老师还穿着踢过他的黑皮鞋，就气不打一处来，情不自禁地从桥栏杆上滑了下来，拦住了赵老师，然后给后者两个耳光。赵老师满面通红，但见张亮等人人多势众，一言不发地走了。

然后他们就看到刘老师骑着高大的二八长征自行车昂着硕大的脑袋威风凛凛地过来了。这也可能与他身前身后跟着一大堆骑着二六凤凰小车的柔弱的女学生有关。这些女学生觉得跟着刘老师比较安全，刘老师也乐于保护她们。刘老师十分强悍，没有一个他教过的学生不怕他。很多年后，学生们搞同学聚会，场面亲切欢快，刘老师应邀到场之时，毕业已经二十年的学生们还是不自觉地集体安静了下来,一如刘老师当年作为班主任经常突然出现在班级后门口一样让他们从喧闹中瞬间噤若寒蝉。

基于刘老师在后文中会死,故刘老师讳宾汉。刘宾汉也不知道怎么长的,给学生们的印象一直是四十多岁,孔武有力的样子。四十多岁入校,四十多岁退休,始终不见老。他不是鸭镇人,操外地口音,大概是国家分配到鸭镇来的。也有人说他当过兵,转业军人。至于他究竟是哪儿的人,搞不清楚,总之他的话很难听懂。但因为学生都怕他,多年以来,他的课堂纪律和教学成绩均是鸭镇中学的奇迹。学生何以怕他?同学聚会上,大家就此话题乐此不疲地展开了交流。若论身材,刘宾汉确实五大三粗虎背熊腰,但跟身高一米九二体重达两百斤的教体育的林老师比起来,也一般。论力气,大家刚进中学时稍有不慎就被刘宾汉拎得脚离地面扔到教室外面的惨痛经历至今让人记忆犹新。不过,转念一想,这也着实没什么了不得的。要知道当初大家都是还没发育的小毛孩子嘛,一个成年人拎一个小孩子还不跟拎一只鸡似的。刘宾汉从不开笑脸?据他女儿刘婷称,她也没看到过父亲的笑脸。不过,黑板和桌椅板凳又何时开过笑脸?刘老师眼睛瞪起来怕人?好像再怎么瞪也没牛眼睛大吧。刘老师和别的老师比打学生更厉害？这更不对了。论手贱，公认的还是被张亮寻仇的教物理的赵老师更爱打学生。结论还是有的，那就是刘老师每接一个班，刚开始，无一例外，劈头盖脸就是一顿暴力，大吼大叫，将所有不稳定分子打服为止，让人闻风丧胆。过了一年半载，刘老师就不需要这样了，此后，他只要板着脸，保持着随时能把人扔出教室的风度即可。

青年桥上的坏孩子们见刘宾汉驾到，不由得嚷着天快黑了自家的鸭子该撵回家了再不撵的话狗日的父亲就会说你妈逼的甭想吃晚饭了，所以纷纷走了。张亮倒是不以为然，刘宾汉没有教过他。他一个人留了下来，仔细地端详了刘宾汉身边如过江之鲫的女学生们，觉得确实比之前不在刘宾汉的羽翼之下独自经过青年桥的女生们在姿色上略胜一筹。他也不禁要看看刘宾汉的羽翼，也就是胳肢窝相关的部位，不得不承认，刘宾汉的膀子很粗。这么一瞥之间，他就看到坐在刘宾汉自行车书包架上的刘婷。因为她侧身坐着，脸正对着张亮，二人对视了一眼，刘婷就赶紧埋下了头。有趣在于，张亮也赶紧埋下了头。

像着了魔似的，这短短的一瞥让张亮难以忘怀，使他迟迟不愿意踏上社会而长期滞留于青年桥上。夕阳西下，黄澄澄的光线给一切都镀了层所谓的金边，书包架上以其父宽阔的后背作为背景的刘婷（她偶尔还晃动一只小脚）自此在张亮心中埋下了根。后来他出去混，砍伤人坐在班房里，乃至于顺应时代学习嫖娼的过程中，这个画面也总是会在眼前浮起。这一切既让他感到甜蜜，也让他感到伤心。真不知猴年马月，自己才能和心上的人儿在一起呢？

## 二

刘婷的妈妈是鸭镇上著名的老姑娘。一方面她在国营百货商店当售货员，关系隶属于供销社，是个稳定工作，非农业户口，附近的农民她都看不上。另一方面，她自幼患有小儿麻痹症，一条腿长一条腿短，道路不平，人生坎坷，镇上小伙也看不上她。作为老姑娘，她的古怪脾气是少不了的。几乎所有上点年纪的人都领教过刘婷妈妈爱翻白眼的售货风格。不仅如此，她还跟镇上为数不多的几家亲戚也断绝了来往。对于镇上流传她恐怕一辈子也嫁不了人的闲言碎语，她用"去你妈的，走着瞧，我要嫁就嫁个最好的"来回应。气势惊人，可惜俗类只会窃笑。命中注定的，这时候刘宾汉来了。

刘宾汉刚到鸭镇中学时住在学校后面的单身宿舍，免不了要到百货商店里买些肥皂、牙刷、脸盆、热水瓶之类的生活用品，与这个跛姑娘一见钟情。有人认为是跛姑娘主动贴上去的，有其对刘宾汉购物时热情周到的服务为证。也有一个现已老年痴呆的邻居说过：他有天晚上出来上厕所，借着当年比如今要明亮得多的月光，眼见一条大汉三下两下翻过跛姑娘家的院墙，"咚"的一声落在院内，大地为之一震。定身再听，耳畔依稀传来跛姑娘发出的嘤嘤之声。总之，他们很快就结了婚。也没人觉得有什么不对，起码看起来俩人还挺般配的。首先长相上两人都有了点年纪（刘宾汉天生老相，事实上比跛姑娘还小两岁）；其次，一个壮大似牛，一个畸形如鸡，搭配得倒也可乐。关键是这对夫妻相当恩爱。人们再也无缘在镇上看见跛姑娘动荡夸张的走姿了。想起刘宾汉背着她上下班的样子，人们至今仍唏嘘不已。不妨再从河的对岸看过去，刘宾汉扛着媳妇大步流星赶往前方的身影，倒映在河水之中，适逢群鸭戏水，涟漪荡漾，画面与一个闯荡江湖四海为家的耍猴人偶然穿过鸭镇路过我辈平庸的人生又有何异？

刘宾汉和跛姑娘的爱情故事可能是鸭镇唯一值得称道的史实和佳话。可惜史海浩渺，随着两位当事人和其他见证人的渐次离世，终将不见其踪迹。

刘宾汉之死后文再叙。跛姑娘是个没福的人，生下小刘婷没几年就得了什么病，死了。可怜刘宾汉既当爹又当妈，父女俩相依为命。大概是夫妻关系太好了，刘宾汉没有再娶。除了工作，心思全在女儿刘婷身上。十多年来，刘宾汉一直将刘婷带在身边，哪怕是学校组织教职员工到外面旅游，刘宾汉也带着女儿一起游山玩水。至今刘婷还保留着自己年幼时期骑在父亲脖子上在各地名山大川前的留影。遗憾在于，那年头的摄影不仅强调人物，更强调人物跋涉千山万水才到此一游的所谓美景。诸如考虑到要把南京中山陵那个高大的"博爱"牌坊全部摄入镜头，所以父女二人在照片中立于牌坊之下就显得很小了，五官模糊，表情不清。后来刘婷就上学了，也是由父亲每天都骑车带着自己，从幼儿园一直到中学毕业，年复一年日复一日。以至于刘婷错过了学习骑自行车的大好机遇，不仅终生不会骑两个轮子的车，连三个轮子的也不敢骑，因此，四个轮子的也懒得去学了。

　　刘婷可能确实比较懒。从小到大，父亲对她的训斥都集中在这个字眼上。即便有职称为"高级教师"的父亲的亲自辅导，刘婷的学习成绩也始终一般般。所幸刘婷没有让父亲太过失望，初中毕业后被省城一所卫生学校录取了。九月份报到当天，刘宾汉送女儿去省城。到了学校，在宿舍，帮女儿铺床叠被，归置好一切，和女儿第一次下馆子吃了顿饭。至此，他仍然放心不下，问刘婷，要不要自己找个旅馆住两天看看？刘婷一下子没忍住，哭了。是真的哭，流了很多眼泪。泪水流过面颊，路过腮帮，又聚集在她漂亮的下巴上，继而滴落进因为炎热已经蒸腾起一股好闻的馊味的乳沟之中。刘婷不得不把自己的成长情况如实汇报给父亲。她说，爸，我已经长大了，你还是赶紧回去吧。刘宾汉见此，也确实不知说什么好，只得把嘱咐的话又重头说了一遍，这才一步三回头地走了。返回鸭镇的末班车正烦不胜烦地等着他呢。

此后的刘宾汉，也像女儿报到那天终于把他送走后的表现那样，此时他坐在自家的小院里长舒了一口气。女儿已无需自己照料，而他行将退休，只在校内象征性地上几节课。一生中他还从来没面对过如此大把的时间，完全不知道怎么花才好。早上起床，洗脸时，他不禁在镜子里多看了自己两眼。他很吃惊地发现自己和印象中的自己完全一样，或者毫无变化。这让他有一点失落，所谓的岁月痕迹呢？所谓的不可抗拒的衰老去哪里了？但此念转瞬即逝。他觉得自己既然身体没问题，仍然有使不完的劲，不如到河对面去伺候那亩把地吧。这块地还是亡妻留给他的呢。遵照鸭镇传统，也是时候了。

凭借早年的记忆（刘宾汉很可能是农民出身），他无师自通地学会了种韭菜种茄子种辣椒种白菜搭黄瓜架子弓塑料大棚。收获季节到了，曜，但见刘宾汉的地里菜叶油绿果实硕大。谁也没有想到，刚刚退休的鸭镇中学高级教师刘宾汉一举成为了鸭镇种菜人群中的后起之秀、个中高手，让一干村姑邻妇放下锄头纷纷赶来围观并啧啧称奇，无不笑盈盈地看着他。刘宾汉也很得意，素无笑意的脸上居然出现了一丝波动，并发自肺腑地觉得那个叫王桂兰的寡妇长得最好看。这是不对的，他想。于是还是控制住了自己的脸，决心将全部心血恶狠狠地投入到种菜事业上去，心无旁骛地埋下大脑袋，越发地精益求精起来。只在累了时候，他才直起腰来（能听见嘎吱嘎吱的骨骼响），看一眼天空。天上空无一物，偶有一只麻雀向东边飞去，麻雀不像村姑邻妇，是不会回头看一眼自己的。这时候，他也努力摒弃杂念，开始思念女儿，并自作主张地替女儿规划起了未来。

按照刘宾汉的规划，可以预见的未来是：刘婷顺利从卫校毕业，遵照国家定向分配的原则回到鸭镇卫生院担当一名护士（他不乐意女儿在省城的医院找工作）。在护士岗位上，如果刘婷能一改懒的恶习的话，通过自学考试或脱产进修之类的深造，也许也能进入到医师编制，差点也能混个护士长之类的职务。女儿再找个条件相当的小伙，结婚生子，自己还可以辅导孙子或孙女温习功课也未可知。自己何时死，已然不重要。总之，若能如此，等到女儿退休的时候，想来也和自己现在的感觉一样，不枉此生。

## 三

中专技校与高中不同，其教学特征是，考试能混个及格即可，所谓"六十分万岁，多一分浪费"。平时课堂没听，考试前几天拿着手电在被窝里看书，熬几个夜，临时抱佛脚是管用的。考试纪律也不是很紧。总之，只要不是太蠢，功课都能顺利过关，可以说最终所有人都能顺利毕业。所以，卫校生活对于刘婷这样的花季少女来说，真是无所事事空虚无聊极了。也好，正好可以学点本来一无所知的东西。怎么逛街，怎么穿衣，怎么买化妆品……刘婷很快就学会了这些。一个学期刚结束，放寒假了，穿着尖头小皮鞋、臀部被牛仔裤紧紧包裹的刘婷一俟降临在鸭镇车站，很多开三轮蹦蹦车的叔伯们都没认出她来，以为镇上破天荒地来了一个时髦漂亮的女游客。个别闲汉还互相交换了两个下流的眼神，意思不外乎："我想日这个骚的，你呢？"等看清是刘婷，这些叔伯们才不好意思起来，也陡然热情了许多，殷勤地帮刘婷拎行李送回家，一路上喋喋不休自吹自擂，刘婷一言不发。刘宾汉见到自己的女儿倒是一眼就认出来了，但他很不高兴，问：你过去的衣裳呢？刘婷说，都放在学校了。刘宾汉当然知道她扔了那些旧衣裳，也不便深究。只好安慰自己，女儿确实长大了。

在鸭镇，刘婷当然是一枝花，在卫校的女孩堆里，倒并不见得多么出色。另外就是卫校和幼师差不多，以女生居多，班级里偶尔才会出现个把男生。这些物稀为贵的男生，无论相貌人品如何，都是众多女生娇生惯养的对象，无不被视为活宝。在选择女朋友上，活宝们自然有了较大的选择余地。可怜鸭镇一枝花刘婷，居然是这些活宝漠视的对象。刘婷后来对张亮不止一次地说，自己并没有看上学校里任何一个活宝，不仅如此，她还从旁观者的角度，认真分析了某位在校内最受女生欢迎的活宝，人称"小郭富城"。在刘婷的口中，小郭富城长得并不好看，很多人都没注意到而恰恰被刘婷发现的一点是，该活宝下颌和脖子之间有一颗痣，有痣也正常，关键是那颗痣上长了几根毛。此外，小郭富城其他方面也不行，每次考试都挂科，吃饭吧唧嘴，特别自私云云。刘婷滔滔不绝，张亮沉默不语。没多久，小郭富城就被人打了。刘婷怀疑是张亮所为。问：是你打的？张亮觉得自己还是否认这一点比较好。没想到，刘婷为此（张亮否认）感到失望，又为此（小郭富城被打）感到高兴。张亮从此心里就踏实多了。

大概是在卫校二年级下半学期的时候，张亮才和刘婷搭上的。此前，刘婷到卫校读书，张亮也不愿继续在青年桥上勾留，进省城混。打伤了人，在牢里待了一阵，出来后威名既显，经朋友介绍到省城一家夜总会看场子，也就是所谓的打手，负责帮老板处理一些不太好办的事，过着昼伏夜出的生活。果然与港片无异，张亮备有黑色呢子大衣，衣领竖起来，夜色深沉，看不清这个小伙长啥样。

有一天，刘婷和几个女同学逛街，逛饿了在馆子里吃饭，也就是几碗牛肉拉面，吃完付账，饭馆老板告知，有人替她们买过单了。她们环视四周，并未发现熟人，老板大概也被打过招呼，坚决不予道明。她们疑惑不已。神奇在于，自此以后，刘婷和同学每次逛街在校外吃饭，都被告知有人买过单了。这显然系一人所为。本来刘婷和同学并不知道这种优待是冲着何人而来，不过大家很快就发现，没有刘婷在场，自己吃饭还是要花钱的。于是，有一个神秘人物暗中照顾刘婷的佳话在校内传扬了起来。这个神秘人物究竟是谁？很是费了刘婷和同学们一番脑筋。她们甚至自动将逛街队伍分成两拨，装作不认识，刘婷一拨负责吃喝，另一拨负责在饭馆附近寻找可疑人物。单照样被买过了，可疑人物始终没有出现。作为花季少女，她们很自然地就想到那肯定是个追求刘婷的人。武侠和言情小说培育的想象力又迫使她们想入非非。女孩子们关心的是这个人的相貌，白马王子的可能性不大，对刘婷抱有嫉妒心理的某个脸上青春痘较多的女同学认为，此人很可能是个残疾或像钟楼怪人那样畸形，羞于出现。见刘婷面有不快，她又补充道，这有什么，神屌大侠（原话）杨过不是没一只胳膊吗？如此一说，刘婷又释然了。

吃饭不要钱维持了大概一个月，刘婷突然听说有人找她。她没往这处想，满怀惴惴，还拉上了最要好的同学相陪，这才来到了校园传达室。一个剃着板寸，蹬着军用皮靴，穿着黑色呢子大衣的小伙正在给看门老头递烟。该小伙甚至还留了两撇小八字胡，但因为年轻，胡须显得柔软有光泽，须下两片鲜红的嘴唇夹着一根雪白的香烟，眉眼因为烟熏，蹙了起来。同去的女同学情不自禁地在嗓子眼乃至更深处发出了一声惊叹。但见这个扮相颇酷的小伙，居然也有点害羞的样子，但也相当坚定，完全无视刘婷那个兀自呻吟的女同学，只是微笑着盯着翩翩而至的刘婷。刘婷愣在了传达室门口，然后惊叫了起来：张亮，原来是你。

## 四

真是遗憾，在行将毕业之际，遵照校规，刘婷被勒令退学了。她只得趁同学们上课的时候，从张亮的住处起身，赶往学校，在张亮的帮助下收拾行李，然后和张亮一起返回鸭镇。后者已经十分确定地表示，他们回到鸭镇就结婚。至于生活，张亮已有了超过同龄人（大多还在读书）的可观积蓄，而且鸭镇朋友遍地，威名大振，随便置点买卖活计，挣钱养家毫无问题。"就算你一辈子不上班，也不要紧。"张亮就是这么跟刘婷说的。刘婷实在无奈，眼含两泡热泪迟迟没有掉下来，及至张亮扛走她的被褥、床板像肋骨一样裸露出来时，两行浊泪才源源不断地滚了下来。当年父亲送她来报到的情景还历历在目，床板和眼下毫无分别，刘宾汉帮她铺床叠被的虎背熊腰似乎也依稀可见。刘婷不免一屁股坐在宿舍空荡荡的水泥地上嚎了起来：我怎么跟我爸说啊！

刘婷和张亮走了后，同学们陆续回到了宿舍，看着刘婷铺位的床板，大家长舒一口气，纷纷累坏了那样或躺或坐在自己的床上，转而又精神倍增地开始热烈讨论起刘婷的被退学一事。自从学校教务处勒令退学通报在橱窗里张贴出来后，鉴于刘婷还没有完全离开（以她的被褥和物件全部健在为标志），这段时间，大家在熄灯前后的卧谈会上表现得很不好，并没有她们想象中的那么够劲，当时个个不由自主地表现出欲语还休神神秘秘的嘴脸。就好像早已搬出去和张亮同居的刘婷（尤其是通报张贴出来后她更没脸滞留校园）会在她们忘情谈论的时候突然破门而入。她们确实有点怕，她们多多少少知道张亮是个什么角色。此外，刘婷也不是吃素的。对此，她的上铺，也就是那位脸上青春痘比较多的姑娘深有体会。为了上床睡觉，这几年她和刘婷不止一次发生争执。刘婷认为，床腿上有一个铁质脚蹬供青春痘爬上上铺，这也是脚蹬发明者的初衷和善意的警告。可青春痘呢，偏偏对这项发明视而不见，每次上自己的床都要踩着刘婷的床沿（也就是床单上）一跃而上。在警告和争吵无效的前提下，二人曾发生过打斗。众人拉开后，在其他同学看来，二人互有胜负，武斗水平在伯仲之间。但青春痘还是觉得自己吃亏了，哭了。因为她的青春痘在护肤品的不懈擦拭下眼看就要全部消失，正是刘婷的那一顿抓挠使它们纷纷破裂，个别还流出了脓血。看样子是再也无法恢复了。据说在不久的将来，这些青春痘真的会像豆子一样纷纷脱落，然后给她镜中的脸上留下一个个坑洞。她未来的男朋友或丈夫在亲吻她的时候，舌头也必然会在她原本可以光洁的脸上感受到不可小觑的阻力。她的爱情和生活质量势必因此而人为降低，这是她永远不会原谅的。

青春痘没有加入到热烈的讨论中去，而是一言不发地将自己的铺盖挪到了刘婷的床上。在挪动铺盖之前，她还在洗脸盆里倒上了温水，放了不少洗衣粉，泡了抹布，这才将抹布拧干，粗（用力很大）中有细（仔细全面）地擦拭了刘婷床位的各个角落。铺好床后，她还有点不放心，发现床头的墙壁上有刘婷贴上去的一些课程表和电影画报之类的玩意。刘婷贴得还挺牢的，但这没有难倒青春痘。后者用锐利的指甲将它们逐一抠了下来，使墙壁上露出了几块面积不等的雪白（对比于周边没有贴过东西的地带）。确实，每个人的床头都有课程表，以便于起床赶往教室的时候知道自己带什么科目的教材，按理说青春痘没必要这么做。作为同班同学，刘婷的课程表也是她的。有人为此劝她，她则充耳不闻我行我素，指甲在墙上抠剥有声。总之，青春痘在挪床行为上的勤劳和专注让大家的谈论多少有些不尽兴。她的置身事外一言不发仿佛表明，对刘婷一事最有发言权的恰恰是这个青春痘。权威还没开口，尔等喋喋不休，真是鲁班门前弄大斧啊。

哎，青春痘，你忙好了吗？别忙了，一起来聊聊刘婷的事吧。连洗脸盆都荡漾着脏水这么恳求了起来。青春痘很不情愿地放下手中的活，坐在自己的新床上满意地看了好一会子，这才在众人屏息凝神的等待下说起了刘婷。确实是高，果然不负众望。

据青春痘说，刘婷被检查出怀孕，也就是例行体检那次，她正好排队排在刘婷后面。很显然，医生直接就发现了问题，还打电话找来了班主任。反正青春痘在B超室外面等了好一会儿，她再次感到生气，刘婷总是她的障碍，连B超检查这么点事都跟她过意不去。刘婷在教务处跪在地上痛哭流涕请求学校不要把她开除的场景，青春痘也有幸亲眼目睹。她说是她去给老师交报告时巧遇的。但有同学对此表示质疑，教务处在行政楼，而教师办公室在办公楼，二者之间隔着一个人工沟渠呢，青春痘何以跑到了沟渠对面并爬到了六楼（教务处所在楼层），要知道青春痘因为臀部过于肥大，平时可不爱爬楼。但既然青春痘坚持自己看到了，大家也乐于相信情况就是那样的——为什么不呢？刘婷甚至在教务处抱住了教务校长（中年男）的大腿。如果不是教务校长躲避及时，恐怕裤子都会被刘婷扒下来。当然，青春痘也承认，这些都不重要。重要的是刘婷怀上的那个种到底是谁的？没错，你们谁也不怀疑是那个小流氓同乡的，对，叫张亮。但青春痘对此持保留态度。在这些年尤其是前两个月，春天，晚上，晚自习结束后的操场上，疑似是小郭富城和刘婷坐在操场边的树林里的传闻恐怕不是我青春痘发明创造的吧？此外，体育老师托着刘婷的屁股上单杠以及后者穿着短裙跳起来接前者打过来的羽毛球的事，相信大家也都没忘记吧？啊呀，你不提还真想不起来了，刘婷绰号"小白兔"，不就是那天内裤上的图案嘛。如果不是刘婷在班会上申诉，并通过班主任的淫威强行将此绰号取缔，说不定被学校开除的是"小白兔"而不是刘婷呢，你说是吧。

## 五

刘宾汉被女儿气疯了，然后一口气没上来，倒在了院子里。多亏张亮帮忙，和刘婷二人把他抬上床，一顿掐一顿灌，给弄醒了。醒来后，不知怎么回事，他说不出话，就像先天哑巴那样，胳膊和腿也不听使唤。急得刘宾汉脑门上的筋暴得有一只铅笔那么粗，嗓子眼里发出一种说不上来的怪音，这种声音他自己也听到了，太难听了，他于是有意识地阻止自己发出这种声音，只把两个眼珠子瞪得跟牛卵蛋似的死死咬住站在床前的张亮。张亮和刘婷能猜到他的意思，刘婷只好叫张亮先回去。见张亮走了，刘宾汉这才紧紧闭上了眼。

这么说，好像要把刘宾汉写死了似的，不是，这会儿，他还不能死。他只是不愿意看自己的女儿一眼。即便后来能下地了，恢复了往日的虎背熊腰孔武有力，他也蓄意地不拿眼睛看女儿。

急火攻心而已，也能算得上是一次中风，只是很轻微，没有后遗症。在刘宾汉卧床的这些日子里，刘婷整日以泪洗面，表达自己对父亲的愧疚，但这没用。刘宾汉不仅紧闭双眼，刘婷喂饭喂水，他也把牙关咬得死死的。刘婷慌了。这样下去不行，求助邻居，大家都来探望，试着喂饭喂水，还是没用。后来，那个叫王桂兰的寡妇也试了一两次，轻声劝刘宾汉想开点，说着，王桂兰还难过地抹起了泪。让众人没想到的是，王桂兰这一哭发生了作用，虽然刘老师仍然没有睁开眼睛，但两行老泪顺着眼角淌了下来，继而瞬间被枕头吸收，呈现出两块泪瘢。好了好了，活过来了，大家长舒一口气，有个别邻里还不合时宜地抹了抹额前的汗，发出了欣慰的笑声。笑声刺激了刘宾汉，后者一下子在枕上嚎啕了起来。鉴于刘宾汉的体量和块头，这声嚎啕几乎像雷声一样传遍了鸭镇，让在自己家中坐卧不宁的张亮吓得一个哆嗦，继而跑出家门，四下看看，见路上没什么有效信息，又垂头丧气回去了。张亮确实跟刘婷说过，你爸看样子好不了了，但你放心，一切我都负责。事后在警察的询问中，张亮也承认，那段时间他确实希望刘婷的爸爸死掉算了，不死就这么残废着也行。可谁想到呢，他又好了。

另外一件事，就是刘婷肚子里的种不好办。虽然刘婷并没有反对自己可以嫁给张亮，但眼下这状况，自己被开除，父亲中风在床（尚且不知好不好得了），她觉得自己好像没有生孩子的勇气和底气。此外，她还是个孩子。她隐约觉得自己如果生了个孩子，将是更大的丑闻。出于某种男人的虚荣心，张亮开始当然将胸脯拍得砰砰响以示负责，但在心底，他也着实没有想过自己当爹的事，他还是个儿子，他虽然早已瞧不上自己那个只会光着膀子在桥头铁匠铺里乒乒乓乓打铁的爹，但他的妈妈毕竟还是他爹的老婆，他家的房子及房子里的一切物件，包括门前那块用来磨刀的古城砖，哪一样不是他爹使用整整一生经营而来的事物？关键是，父母、房子以及家中的一切，哪怕是他妈妈腌制的咸菜，仍然集体向张亮散发着家的味道，让他从来没有怀疑过。他享受着这个并不富裕的家，还没想过自己另起炉灶。其父母当然不会反对儿子早早地娶妻生子，但如果刘婷真的怀着大肚子来到他家和他们一起生活，生活场景是什么样子？张亮想象不出来。日子怎么过？会过得怎样？他更不知道。所以，拍完胸脯后，他还是找了镇医院妇科的人，带着刘婷去打了胎。

是个男孩。医生告诉他们。但才两个多月，只是一小块肉而已，二人并不为意。在回家的路上，张亮和刘婷都不知道说什么好，二人一路无话。在刘宾汉卧床的这些日子里，张亮几乎每日都会到刘婷家来，只是不进刘宾汉的房间，不发出声音即可。出乎意料的是，张亮搀扶着刘婷进门，一抬头，刘宾汉像一堵墙那样站在他们面前。张亮转身就跑，但后脊梁还是被刘宾汉扔过来的一根棒槌击中。他跑回家后，才发现后背疼得厉害。另外，他在衣柜的大镜子里看到自己上气不接下气的样子，一股屈辱感让他对自己倍感陌生。

刘宾汉下地之后不理睬自己的女儿，甚至不拿眼睛瞧她，这是王桂兰说的。王桂兰问过刘宾汉，这样下去也不是个事，刘婷怎么办呢？刘宾汉说他不管了，就当没生养过这么个骚屄（刘宾汉原话）。

并且决定等身体彻底恢复，他就娶王桂兰。王桂兰没孩子，还年轻，三十几岁，说不定还能给刘老师生娃呢。说到这里，王桂兰就再次抹起了泪。她很愿意嫁给刘宾汉，刘老师是一个正经人，也能干，教书种地俱佳。另外，她是寡妇，他是鳏夫，虽然年龄差了个二十来岁，但没关系，千金难买老来伴，为什么不一起搭伙过日子呢？这是顺理成章的事。但她又补充道，她始终没跟刘老师睡过，不是她不乐意，也不是刘老师的问题，而是没来得及。不过，在鸭镇人看来，没睡过那仅仅是婊子和牌坊的论题，不屑于讨论。此外，众所周知，王桂兰的丈夫死得很不光彩，他大冷天的穿着皮裤到人家承包的鱼塘去偷鱼，一下子整个人翻了过来，因为皮裤里是空气，两腿朝上，头朝下没法将自己再翻过来，就这么自己把自己活活呛死了。这种死法已经表明王桂兰夫妇是一对穷夫妻。丈夫死了，更穷。而刘老师呢，高级教师，让人肃然起敬，有公费医疗，有一份体面的退休金，王桂兰就是冲着刘老师的这些去的。这几乎是肯定的，难道你会怀疑？好在王桂兰都是空欢喜一场。刘宾汉在表示娶她之后没多少天就死了。而在之后的年月里，王桂兰年老色衰，再没碰见刘宾汉这样的人，无意之间为丈夫守了一辈子的寡——也兼着为刘宾汉守了寡，鸭镇人笑着说。

张亮也曾努力过。他自己不敢上门，托父母上门修好，提亲。张父生性本分木讷，因此不喜欢自己的儿子，他认为自己一生踏踏实实打铁，并从锤炼中悟出了一整套行之有效的人生观，而儿子想的尽是铤而走险好逸恶劳的勾当。现如今，糟蹋了人人尊敬的刘老师的女儿，搞大了人家的肚子，还使人家闺女被勒令退学，自己有何面目见刘老师呢？然而事已至此，作为家长，父子的想法居然又一致了起来，那就是要负起这个责。这可能才是唯一的补救办法。时值农历阳春三月，风光宜人，张父拎着两瓶好酒上门，却被刘老师直接拒之门外，打翻了张父带来的好酒没关系（春日午后，泼洒在地上的酒在两个中年人之间散发着异香），张父回望了街巷，闲人三三两两围观，在他们身后，柳梢微微触碰河面，涟漪荡漾，倒影中有破碎的蓝天白云，兼和小鸟啁啾之声。张父没有气馁，坚持认为，二人都是五六十岁的人了，事情应该心平气和地坐下来谈谈。刘宾汉也看了眼街巷，看到的情景与张父所见无异。只见他上前给了张父一个响亮的耳光，然后返身关闭院门。站在张父一侧的张母（还特别换了身过年才穿的新衣服）没忍住，哇的一声哭了出来。与此相反，桥头铁匠铺里的锤打之声自此沉默了下去。张父索性一病不起。他没脸见人。

## 六

次日，张亮亲自登门。

不是拜访，不是提亲，按照其在家中的态度，是来替父亲报这一耳光之仇。张亮岂是等闲之辈，江湖多年，心狠手辣。霍元甲打过老毛子为国争光，张亮也曾在省城大学附近教训过身高一米九体重两百斤的非洲黑人替朋友出了气。几时沦成这样？其辉煌战绩，有被他砍伤的人至今一遇到阴雨天气残肢还在隐隐作痛为证。此外，张亮在省城在鸭镇，劣迹斑斑，朋友遍布，一个中学退休教师又算老几？他自当大踏流星之步，风风火火赶到刘宾汉家，一脚踹开院门，立于院中，高声叫骂，引得刘宾汉跳出，二人拉开架势，三拳两脚，将这个自以为是不识趣的老家伙教训一顿，打死打伤全凭兴致，也看老家伙的运气。这场较量在当年的青年桥上，就应该完成。拖延至今，也无非这个老家伙有个女儿，自己喜欢他女儿罢了。横下心来，刘婷又岂是障碍？张亮将饭碗一推，对父母说了声"走了"，就出了门。父母试图追上去拦住，儿子已三晃两晃出了街巷过了桥，飘飘忽忽，在一个拐弯处消失了。

这场恶斗，发生的时间也很巧，正好是鸭镇一年一度的赶集日。刘宾汉自女儿丑闻发生后，当然尽量避免抛头露脸，不过其家正好居于闹市，大门紧闭的院内虽鸟语花香、老鼠偷油，一墙之隔的院外则是熙熙攘攘、人声鼎沸。在刘宾汉家院外那条街上，张亮确实与众不同，他当然不会观看杂耍和有两个头分别读两张报纸的畸形女人，更不可能蹲在某个摊点上货比三家掏钱购物。张亮像一条鱼那样轻松地游过拥堵的摊点和人群。但见他蹩过几位熟人，跳过那堆扁筐箩椅，越过几头黑乎乎的小猪秧，就手在一个卖镰刀斧头的铁器摊位上找了把尖刀（杀猪捅喉那种），极其迅速也很顺利地立在了刘宾汉家门前。因为少年翩翩，因为春日明媚，如果我们没记错的话，他立在那里的影子显得无比黑暗。

  不得不承认，确实是他手执一把反光刺眼的尖刀的形象惊动了所有人，人群纷纷向刘宾汉门前涌了过来。涌力之大，迫使站在最前面的人必须竭尽全力向后仰去才能免于使自己进入张亮挥舞尖刀的半径之内。略略让大家感到失望的是，张亮没有踹门。刘宾汉的院门是包了铁皮子的那种，而且门板厚重，门框结实，从里面闩上，确实很难一脚踹开。两脚三脚能否踹开？这不知道。但既然要踹，一脚踹不开不如不踹。没完没了跟一道门作对，有悖于张亮的身份和他对自己的期许。张亮是用这把刀伸进门缝挑开门栓的，只一下，就听见嘎达一声。动作之娴熟，声音之清亮，委实值得叫好。然后他才撑开双手，用力一推，先是门轴吱呀，继而门板咕咚撞在墙上。二声未了，张亮已纵身跳入。

关于张亮当天手持的这把尖刀，在鸭镇历来颇有争论。有人认为，张亮挑开门后，就顺手将刀扔在了地上。警察问话，张亮自己也坚持这一点。他强调自己并非是要找刘宾汉打架斗殴，更不会存在持刀伤人的动机，他只是想跟刘宾汉说说理，就算他张亮是大家口中那种蛮不讲理的小流氓，他也不会对刘宾汉做出无礼之举，毕竟，"他是刘婷的爸爸啊"，说到此处，张亮甚至在警察面前流出了眼泪。但是，更多的人则认为，刀不是张亮主动扔在地上的，而是被早已闻风而出的刘宾汉一脚踢中手腕才当啷落地的。刘宾汉身高马大，一条腿就有五十斤重，抡起来踢中你的手腕，你能受得了？所以刀被踢落，并不为耻。可耻在于，大家看完打斗后非常失望，原来张亮根本就没什么，还被刘宾汉给打哭了。

在鸭镇人看来，张亮自幼逞凶斗狠，打打杀杀，名震一方，必然有其道理。而这个道理的核心就在于张亮比普通人会打。那么，何为会打？大家不外乎受影视剧影响，认为他总会有点把式，也即传说中的中国功夫。平时我泱泱中华男女打架，确实是推推搡搡捣捣戳戳抠抠抓抓，毫无美感，也因此而经常伯仲难分。立判高下的情况，仅仅发生在武器和块头占上风之上，但这也不多见。譬如鸭镇的一对夫妇，虽然夫妇斗殴无不以妇女披头散发最后一屁股坐在地上哭天喊地而告终，但若细观男的，铁青的脸上也屡屡几道鲜艳的抓痕，很难说谁比谁吃了更大的亏。到了晚饭时间，照旧是女的从地上爬起来回家做饭，男的觍着脸也给自己盛了一碗，就这样谁也没死谁也没伤地把日子过下去罢了。总之，鸭镇民间斗殴的景象真是叫人难堪。尤其是那些少年，真恨不得离家出走直奔少林，学点真武艺，起码将来返回鸭镇，让斗殴显得美一点也好啊。不过，考虑到斗殴对方很可能没有上过少林，自己那些招式无法得到呼应，届时打起来可能还是丑。算了，罢了。与人为善吧，受了欺负，回家自己怄半天气不也是传统美德吗？是不是可以这么说，整个鸭镇，都把对斗殴的美好想象寄托在了张亮身上。

　　至于刘宾汉，他当教师时之所以能横行课堂，所向披靡，盖因其身高马大，遑论其面对的是一群孩童？当然，不说孩童，他的体积确实大于常人。这未为不是他作为一个外来户却能在鸭镇迄今没受过欺负反而备受尊敬的原因。忆及他与张亮的当日斗殴，也全靠着这优势。他一掌捆过去，无论是挡是挨，张亮都疼得哇哇大叫。而张亮若想如法炮制，一则胳膊腿不够长，二则就算皮糙肉厚的刘宾汉挨你两下，又能怎么样？张亮灵活有余，蹦来蹦去，最后只能落个鸡飞狗跳的小丑形象。他不仅无法近刘宾汉的身，反而因为试探近身，脑袋和脸结结实实噼里啪啦挨了后者不少巴掌。时间长了，张亮气喘吁吁头昏眼花，一个没注意，被刘宾汉一推，脚跟一绊，整个人直挺挺摔在了院子中央。刘宾汉见状大喜，鲁迅先生有云，痛打落水狗。故而一个箭步上前，拦着张亮的腰坐住，开始毫无阻力地捶打。而张亮呢，只有四肢乱蹬痛哭求饶的分。刘宾汉此时有没有仿照中学课本上的《鲁提辖痛打镇关西》中的相关细节？我们无从考证，但鸭镇众多围观者中有初中学历的，大概都能想到。刘婷就想到了。她也扑了上来，也哭了。她说：爸，我求求你，不能打了。刘婷的加入确实劝停了其父对张亮的施暴。不过，让她没想到的是，刘宾汉坐在张亮身上认真看了眼自己的女儿（也是刘宾汉中风以来第一次和人生中最后一次），然后挥掌给了女儿一下，刘婷顿时昏死在地。

## 七

笔者写到此处，还是不想急于描述刘宾汉之死，并决定按下刘老师一家不表，另行开篇写一个叫刘刚的人。

刘刚是鸭镇西边两百公里外一个名叫刘坑那里的人。刘坑，顾名思义，这里大都是姓刘的。坑字还说明此处地势较低，本质是个山洼。因此，倒是青山绿水，溪流淙淙，春来菜花遍野，秋来层林尽染，夏晒笋干，冬腌猪肉，称得上"鸡犬相闻老死不相往来"（都是亲戚，有什么值得来往的呢），真真一个好山好水好地方。这系刘氏来自哪里？郡望何处？因祠堂倒塌，宗谱毁于动乱，无从查考。只是村民用来堆砌猪圈的大青石条上还有一些图案文字，似乎表明他们的祖先也都不尽，一度也曾或耕或读，金榜题名过。多少代后，大概因为置身大山，交通不便，只会靠山吃山靠水吃水，眼下倒显出了穷山恶水的破败样子来。和诗书传家的祖先相比，刘刚这一代有文化的不多（从刚啊强啊这些小辈名字也能略知一二）。村办小学里师资有限，读中学要翻山越岭到县城，代价不菲，所以多数在村小读完也就不再念书。不是在家务农，就是外出打工。相比之下，刘刚倒还算幸运，考虑到他上面的哥哥姐姐都没念过什么书，其父母咬牙跺脚一狠心，把他送到了县城。小刘刚也没辜负父母，在县城中学一口气念到了高中，居然还考上了大学。刘坑人至今难忘刘刚考上大学时其家大操大办的景象。据说，他是该村有史以来第一位大学生，光这一点就可以遥追明朝那个被皇帝点过翰林的祖先。难忘还在于中学六年已经耗尽了刘刚父母的家财。此时的刘刚家，真是家徒四壁，不说吃菜咽糠，荤腥是从来没有。为了供这么个儿子，其父母吃的猪狗食干的牛马活，未老先衰，浑身是病。大操大办其实是在村长的倡议下村人集资帮办的。祭祖，放炮，烧香，磕头，流水席上的大鱼大肉，游窜于人腿缝中的黑白花黄各色土狗，真是让人记忆犹新。

大学也是在省城，与刘宾汉女儿刘婷就读的卫校其实不远。但可以肯定的是，二人从未见过。就算在街上见过，又与未见过有何异？人生在世，我们见过的人要远远多于我们认识的人，此为憾事而不为人知。与刘婷的中专生活不同，刘刚的大学生活真是苦不堪言。一方面，他不敢在学业上有所懈怠以负家乡父老，另一方面，作为来自偏远山区的贫困生，他在繁华的省城饱受各种物质诱惑的同时只能吞咽口水，继而被动和主动地忍受各种歧视和侮辱。刘刚到死都记得这么件事：在南方一个著名的湖边，班级春游，男女同学已然成双结对，与他一样形单影只的是那些又胖又丑的女同学。这些女同学买吃的的时候，会给他也买一份。不过，代价是他得用脖子肩膀吃力地挂着她们七八个包尾随着她们。他没有到湖边去照耀自己的形象，但他深知，自己在湖中的倒影势必丑陋不堪。丑陋不在于他被一群丑姑娘视作仆人，还在于他确实身材矮小，尖嘴猴腮，满头黄发，一副发育不良的架势。同学们所赐予的"猴子"的外号，连他自己都认为是实至名归。所以他一面紧跟丑姑娘们，一面还告诫自己尽量避开人多的地方，避开那些成双结对的漂亮男女。多么不幸，然后就是他发现班上那位最漂亮的女同学和她的男朋友在前方悠游晃荡，拍照留影，打情骂俏，真是一对人见人恨的狗男女啊。又恨堤岸狭小，无处可绕。不知为何，那些丑姑娘们倒是无所谓，横着膀子翻着白眼就从二人中间恶狠狠地穿过去了。刘刚不，他委实不愿意这么做，不愿将自己畸形可笑的背影公之于狗男女的视野。他只得放缓脚步，慢腾腾鬼鬼祟祟远远地跟着，还警觉地防范自己被这对狗男女无意间瞥见。及至他终于赶上那群丑姑娘，丑姑娘们生气了，因为有一个女同学需要换卫生巾而卫生巾在刘刚肩上的包里。有没有致使该女同学经血外溢？刘刚不知道，能知道的是此女像失血过多似的脸色刷白，一把抢下自己的包。刘刚一个没站稳，跌倒在地，惹得丑姑娘们和缓缓赶来的那对狗男女哈哈大笑。春光明媚，碧波荡漾，游人如织，小吃飘香，这时候有一个长相跟猴子差不多的人还很识趣地跌了个四脚朝天。啊，这真是一次美妙而让人难忘的春游啊。

刘刚宿舍的同学也记得一些细节。猴子经常半夜鬼鬼祟祟爬起来，弄出了一些细细碎碎的声响，有人也许闻到过丝缕甜甜的腥味，但没深究，翻个身也便睡了。让大家没想到的是，猴子裤衩洗烂了后，就不再有钱买裤衩。大家对猴子裸睡的习惯还没来得及赞颂，就又发现猴子穿上新裤衩的同时有不止一个人在走廊里咒骂哪个变态偷了我的内裤。大家也不便证明偷裤衩者刘刚也。凡此种种，举不胜举。当时，此类事件在私下交谈中当然会叫人发出种种讥讽和不屑。多年以后，在同学聚会上，与上文同理，势必又是美好的学生时代哦。而且回过头来看，大学时代真正能让人记住的是什么呢？难道是那些课本？那些所谓的恩师？以及所谓刻骨铭心的初恋？譬如那个漂亮的女同学，对于她的美貌，多年以后，大家已经浑然不觉，而她在同学聚会上的衰败和平庸更是触目惊心。这些已经不重要了，也不好玩。此时此刻，仍然能让大家津津乐道的，恰恰是刘刚这样的角色以及他们闹出的笑话，真是不朽。另外，在此次同学聚会上，在本应出席的刘刚因为众所周知的原因没有出席的情况下，大家谈兴更浓，笑声更是蔚为壮观。

## 八

我们对一个人指指点点评头论足并不表明我们了解这个人。关于刘刚在大学时代的掌故，同学会上不为人知或不太为人知的东西还有很多。比如大三那年，刘刚频繁返乡，其因是他的父母在同一年因操劳过度而先后离世。那么，何以至此？没人知道。因是悲事，大家自然不会拿出来详加盘问说三道四。同学们只记得父母亡故后，刘刚略有改变。如果说他一直因为贫穷、丑陋和可笑而被大家另眼相看（孤立），那么父母亡故后，刘刚则是主动将自己孤立在外。他不再试图融入到集体中来，而是完全放弃，哪怕是同学们喝酒主动请他（大家想念他在酒桌上喝醉后的模样），也遭到了有礼有节的拒绝。他也不像以前那样总是想蹭同学的洗发液洗头，而就是这么满头油污地在校园内我行我素。他的朴素及肮脏，反而一下子使他和所谓的高等学府比别人更加般配了。那些老一代的学者不亦如此吗？没错，刘刚就像一名胸怀大志而又不修边幅的青年学者，除了睡觉吃饭大小便，人们只能在图书馆和阅览室找到他。摊放在他面前的是堆积如山的书本，在这座山下，是一个奋笔疾书的年轻人。那个经血外溢的肥胖女同学在阅览室经常遇见刘刚。她说，她当时几乎爱上了这个人。她注意到，当刘刚每次用手指沾着唾沫翻阅纸张的时候，因为纸张的翻动及其反射的光线，刘刚眉间两道竖纹忽明忽暗，让她非常着迷。当然，幸亏没有。肥胖女同学不禁擦了把冷汗。中年将至，她比大学的时候瘦了一大圈，庆幸的样子也漂亮多了。

　　总之，大学时代尤其是大三以后的刘刚是神秘的。大家因对此一无所知而陷入了深思。刘刚后来的妻子（在刘刚出事之后即已离婚）对刘刚大学时代的了解也与刘刚同学们的描述完全不一样。刘刚告诉他的妻子，因为出身贫寒，因为身负众望，他的大学时代虽苦犹乐，甘之若饴。早在入学之初，他就坚定地认为，自己必须学有所成，出人头地。此外，刘刚极其不满同学之间普遍存在的纨绔习气和玩世不恭，认为随波逐流就是自甘堕落。所以整个大学期间，他都是在图书馆和阅览室度过的，而绝非大三那年父母双亡以后。他不仅和男同学难以沟通，对女同学也无甚好感。他真诚地向妻子透露，如果精神恋爱也算一种爱情的话,那么他在大学时代享受过这种纯粹的情感,而对象是他交往的一名笔友。刘刚说,这名笔友是北京大学哲学系的一名女生,他当然没有机会见过,也从来没有想过见上一面。照片?也没有。为什么要照片?真正促使他们你来我往书写信件的是精神交流,是惺惺相惜,是老子、孔子、佛陀、柏拉图、苏格拉底、海德格尔这些闪光的名号将他们的精神体结合在一起,而非肉体,亦无需肉体。那些信?很遗憾,那些信没有了,搬家时不慎丢了。再后来就是毕业了,人海茫茫,连彼此的名字都可能是化名笔名,又到哪里去找呢?又为什么要找呢,难道就这样不好吗?

笔友这事,刘刚的大学同学倒是没有什么异见。不稀奇。当时几乎所有单身的同学都有一个笔友,有的还不止一个。最多的是系里面那个在《青年文字》这本刊物上发表过一篇小说的男同学,因该小说描述了主人公和几个女人(既有女同学也有女教师)混乱而绝望的性关系,引起颇大反响,故作者被誉为"风流菜籽"。另外,小说发表的时候,菜籽的通联地址也被编辑附在文后,于是他每天都能收到来自全国各地的信件。刚开始,菜籽还每信必复,没多久,同学们帮他回复,刘刚也曾受邀帮忙。再然后,所有同学都受不了了,任务艰巨也就罢了,寄信是要贴邮票的，而邮资显然非那一篇小说的稿费所能全部支付。如果大家没记错的话，菜籽小说发表当日，也就是在稿费到来之前，他就预先透支了自己两个月的生活费请大家吃了一顿。刘刚因不胜酒力，在饭桌上一头栽在一盆酸菜鱼里，大家可都是记得的。到了最后，菜籽连来信都懒得拆阅，随手丢弃，给校工制造了不少垃圾，以至于校工向上反映致使菜籽还遭到了校方的处分。刘刚的笔友是谁，没人知道，也没人关心。反正除了菜籽对笔友来信感到恶心之外，所有有笔友的同学确实是每天都盼望负责分发信件的同学扬起一个信封冲自己招手。

拆开信封，除了信件本身，大家更渴望有照片。漂亮的就亢奋就持续，土的丑的就会在对方下次来信质问时复以"最近学业太忙无暇及时回复见谅为荷"然后达到断绝音信的目的。这是笔友的常态来往。再深入点的是互寄包裹，赠送礼品。刘刚的上铺就收到过笔友寄来的一只并不名贵的钢笔，用了两天发现不太好用，考虑到刘刚家里穷且自己是个善良之士，上铺就慷慨地转赠给了刘刚，刘刚千恩万谢，欣然接受，并受到这支钢笔的鼓励，多给自己的笔友写了几封信。互赠礼品之后，可能也有约时间地点见面的。不过，见面因代价太高，很少有人办到。至于这个世界上有没有通过笔友的方式勾搭成奸乃至缔结良缘，那刘刚和刘刚的同学们就不知道了。但愿有吧。

至于刘刚说他在搬家时候不慎丢了笔友的信，这就更不值一提了。大多数人早在毕业之前就丢了这些信件，保留笔友信件的人也许有，但绝对不多。刘刚将那些信件保留到搬家，这或许说明他确实与众不同。在大家看来，这句话里只有"搬家"一词是大家所关心的，有力地证明了刘刚后来混得还行。确实如此，刘刚因在大学里表现出了质朴上进的形象，毕业后没有被打回原籍，而是留城去了一个机关上班。先是住在单位宿舍，然后幸运地赶上了最后那批福利分房，分到了一套两居室。再后来，刘刚升职，商品房兴起，他自己又买了套，搬了过去。（注意，刘刚有了两套房）再再后来，刘刚不仅继续升职，而且还和人一起开办了公司，然后携妻子搬到了城郊的大别墅里（已然狡兔三窟）。不过，到底是哪次搬家丢掉这些密布西方哲学大师名号和名人名言信件的？谁也说不清。刘刚妻所描述的丈夫，或许也有一定道理，那就是刘刚早在大学时代就是个雄心勃勃的人，否则他怎么一路升职以至于给老婆留下了三处房产，并致使后者现在成了一名因为貌丑而始终包养不到小鲜肉的富婆。可怜两百公里外刘坑的穷亲戚们,他们确实一点没有享到小刚子的福,并鉴于小刚子出的那些事,在眼下重修族谱的重大时刻,是否应该考虑考虑对小刚子实施削籍处分?还请长辈村长裁度。

## 九

刘刚出了什么事?笔者不用说,看下去便知。我还是喜欢笔友这个环节。

据我所知,刘刚的笔友署名赵媞,但绝非北大哲学女郎,邮戳表明信件寄自鸭镇,通信地址为鸭镇供销社。在信中,赵媞告诉刘刚,自己时年二十,惭愧的是没有考上大学,更惭愧的是,自己在供销社的工作还是自己的一个亲戚走后门给弄的。虽然赵媞连鸭镇都没有离开过,但她却自幼热爱文学,自费订阅了《收获》、《锺山》、《青年文字》等国内重要文学期刊。正是因此,赵媞看到了刘刚菜籽同学的小说,她一方面想和作者探讨一下小说中所描述的性行为是否是作者本人的亲身经历,另外就是表达一位乡村文学爱好者应有的敬意,并惴惴地附了一张近照。没想到信寄出去多日,也没有收到回复。这让赵媞不禁更加惭愧起来。菜籽是大学生,天之骄子,又才华横溢,性生活丰富多彩,在可以想见的未来，想必是一匹文坛黑马，会被更多的女性崇拜者所簇拥。自己的信，稚嫩的文笔，只能让他看了发笑。至于自己的照片，虽然已经在鸭镇照相馆委托照相师傅努力将自己拍到了最佳状态，但想亦难脱村姑的土气，菜籽岂能青睐。赵媸说，她为此甚至羞愧得失眠流泪。但是，奇迹发生了，在时隔多日之后，赵媸终于收到了回信。虽然这份信并非出自菜籽之手，她仍然很高兴很激动，甚至更高兴更激动。这是一段缘分，难道不是？赵媸在信中反问道。

显然，赵媸说得情真意切，对刘刚给她回信冠以"缘分"二字，刘刚亦深以为然。前面已经说了，菜籽在校园内将未拆阅的来信扔得到处都是，刘刚趁人不注意捡过几封。当然，其他同学也可能捡过，也说不定因此交到了自己的笔友，不提。缘分在于，在刘刚捡的来信中，也只有赵媸这封内附照片。虽然这个署名赵媸的姑娘在照片中姿色普通，倒也不掩清纯朴实之相。兴许还让刘刚想起了自己在县城读高中时所暗恋的女同学。于是他灵机一动，提笔给赵媸回信，并将事实告知（菜籽连她的信都没打开就扔了）。当然，刘刚并未直言自己希望和赵媸建立"友谊"，他只是尽量使用客观公正的语言方式表示菜籽的行为是不妥的，乃至于是对他人的一种伤害，一种罪孽。至于菜籽的那篇小说，刘刚也从自己的角度进行了不偏不倚的分析，结论是：趣味粗鄙，道德败坏。赵婼不仅同意刘刚的看法，而且为刘刚之举大为感动。然后得出"缘分"的结论。

既已是"缘分"，二人自然没有到此为止的必要。于是，你来我往，书信不断，整个大三，刘刚都忘我地沉浸其中。同学们认为他该学年陡然自我孤立起来，应与此有关。二人的关系，也由谈论菜籽、互致问候，最后发展为无话不谈。

刘刚：他们指望我改变家庭的命运，希望我能让他们享到福，这根本不用说，我早就决定我工作后第一个月的工资就全部给他们。但我还没毕业，他们就死了。古人说，欲养亲而亲不在，现在我还没有赡养父母的能力，但已体会到了这句话的意思，真是难以形容我的悲伤。但是，但是我还想告诉你另外一个真相，说了你或许会骂我，当办完他们的丧事返回学校的时候，一路上我感到从来没有的轻松。对，如释重负。我知道这样说很残忍，但是真的。

赵婼：最近几天肚子疼（其实每个月都这样），所以隔了好几天才回你。你说得不仅很有道理，也让我羡慕，想到我永远无法摆脱父母摆脱鸭镇，就绝望得要命，真想死。

刘刚：我真的想把你的照片贴在床头，每天睁开眼睛就能看到你，但我只有这一张你的照片，贴了，将来再揭下来对照片不好，对你不尊重。另外就是，如果我把你的照片贴在宿舍床头了，我在教室，我在食堂，我在阅览室，我回老家，就没有你的照片可看了。这还不说被我们宿舍那些男同学看了。我是真的不愿意跟人分享你的照片。所以我只能把你的照片放在怀里，靠近心脏的位置。

赵婼：当然可以给你多寄几张照片，但是我并没有你赞美的那么漂亮，你手上的这张可以说是我拍得最好的。把最好的给你，把不好的留给自己，也许更有意义。

刘刚：都不重要，重要的是，我坚信我能够在茫茫人海中一眼认出你。我只是盼望那一天的早日到来。

也就是说，在遥远的1996年，热衷于通过书信交笔友却很少有人具备勇气相见的年月，有一个叫刘刚的男的和一个署名为赵婼的女的，他们将率先进入笔友交往的最后环节，臻至最高境界——见面。

一向自卑害羞的刘刚当然曾试探性地暗示赵婼可以来他所在的学校相见。因为二人之熟稔，几乎到了对方的标点符号是什么意思也能猜到的地步，聪明如赵婼（刘刚坚持认为她的智力远远高于他的同学们）一眼即明，并开诚布公地陈述了两条她不宜前来的理由。第一，她没有外出的时间，她要上班。这一条当然是托词。关键是第二，她说，她是女的，刘刚是男的。这确实叫人无法反驳。刘刚答应要亲赴鸭镇。只是因为激动和紧张，激烈的思想斗争搞得刘刚形销骨立，迟迟没有成行。时间在过去，赵嫽的信里，清晰地描述了鸭镇的季节变化：那个在刚刚过去不久的冬天的雪中滑倒死掉的人早已埋了，坟头现在青草碧绿；她家那只仅有一只爪子是白色的黑母猫已经生了三只毛色各异而又同样可爱的小猫；青蛙叫得很难听，蝌蚪甚至游入了鸭镇人家的水缸……美轮美奂的鸭镇之春转瞬即逝，再这么拖下去，酷暑就在眼前。难道大好的青春就这样浪费掉了？看得出来，赵嫽因为怀春已久，现在则流露出了伤春之情。

她在给他的最后一封信中用绝望的口吻说：我一直在等你，我希望我们能面对面地聊，用我们各自的发声器官发出声音聊……但是，你到现在还没有明确你来的日期，我想我只能放弃了。我的内心再也没有理由拒绝我妈妈叫我去相亲了。我差不多能看到我这辈子，一眼看到头，我会嫁给一个当地的工人农民或者别的什么人，和他生孩子，然后慢慢老了，死掉，像那个在雪中滑倒死掉的人一样，埋也埋在这个地方。

这封信彻底打动了刘刚，也基本打消了他所有顾虑。他当即写信明确了自己赶赴鸭镇的具体日期。在信的结尾处，他抒情地蹦出了一句一直没好意思写但在心底千万次呼喊的话：亲爱的，我来了。

## 十

刘刚大概是在中午到鸭镇的，也可能更早。因为其貌不扬，穿着普通，没人太把这个陌生人当回事。连开着蹦蹦车的老司机们也只是象征性地上前问他要不要坐车。刘刚还未做决定，不予回答，老司机也便流露出无所事事的表情，然后从耳廓上取下一根烟点上，晃悠悠地走了。

在车上，刘刚还是有点忐忑。自己说了"亲爱的，我来了"后，截止到他买票上车，始终没有收到过赵婼的回信。而自己在信中确定的日期已经到了，他想到了中国古代一个叫尾生的故事，并被这个故事所深深打动。当然，买票上车前，他做了种种假设。赵婼给他回信了，只是这封重要的回信在邮递途中丢失了。这一情况在他们之前的通信过程中是时有发生的。那么，在那封丢失或迄今没有到达的信中，赵婼无非会有两个态度：一，她很高兴，他终于来了，并在信中具体注明了见面的时间和地点。二，她也紧张害怕了，或者已经相亲成功，移情别恋，叫他别来了。刘刚不愿意悲观地对待这封无缘拆阅的信，倾向于第一种可能，也就是赵婼已经做好了他要来的准备。因此，信件丢失或还在邮递途中倒并不是什么大问题。将赵婼给他的所有的信拼接在一起，不仅能够看清二人情感的清晰履痕，庶几也可以视作一本编撰方式随意的《鸭镇志》。鸭镇在刘刚的脑子里早有轮廓。这只是一个小镇子，找一个人太容易了。就算不能遵照赵婼在那封丢失的信件中所指定的时间地点，又有什么关系，二人注定能见上。第二种猜测的可能性微乎其微，即便是真的，刘刚大不了失落沮丧，无论能否见着，自己买一张返程票就行了，一切到此为止。因此，他还是买了票上了车。然后鸭镇到，他下车。

在车上，他还想象过自己下车的画面。因为害羞，因为紧张，赵婼远远地站在车站附近的什么地方，或者躲在车站附近的某个门面里，假装和店主聊天，而眼睛却不时焦躁地向车站瞥来。来了一辆车，停了，乘客下来了，不是他，不是他，还不是他。她紧张的情绪暂时得到了缓和，但想到下一辆车，她又更加紧张了起来。她简直要恨他了。当然，这是刘刚的想象画面。这基于假如赵婼去学校找他的话，刘刚也一定会这么做。比如他会和她约定在学校北大楼草坪那儿见，最好各自手里拿着一本《青年文字》作为接头暗号。他会提前到这是肯定，但他绝不会愚蠢地暴露在那几百平米空旷的草坪上，而是一定会在草坪边缘的树木和花丛中找个据点。而且在赵嫱手握《青年文字》出现之前，他是不会傻不拉几率先手持《青年文字》的，他根本就不需要这本杂志，就算需要，在对方手持杂志出现之前，它只能在他屁股兜里插着，并被上衣的下摆盖住。他要判断，除了判断那个手持《青年文字》的人是不是照片中人，还要判断她的真实容貌及身段，以此决定自己以什么情绪和方式走上去。没错，就刘刚对她的了解，赵嫱亦应如此。所以下车后，除了没有搭理几个老司机，刘刚也没怎么动，就站在那儿。多站一会儿，多站一会儿，刘刚抚慰自己狂跳的心脏。五分钟不行，难道十分钟以后，台球房那边一群打台球的小镇青年中间不会袅袅婷婷地走出一个赵嫱？

半个小时后，这一画面仍然没有出现。

台球房里一球未进轮让对手打自己则怀抱球杆站立一旁等待对方失手的人或许注意到：这时候那个傻站在车站广场太阳地里的家伙已经返身了，到了售票窗口，看样子他刚来半个小时就要买票走了，而且还没人阻止他这么干。不过，快看快看，情况似乎又发生了变化。此人在售票窗口叽歪了一会儿，又走向广场，并冲着那群停泊在阴凉处的蹦蹦车而去。

刘刚问一个老司机，供销社怎么走？老司机听出外地口音，非常热情地说，上车，我拉你去。刘刚没有接受邀请，而是向台球房这边走来。老司机们虽然没有做成刘刚的生意，但仍然显示热情好客的样子，不紧不慢地尾随着他。台球房里，除了抱杆而立的，俯身在草绿色桌面上的人也纷纷直起了身。这里所有的人无一例外地表示他们不认识供销社，有人还夸张地面面相觑："我们鸭镇有供销社？"其中一个看上去颇面善的家伙善意地提醒刘刚："你想问路，问他们啊，他们哪里可都认识喔。"说着还用下巴向刘刚的身后指了指，刘刚往身后看看，正是刚才那些蹦蹦车老司机们。他只好离开台球房，没走几步，身后的怪笑声就传至耳中。同理，门面里开小卖部的和外面支起阳伞和煤炉卖茶叶蛋的，不是摇手就是聋子，怎么都听不见他的声音。刘刚当然懂这年头这世道。他只是觉得他们也太过分了。另外，就是他确实没钱，除了返回学校的路费，他口袋里大概还有够两个人吃顿盒饭的钱，这是以备他和赵嫽吃完盒饭后自己抢着把账付了。当然，他坚信，如果吃饭，赵婼不把他带到她家去是有可能的，但她绝对不会让他吃盒饭，起码会下个小馆子炒两个菜吧？作为已经工作的人，以及所谓尽地主之谊的理解，他不怀疑赵婼会在他喊着买单的时候被后者温柔地告知：我已经买过了。

刘刚向镇上步行而去。

到镇上人家问，确实好多了。一个老大娘非常殷勤地指天画地告诉了他怎么走，但他一句也没有听懂，只得连说感谢。另外两个人说法不一。一个说往前走五百米，左手是个桥，过了桥往右手走，就差不多快到了。另外一个人则认为没那么复杂，一直往前走就能看到鸭镇供销社那个白底黑字的牌子。好在二人所说方向一致，刘刚决定，那就往前走，走到前者所说的那个桥边，再找人问问。不过，他走了差不多两公里，左手才出现一座桥，他也很确定在这两公里内并无什么白底黑字的牌子。这是五月份的天气，春光明媚，又是这么一顿暴走，刘刚脸上老油直冒。加之时已中午，站在桥上但见河两岸炊烟袅袅，附近人家锅铲炒菜的声音亦清晰可闻。再看桥下，水草摇曳，其间隐约浮游着几条黑色的鱼背。此时此刻，辘辘饥肠纠缠着刘刚糟糕的情绪，水中倒影也放大了他的悔恨和屈辱。刘刚几乎有点恼羞成怒。

这时候突然人声鼎沸，一群骑着自行车的中学生像一股潮水一样向桥上涌了过来。他们放学了（和自己当年一样，节假日补课），回家吃饭了。一个女生非常肯定地告诉刘刚，后者方向完全走反了。车站位于鸭镇的中部，现在刘刚和这座桥包括女生本人和她的自行车，一起位于鸭镇南部，而供销社在北部。闻听此言，如果不是这个女生有一双干净明亮的大眼睛，刘刚几乎要蹦出一个"操"字。他连声感激，女生一笑（左边有个酒窝），翻身上车。刘刚注意到，上车后，女生没有直接坐上座垫，而是就这么让圆润饱满的臀部悬在座垫和大杠之间，先是由慢到快猛蹬了几下，一俟自行车可以自动滑行，她这才将臀部压在海绵座垫上（座垫微微一陷）。是激励，也像一种启示，刘刚适时终止了自己败坏的情绪，亢奋了起来。他听见自己心底的呐喊：我不仅要把那个赵嫽从鸭镇揪出来，我还要把她日了。

## 十一

可能是太急迫，也是刘刚懒得再走，他招手一辆经过的蹦蹦车。后视镜里，老司机与他相视一笑。如果刘刚没记错的话，他就是自己下车后第一个与他搭话的鸭镇人。不知何时，后者的耳廊上又夹上了一根烟。

付完车钱后,刘刚略略有点意识到自己只剩下了返程车票的钱,但他并没有十分在意,此念转瞬即逝。唐僧师徒一行四人远远望见西天雷音寺的殿宇一角,肯定扑通跪倒,泪流满面,刘刚千里迢迢历尽千辛万苦也终于找到了让他魂牵梦绕的爱情圣地——鸭镇供销社。没错,白底黑字,大铁门,门房里坐着一个捧着水果罐头瓶子作茶杯看报纸的老头,和经验和想象完全一致。

除了门房老头,供销社了无人影。倒是有几只麻雀在院子里蹦了几蹦,见刘刚是个生面孔,赶紧飞走了。刘刚当然知道这是双休日,否则好学生如他定不会旷课亲赴鸭镇。他无意于擅闯供销社,只是站在门外,问老头:大爷您好,请问大爷,您知道赵娎家住在哪里吗?

正所谓门可罗雀,看门老头对刘刚露出了非常热情的嘴脸。但听了刘刚的话,他倒是表现出这个年纪应有的耳背神色,三步并作两步从传达室蹒跚而出,凑到刘刚面前,用一只手在右耳上做出一个扩音器的样子:什么?你再说一遍。

刘刚只好重复。

老头这次听了,若有所思地放下手,摇了摇头,然后用另一只手的食指在刚才那个手掌上画了起来。

你说的那两个字怎么写？

刘刚显然没想到这一层，不可能随身携带纸笔。情急之下，他在地上找了起来，好不容易看到几步外有一根树枝，一个箭步冲过去。然后拿着树枝又是一阵好找，大门附近都是水泥地，只在门房左侧有一棵水杉，下面有一小片泥地，而且看样子是老头每天倾倒茶水的地方，也有可能是老头夜起撒尿的专用场地。总之，水分蒸发之后，露出了一块半干不湿还较为平整的地面。真是一块绝佳的写字场所啊。别说刘刚了，连笔者都有上去写几个字的冲动。但见刘刚伸手要把大爷拉过去，没想到反被大爷捉住他的小手（对比的结果）。后者还将他那根树枝拿下，扔掉，毅然决然地牵着刘刚进了门房。桌上全是报纸，旁边正有一支圆珠笔。这还用说，刘刚熟练地将赵媱二字写了出来。因为熟练，用时之短，笔画之顺畅，着实让老头发出赞叹：小伙子字真不错喔。

她家住哪儿？见老头只顾端详自己的书法，看来必须把这个问题重新提出。让刘刚失望的是，老头说他不认识这个人。让刘刚大惊失色的是，老头说鸭镇供销社没有这个人。不仅没有赵媱，连姓赵的也没有，不仅连姓赵的没有，连女人都没有——如果已退休的秦主任（女）不算在内的话。

这不可能！刘刚对老头的记忆力和智商表示怀疑。确实如此，该老头步履滞重，两眼浑浊，怕是早已痴呆，只是没被人发现而已。这样的人，无论他有何背景，和领导有什么关系，早就该坚决地清除出供销社的革命队伍了。

老头拍了拍刘刚的肩，笑着摇了摇头。看样子有点犹豫（出于好意不忍打击刘刚），又鼓起了勇气（仍然是出于好意想让刘刚弄个明白），示意刘刚自己打开办公桌抽屉找里面的单位人员花名册自行验证。这是一张老旧办公桌，抽屉并不灵光，见刘刚拽不开，老头只好亲自动手。也不知有何诀窍，对比于自己怎么使劲都无效，老头仅两根手指就拉开了抽屉，取出了花名册。

厚厚一叠的花名册其实每页都一样，表格状，按照尊卑排列了十几个印刷体姓名。在右边的空白格子里，则被该姓名的本尊或龙飞凤舞或一笔一画手写了一遍左边的名字。既像临帖（右临左），又像创作（左右字体完全不同）。其效用就是十几个人每天分早中晚在这张表格上各写一遍自己的名字，以此证明他本人准时上下班。当然，也有个别代签的情况。比如李瑞强，"强"字他一向写作"強"。在刘刚失魂落魄翻阅众多表格时，如果他有兴趣，绝对可以发现，在众多的"李瑞強"中，非常显眼地交错着几个"李瑞强",而且笔迹迥异,他人代签无疑。由此可见,代签情况还是屡禁不止的,老头也曾应领导的要求对大家签到进行监督,可惜身卑人老,没人屌他。至于老头的工作,就是在大家签到前提前在表格上方填写年月日,所有人签到结束,再由他收起保管,到月提交给有关领导。总之,该签到方式为鸭镇供销社考勤制度中非常重要的一条,据说已沿用了数十年。在之前不久的职工代表大会上,有一位年轻的同志表示如此签到过于原始,不够与时俱进,何不以现在的高科技指纹识别机替代?没想到此议在职代会上很是受到了冷遇,好在一把手坐在真皮沙发上颔首不已。但不知为何,指纹识别机到现在也没装上。

如果装上那个,我就轻松多啰。老头在一旁如释重负笑道。

确实没有赵嫱,确实连个姓赵的都没有。

你确定秦主任退休了?刘刚也无法理解自己为何这么问。

退休十来年了。

刘刚不再说话。他这时候才感到累得不行,一屁股坐在老头之前为他准备而他始终不愿意坐的藤椅上。藤椅发出一声满意的呻吟。看来这把藤椅已虚席以待多年,终于盼来了朝思梦想的屁股。如果刘刚一直不坐下去，绝对是对藤椅一腔深情的亵渎和背叛。

也不知过了多久，也不知老头还嘀咕了什么鸭镇供销社的制度，饭菜的奇异香味将刘刚拉了回来。只见老头不知从哪里端来了一盆豆腐烧肉和一碟香干芦蒿，并两碗白生生的大米饭放在了自己的眼前。鉴于两碗大米饭是面对面摆放的，所以老头也未经刘刚的同意就这么面对面坐了下来。老头表示，在其漫长的一生中，除了那些不堪回首的艰难岁月，他始终遵循着早上喝稀中午和晚上吃干的优良传统。而在中午和晚上这两顿干饭上，他也别出心裁地施行了一套独创的方法。那就是每天中午煮饭时煮两个人的量，这倒不是我饭量大，更不是还有另外一个人吃，老头补充道，自己是一名资深光棍，没错，一人吃饱全家不饿。他只是把晚饭和午饭并在一起煮罢了。晚上再把中午的剩饭热一热即可，何须再大动干戈淘米煮饭？费水费电也费火。既然今天来了个小伙子，还是有一定书法功底的大学生，那么就一顿吃完吧。如果他有兴致，老头晚上破例再煮一顿，如果兴致不高，那就算了，饿又饿不死人你说是吧？

刘刚倒确实饿了，也没客气，不仅帮着老头把饭吃完，菜也叫他吃了个干净。吃饭过程中，他没有再提赵媞这个名字。而努力扮演一个过路乞食者应有的角色。老头也没有再提赵媞。不外乎一些家常问题。对此，刘刚也做到了知无不言言无不尽。提到自己的父母，刘刚告诉老头，他的父亲也在供销社任职（巧），他的妈妈则是一名中学高级教师，现在二老业已退休，正在家乡的牌桌上打麻将，只等着行将毕业的儿子找到一份好工作娶个好老婆生个胖头大孙子。至于他们的儿子刘刚本人，现在省城大学读大三。专业？专业是航天航空。

总有一天，刘刚说，我要把中国人送到火星上去。

为什么不是月亮？老头对他的想法谨慎地表示了不以为然。

因为，刘刚拨开豆腐又发现了一块肉，吃完了才说，美国人上去过了。

那就更应该先上月亮了。老头斩钉截铁道。

接下来的事情，刘刚一直都很迷糊，不是因为年深月久，而是当时就没弄明白。饭后，他在传达室里间老头的床上睡着了。醒来后，他闻到了老年人床铺惊人的恶臭。然后他起身，毅然决然地要走，任凭老头怎么挽留也无济于事。没有办法，老头只好依依不舍地倚在传达室门框上目送刘刚头也不回地离开。因为慌张，因为埋头，没走出几步，刘刚差点和迎面而来的一辆自行车撞个整子。也正是因此，刘刚听见身后有人发出的一声"小——心——"的警告，因为高声，因为惊恐（替刘刚担心），声线拉细拉长，与一个年轻姑娘的尖叫无异。难道是赵娅？刘刚不禁回头观望。没有，没有赵娅，也没有女的。映入眼帘的，除了倚门而立的鸭镇供销社看门老头，还有就是刚才差点撞上的自行车。这辆自行车已经在传达室那里停了下来。这是一辆绿色的自行车，车上是一个绿色的人，这个绿色的人正从绿色的包裹里取出一叠报纸和邮件试图交给老头，然而老头仍恋恋不舍地望着刘刚，绿色的人也便追随老头的目光而来，端详了一阵刘刚，他才再次收回目光看向老头，老头也正巧看绿色的人，二人相视一笑。

　　刘刚是跑着离开鸭镇供销社的。直到实在跑不动了，他才扶着膝盖弯下腰喘气。口水、鼻涕和眼泪分别从它们应有的孔洞喷涌而出。它们只是引子，紧接着，更大规模的呕吐像山洪一样喷薄而出。他是对着河岸坡地吐的，因此，泪眼婆娑中他似乎看到了坡地的垃圾和草丛中有一只老鼠在吃他的呕吐物，随着呕吐的加剧，他发现了更多的老鼠，当他停止呕吐，那些老鼠也瞬间不见踪迹。难道这些肮脏的老鼠是从他体内排泄出来的？总之，这些场景是否真实，很多年后刘刚都不敢肯定。他所能肯定的是，这个下午的诸多场景（包括下文还会出现的场景）已经毫无人道地进入了他的梦境，让他终生寝食难安。

## 十二

现在一切都明了了。

刘刚直到天黑也没有走到车站。来时他已经看过鸭镇车站的车次表，可以明确的是，他已经赶不上返回省城的末班车，或者说，赶不赶回程的车已不重要。天色已暗，屋内的灯光、晚餐、喧闹，刘刚经过了这些事物。再之后不知多久，灯火次第熄灭，天开始黑得发亮。没有人声，但有猫有狗，也有四下里的虫鸣。似乎只有它们让刘刚感到幸运。他就这么漫无目的地在鸭镇晃荡，乏力和虚弱甚至让他感到了某种从未体验过、之后也再未出现过的幸福。脑子里一片空白，据他自己说，像被水洗过一样。

在路过一户人家门前时，这个美妙的感受却被无情地打破了。屋内传来了鼾声，巨大的鼾声，那种你可以看见鼻腔和呼吸道里胶着着各种浓痰、粘液和垢污的鼾声。这一惊人的鼾声将所有的事物一下子又全部拎到了眼前：死去的父母，老师同学，赵媛和看门老头，以及所有经验、尚未经验和有待经验的事物。他咬着牙忍受着这一可怕的鼾声，以至于脑子里出现了自己用一把铁锤将这个鼾声如雷者的脑袋一锤敲碎的画面。甚至连这把铁锤也在他的脑子里细节清晰地全出现了。就是一把普通的铁锤，柄为木质，已被无数手次（人次）磨光磨亮。锤头当然是铸铁的。定神细想，脑子里的锤头上还镌刻着铁匠的名姓。然后，这把在脑子里才有的铁锤居然被他握在了手中。于是他返回鼾声的发源地，用自幼在刘坑这个小山村学会的攀援术轻易翻过这户人家的围墙。院内，鼾声像海浪一样将他全身打湿。屋内，鼾声则又如岩浆一样灼烫。正所谓循声而去，这个鼾声是一根绳子，系住了他的腰，勒住了他的喉，想把他往回拉。由远及近，由小到大，终于把他带到了它的源头。就好比他小时候所见到的那样，刘坑村民沿着血迹寻找那头被猎枪打伤的野猪。野猪已经爬不起来了，它伏在地上喘息，村民见状，二话没说，镰刀锄头，所有的农具及其他器具全部砸向它。现在，刘刚手上有把铁锤，而这头野猪正躺在床上酣酣大睡，刘刚没有理由不按照脑中的画面所提示的那样，用铁锤将他的脑袋敲碎。

是刘刚杀了刘宾汉。

刘刚如何返城回校，已不重要。警察和法医到来后，经过一番科学分析，断定刘宾汉死于他杀。很快，有人在河岸坡地的草丛里发现了沾有脑浆、血迹和骨质的铁锤，又经科学分析，确定正是杀害刘宾汉刘高级教师的凶器。警察迅速控制了张亮一家，因为铁锤无论款识还是实质，均为张亮父亲铁匠铺之物。鉴于刘张两家众所周知的矛盾，张氏父子既有杀人凶器，也有杀人动机。而在这对父子中，张父自从遭受死者刘宾汉掌掴之后已卧床多日，基本可以排除。

剩下的就简单了：嫌疑人张亮，男，汉族，二十一岁，1993年因砍伤某某某，犯故意伤害罪，被判刑一年零三个月，1994年释放至今，仍不思悔改，多次参与黑恶势力暴力事件，多次被拘留和管制。1996年，因奸淫死者女儿刘某，致其怀孕，导致两家不睦，时有摩擦。同年5月17日，因扬言替父报仇，嫌疑人张亮持刀到死者刘宾汉家寻衅，因不敌死者，怀恨在心，故于5月18日夜11时许，持铁锤锤击死者头部二十余下，造成死者颅骨百分之六十碎裂，当场死亡。手段特别残忍，影响极其恶劣。人证物证俱在，建议判处死刑。

我们不知道张亮是怎么认罪的，也不知道张亮为什么最后又被缓期了，并于十年后真凶刘刚出现而被释放的……这都是刑侦和法律问题,为笔者所未知,故略。至于"奸淫"一词何以产生?据说刘婷在父亲死后也与所有人持相同意见,认为除了张亮,没人会把父亲的脑袋敲碎。真是同仇敌忾,杀父之仇,此时不报,更待何时?所以,有人劝她,就说是张亮强奸她,她想了想,觉得这么说也不是毫无道理。

可怜张亮收监,张家一门自此凋零,先是张父忧愤而死,徒有张母顶着一顶杀人犯妈妈的帽子在鸭镇又多活了九年。只有她一个人不相信刘宾汉是自己儿子杀的。虽然她拿不出任何证据,但她坚持己见,从不怀疑。在鸭镇人看来,张母的最后九年已然疯了。要么哭诉儿子是冤枉的,要么就是就儿子的问题跟邻里发生争执,乃至恶语相向,继而诉诸抓挠。此外,就她一个老太太,生活也艰难。大概是太苦了,绝望了,在母子团聚前一年,张母最后还是一根绳子把自己给吊死了。丧事还是鸭镇人帮她办的,乡邻们很多都流下了同情的泪水,包括曾和她互相抓挠的人。

所幸刘婷的日子还不错,丈夫好,特别疼人,特别能干,鸭镇第一家超市和第一家汽车4S店均为其首创。大概是祖上积德,或有相关基因,在"只生一个好"的口号下,刘婷一胎就生了个双胞胎,一男一女，男孩虎头虎脑，女孩文静漂亮。俩孩子还都跟妈姓，姓刘，刘宾汉的刘。何哉？因为丈夫是入赘女婿。打麻将时，有人劝刘婷，你老公这么好，不如让俩孩子中的一个跟他姓吧？听了这话，刘婷不高兴了，驳斥道：那你得去问我爸同意不同意。刘宾汉生前有无此意？怕是永无人知。也有妒忌刘婷的小娘儿们故意戳伤疤，拐着弯提及当年刘婷被卫校勒令退学的事。没想到刘婷倒比她们坦然，哈哈大笑，说，那有什么，没退学也无非是在鸭镇医院里帮人端屎端尿。张亮释放返乡，刘婷也跟着邻里前去看望。但她没有靠近，就这么远远地望了会儿，然后就说孩子要放学了要回家做饭了，走了。

再说刘刚。刘刚一路顺风顺水混得不错。大概恰恰因为混得不错，经济上难免有点问题，被找去谈话，在一个宾馆的房间里被规定地点规定时间交代问题。刘刚交代了所有问题，连不该交代的也交代了。在他没有列席的大学同学聚会上，有同学发言道，他听过此类谈话侥幸过关者提到过一些谈话方式，根据那些，他的判断是，刘刚应该是最后整个人崩溃了。否则，这明明是两码事，干嘛要说杀人的陈芝麻烂谷子嘛，再说有人顶缸了，何必自讨苦吃。另一个道，要不怎么说刘刚这人终归还是大学时代那个土头土脑的猴子呢，没出息，太胆小。

就是就是，同学们听了，无不表示同意。

刘刚并不否认1996年5月18日那天晚上自己用铁锤砸了一个鼾声让人恶心的家伙的脑袋，但他否认自己砸了二十多下，而坚持自己只砸了一下。不过，既然此人当时就已毙命，二十多下和一下并无区别，砸的具体数字也就不重要了。刘刚更不可能知道被砸之人姓甚名谁。当他获知死者与己同姓也姓刘的时候，倒不无遗憾地说，如果知道他姓刘，我就不砸他了。五百年前是一家嘛。该说法在鸭镇人那里也得到了某种类似的观点。因为结案，刘刚曾在警察的押送下时隔十年重游鸭镇，按照法律程序，凶手需要指认现场。就在这次，有往前挤的鸭镇人幸运地听到了刘刚的只言片语。他们说，这个坏蛋的口音跟刘宾汉刘高级教师的口音非常非常像。

刘刚从来也没有想过自己会重游鸭镇，此番重游，让他恍然如梦。如梦的不是他整个人生，也不是他的少年和大学生活，而是之后的岁月。即上一次来鸭镇和这次来指认作案现场之间的这些年。对刘刚来说，最真实的存在就是鸭镇。

十年过去，鸭镇变化甚大，加之作案当夜天太黑，刘婷和丈夫后来又重新翻盖了房子，导致刘刚指无可指。不过，程序不可废，指认了张亮父亲的铁匠铺（现已是一个布满彩色体育器材的鸭镇居民锻炼区）后，刘刚还是得去一趟刘婷家。在警察的要求下，刘婷告知父亲生前卧室的方位（现为刘婷家超市仓库），穿着号衣戴着手铐的刘刚有必要站在仓库一角，手指跨越十年时空的方位，警察就此咔嚓一声拍了一张照片。

在离开刘婷家之前，刘刚曾趁警察不注意向刘婷嘀咕了一句什么。除了刘婷，没人听见。大概是音量、急切、口音等问题，刘婷也没有听得很清楚。等刘婷想明白他的意思后，冲正要上警车的刘刚喊道：哎，杀人犯，哎，杀人犯，你说的那两个字怎么写啊？

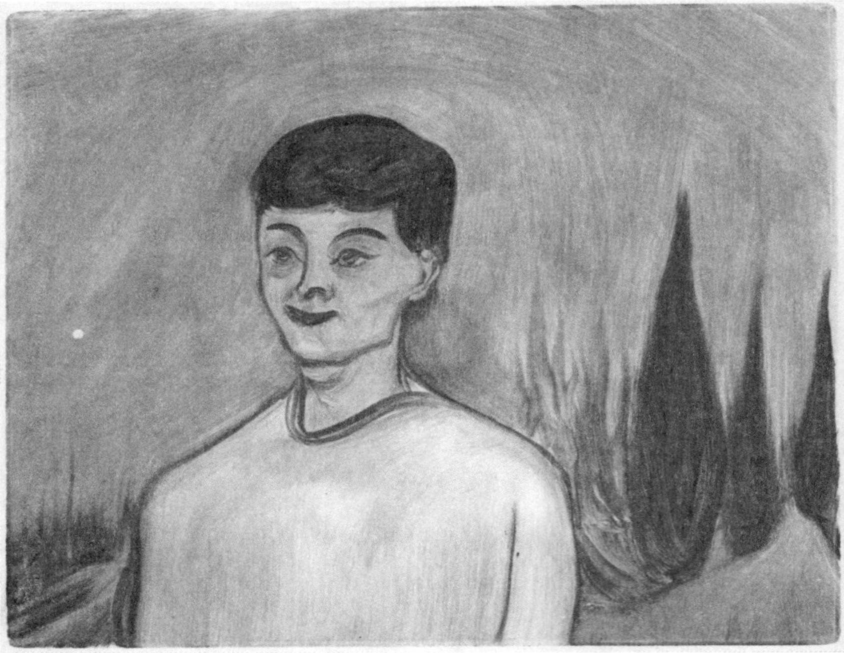

# 鸭镇往事

1996年，刘利民中师毕业，遵照当年统招统分定向分配的原则，他已经做好了回老家当一名小学教师的准备。出乎意料的是，他那个在省城当一名小公务员的姑父，也不知用了什么神通，利民收到的工作报到通知单居然来自省城鸭镇初级中学。鸭镇虽然并非市区，仅为省城周边的一个乡镇，但对于利民老家的人来说，足以称羡，很是了得。更何况利民这种按理说只能去小学担任教师的中师生居然要去教中学，这更是额外的荣光了。利民也很高兴。其实此前姑父与父母的商议以及相关操作利民并非一无所知，他只是对姑父这个省城人感到陌生并保持警惕不抱希望而已。看来利民确实小觑了家族情感在关键时刻所能发挥的作用，低估了一名省城小公务员大于己身的能量。

刘利民还记得去鸭镇中学报到之日，少不了要应父母的要求去看望姑父一家以示感谢，所以行李不少。即便如此，父母还是要求利民额外拎上一大堆家乡特产。部分留与姑父，以解姑妈思乡之情，其余让他到了工作单位学学"做人"。桃酥、牛轧糖之类的零食可以放在办公室和同事共享，上好的茶叶和香烟需要以不经意的方式分别赠与校长和教导主任，等等，都交代得相当清楚。利民很是不以为然。尤其让他反感的是，在这些礼品中居然还有一只活鸡。这是他奶奶饲养有年，并用其蛋给孙子补脑的老母鸡（据说如果没有那些后来被誉为草鸡的蛋，利民不仅考不上师范学校，更不可能到省城工作）。她老人家唯一能瞧得上的也确实就是这么一位姑爷。这只从老家县城出发在长途车上颠沛流离的老母鸡见证了母婿情深和家族团结，刘利民责任重大，必须确保把它活着递给姑妈好让她一刀杀掉。事实也正是如此，利民在餐桌上还有幸吃掉了它一整条腿。犹豫再三，利民终于没有把骨头丢在姑父家的实木地板上，而是无师自通地放在了桌上，心下不禁替远在老家的狗感到惋惜。姑父说，这也就是过渡过渡，先好好干个几年，然后再替你想办法。而这其中尤为重要的是，利民必须再弄一张稍微体面点的文凭。成人高考？自学考试？还是函授？姑父说这个不重要，重要的是起码有张东西。利民只能似懂非懂地点头。

利民没有观察考证过鸡能活多久，也不知道狗的寿命，总之，那只鸡当天就死得其所，稍后几年，刘家的狗据说也被偷狗贼毒死带走了。再两年，刘奶奶也含笑九泉去了……二十多年，确实漫长，但也转瞬即逝。

二十多年前的鸭镇是这样的：利民从公交车下来就被一群奇形怪状的中年汉子包围，"到哪块？""走啊！"让出身位，并向后礼让式地伸出一只胳膊好让人看见他们身后停泊着的三轮蹦蹦车。之所以说奇形怪状，是他们中有残疾人，也有四肢健全之士，要么肥头大耳，要么尖嘴猴腮。理论上说，三轮蹦蹦车的发明原是残疾人士的代步工具，它们的便捷和不择道路很快就让这些被视作社会负担的瘸子们找到了自力更生的谋生手段。接着，四肢健全却又生活拮据之士也加入了这个行业。大致如此。不谙世事年幼无知的利民选择了一个四肢发达的家伙。到鸭镇中学要五块钱，这是当年的标准价格。但这个四肢发达的家伙收了利民十块钱，找还的十块则是假币。之所以说他不谙世事年幼无知在于，逢此情形，若是瘸子，他可以据理力争，料想诉诸暴力，瘸子也不是对手，而面对四肢发达的村汉，利民只得自认倒霉了。

鸭镇中学的大门和所有乡镇中学的大门完全一样，唯一让人称奇的是大门上方悬挂的横幅：一个长条红布上粘贴着十个白色菱形纸张，每张纸上分别用毛笔写着一个遒劲的汉字。连起来是"欢迎新老师，欢迎新同学"。后半句很常见，几乎是所有大中小学校在每年九月都要张贴的欢迎词。"欢迎新老师"确实闻所未闻，让利民很是受宠若惊。稍后他就知道是自作多情了。新老师并非他一人，另有五位，已齐刷刷在会议室正襟危坐，唯等姗姗来迟的利民了。也不知道为什么，当年的鸭镇中学生源充沛，新生入学人数在1996年前后达到了峰值。该校不仅急缺教师，破旧校园一侧正在加班加点建设中的校舍工地也让人印象深刻——整整两年，利民和他的同事们必须在课堂上使用声震屋瓦的音量来压制来自工地的噪音。两年后搬入新教学楼，课堂上除了个别学生交头接耳，可以清晰地听到校园外田野里传来的虫声鸟鸣，这时候利民等人才突然发现自己嗓门太大了。他不知道其他五位和他同时入职的教师是怎么解决这个问题的，反正刘利民最终选择了通过涣散课堂纪律来保持自己的声若洪钟，并戏剧性地将这一生理特征延续至今。当然，这只是玩笑，是利民二十多年后的自嘲。事实是，到了这时候他费了老鼻子劲终于通过自学考试混到了一张文凭，然后囿于种种让他觉得自己已经受够了鸭镇中学的教师生活，正口干舌燥地等待他那个神通广大的姑父给他寄来一纸调令。虽然离开鸭镇中学还要再过两年，但刘利民确实没有白等。这是后话，按下不表。

话说和刘利民同年进入鸭镇中学的六位教师，除了他是中师，还有另外两位，钱晓华和杜娟。钱杜二人同一所师范毕业，都是女孩，都是鸭镇本地人。作为乡村少女，她们满怀抱负，成绩优异，立志改变村姑最终嫁给村夫的命运，刻苦学习，指望通过考试跳出农门。三年前，品学兼优的她们也曾信心满满地填上了重点高中的报考志愿，被父母获知后，父母挟持着她们连夜找到了相关老师，要求重新填写志愿。在父母看来，国家政策这么好，读那么多书干什么？你真的以为你能考上北大清华？得了吧，先考上一个能够端上铁饭碗的师范学校就行了。这个朴素的道理，言之有理，无需多言。二人于是都报考了省城的师范学校，然后毫无悬念地考中。三年前谢师宴上的鞭炮声还在屋梁上绕着，一转眼,三年后她们又以教师的身份重返母校,与刚从谢师宴上下来至今还在剔牙的恩师们成为了同事。对此,利民感同身受,正所谓吾道不孤。

所以,初来乍到,对比于其他几位毕业于师专或自他校调入的教师,刘利民更愿意跟晓华杜娟亲近。不过,他也很快发现,这不太可能,颇为难搞。有两个障碍。一,利民是男的,她们是女的。二,晓华和杜娟因履历重叠,同乡同性同学同事,据说二人长期处于竞争关系。利民是两个一起亲近呢,还是亲近一个,或逐一亲近?

说来话长,钱杜二女在中学阶段就互相觊觎、你追我赶、互为劲敌。听曾经教过语文的老教师李瑞强说,他当年身为二人的班主任经常很是为难,三好学生、优秀班干部、共青团员等等名额永远有限,在此消彼长实力相当的钱晓华和杜娟之间总是需要作出残忍的取舍。无论给谁,另一位就会伤心难过,以致哭了起来。为此老李同志还尝试过在此类荣誉名额上为自己的班级跟校长和教导主任青筋暴露大争特争,以便钱杜二女利益均沾,减少嫌隙,从而使班集体更加团结。可惜常常以失败而告终,还一度饱受同事的诟病和冷眼。真没意思。老李同志也不知是看透了还是其他原因,在利民刚入校之时,正值壮年的他已退居二线,负责起了油印室的工作。这份工作单调而清闲，无非是把置身教学一线的老师们所刻写的蜡纸油印成卷。早年手工，之后电脑操作，皆不费脑子。油印室的工作一般集中于期中和期末考试左近，平时门可罗雀。闲来无事，看着用来油印试卷的成捆的白光纸，老李同志顿感右手奇痒，不禁捡起运动年间抄写大字报时培养出来的兴趣爱好，颜筋柳骨笔走龙蛇了起来。利民刚到鸭镇中学抬头所见的那十个大字，盖出于其手。这也挺好，在校方看来，平时校内其他需要书写告示通知和标语口号的时候，这位老李同志也算是废物利用了。与早年教书时对待两个女生的态度一样，他既然给钱晓华班级黑板上方写了八个大字的班风，杜娟决定摘抄名人名言张贴于两个窗户之间的墙壁上激励学生，他也不会推辞。

看样子刘利民显然是被李瑞强误导了。通过观察，他倒是没觉得钱杜二人有多么激烈的竞争关系。恰恰相反，在利民的眼中她们关系相当亲密。同为班主任，杜娟教语文，钱晓华教数学，还彼此互为对方班级的相关任课教师，对待对方班级学生均表现出视如己出的责任感和敬业心。这不重要，重要的是，刚来那一两年，二人在校内几乎形影不离，连上厕所都是结伴而行。利民就不止一次在男厕听到二人在隔壁的交谈声。不过这些交谈被女厕内部的瓷砖墙面撞来撞去然后再由书本大小的男女厕所共通的粪池荡漾过来，已是模糊不清，相当神秘。午饭在食堂吃饭，二人相对而坐，相谈甚欢。下午放学，她们也基本上是同时跨上二六女式凤凰自行车一起离开学校，把利民一个人留在陡然空旷秋风萧萧的校园内。

当然，和利民一起住在操场北面教工宿舍区的教职员工大有人在，男女老少，就不一一具名了。但如前所述，利民初来乍到，学历普通，也看不出什么了不起的背景和能力，没人会青眼相加。比如跟他住在一个宿舍的罗东昶，后者不仅正经专科学校毕业，而且有好几双臭气熏天的钉鞋，每天这时候都穿上其中之一和另外几个肌肉发达的家伙在操场上围着足球满头大汗地奔跑。利民曾尝试着也上场去拦他的球，结果皮球穿裆而过，还被东昶撞了个狗啃泥，很没面子，也只好作罢。

东昶有一天问：你喜欢谁？

什么？利民确实没想到他会这么直接，虽然心里明白他在问什么。

钱晓华和杜娟，你喜欢谁？


刘利民喜欢杜娟。

所有人都会这么去想，利民自己也从未否认。但他喜欢杜娟还有另外一个可能，那就是罗东昶经常在宿舍当着他的面怀念刚刚才在校门口消失的钱晓华丰腴的肉体，迫使利民不得不放弃喜欢钱晓华的权利，而只能去喜欢杜娟。当然，他从来没有像东昶那样直抒胸臆，羞于直言。他只说我才参加工作，年纪还小，暂且还没有考虑这种问题。

哦，东昶像刚明白过来似的，也是，你比我小好几岁呢。

自诩天性敏感的利民立即感受到了语言所指，屈辱感油然而生，脸应该红了。不知道说什么好。

像你这么大，我也没开窍。东昶不依不饶似的，跳下床笑着拍了拍利民的头，然后直挺挺倒了下去，在即将触地的瞬间两手撑地，一二三做起了俯卧撑，口中还不断发出下流的呻吟。日光灯照耀着他的脊背，块状肌肉随着动作扭曲、恢复……周而复始，闪烁着让利民绝望的光芒。

其实利民在师范交往过一位女同学，因为年深日久，他不仅忘记了她的相貌，也弄不清自己是否喜欢过她。他能确定的是，他拉她手的时候起过生理反应，但当他试图进一步的时候，对方过分的冰清玉洁使他难以下手。在师范学校，女多男少，几乎所有的男生都能搭上女同学，既然如此，利民又岂能免俗。约会吃饭，互赠礼物，争风吃醋，哭哭闹闹，也蔚然成风，场面宏阔。但这一切都在私底下展开，因为师范学校严禁学生谈恋爱，将此誉为早恋。早恋不仅影响学习败坏校风，甚至会和手淫一样有碍生长发育，对身体造成不可弥补的损害。无论这是否属实，反正在师长看来必须是利民那一代中师生所应达成的共识和自我规范。

与所谓的初恋对象不同，利民能清晰记得杜娟二十多年前作为鸭镇中学青年女教师的样子。她身体细长，胸前平平，爱穿长款衣物，一双白色的旅游鞋，走路有点外八。对比于爱穿中低跟皮鞋的钱晓华那种铿锵有力的步伐（若干年后穿高跟时确实相当性感），杜娟呈现出飘的样子。在校园内的桂花树下和栀子花下飘来飘去。教研活动时（利民也教语文），他们坐得近，利民这才可以认真打量杜娟：微微上翘的右嘴角，认真阅读书本的褐色瞳仁，以及瘦削面颊上逆光的绒毛。她的皮肤并不白，夏天裸露的小臂上泛着黄色的光。老实说，杜娟谈不上好看，缺乏晓华那种与生俱来的性别魅力。但一点儿也不难看，二十多年后的利民仍然这么说，耐看。尤其她偶尔抬起眼睛没成想与人构成对视又赶紧避开目光时的慌乱形态，真是让人心疼极了。她几乎不看着人说话，但训斥学生的时候却睁大了眼睛一动不动地直视对方，以致让对方主动垂下脑袋，怒火显得极其真实、纯粹和吓人。怎么说呢，这是一个与众不同的姑娘。果然，过了没两年，她不仅不再与晓华形影不离，也不见她参与任何同事间的闲谈和其他娱乐活动。除了上课，人们只能看到她因为伏案而尖锐隆起的背部。她似乎更愿意和学生在一起。自习课和午休期间，她总是坐在自己班级批改作业写写画画。她的班级总是静悄悄的。学生们很怕她，据说也很喜欢她。与她在教学工作上的勤苦有关，利民一度认为，杜娟内心强大，生活空虚，她只能用学生和工作来填补巨大的虚空，如此巨大的空间蹿进一个叫刘利民的小伙，好像也在情理之中。

　　作为同学科同年级教师，利民所能做的，或者他做不到的，就是每次考试成绩排名时让杜娟遥遥领先。公开课，说课，赛课等教科研活动，利民也甘拜下风。他们屈指可数的单独相处的机会也不外乎一起进城参加进修学校组织的培训学习以及一同参加自学考试补习和考试之际。为了珍惜这样的机会，利民还恬不知耻地一再强调他是外地人，不认识路，需要和她一起走。行，善良的杜娟对此没有异议。利民得寸进尺，进而提出，自己可以先骑车到她家，然后和她一起到鸭镇车站坐车进城。不好，杜娟毫不犹豫地指出，她家与车站的距离比学校到车站还要远，刘利民此举完全是脱裤子放屁。约好时间，在鸭镇车站碰头即可，她说。

他们按约定的时间一起上车。如果空荡，杜娟热衷于选择后排最靠窗的位置；人多，她则选择站立或让座。总之，若非迫不得已（比如所有座位都坐满了人偏偏有并排两个空座位不怀好意地等着二人并直到他们下车都没有出现需要她让座的情况），杜娟才会坐在利民的身边。公交车难以避免的各种动作使利民偶尔能感受她的体温，洗发水、护肤霜之类的气味或少女应有的清香阵阵袭来。他们并没有过多的交谈，或曰杜娟并不想跟刘利民说点什么。就算一定要一问一答，杜娟也仅仅是直视汽车前进的方向张几张嘴。九十年代中后期的公交车还是人工售票，但利民已明白自己无需抢着替杜娟买票。就算他坚持己见，杜娟要么会将一枚硬币硬塞给他（因为拉扯，有时滚落车厢，还需要利民一顿好找）。没有硬币奉还利民，转车的时候杜娟就会抢先替利民买票，以示扯平。利民甚感无趣。在培训学习中，杜娟自始至终表现出的强大的求知欲，也让利民十分困惑。那些讲台上的专家学者啊，滔滔不绝，还经常自以为幽默地说两句俏皮话，而台下却是一群昏昏欲睡或被烟瘾折磨得哈欠连天的人，若非到了散场时分，掌声和笑声总是很零落的。独有杜娟，也不管专家学者有没有看到她，她总是面泛潮红，不断地颔首微笑。精彩之处，唯有她掌声热烈笑声银铃，着实让刘利民感到醋意和愤恨。可怜利民到底扛不过无穷无尽的精彩和幽默，只能忍痛放下杜娟，跟着众人一起昏睡过去。

他甚至还做起了美梦。初春阴晴不定的天气在他们返回鸭镇的时候下起了经久不息的大雨，加之道路泥泞，鸭镇尚无路灯，利民提议他和杜娟二人不要骑自行车了，由他叫一辆三轮蹦蹦车，先送她回家，再自己返回学校。

她冷笑一声，问，那自行车不要了？

利民说没关系，明天让我们班那个叫顾益群的大块头男生来拿就行。

怎么拿？她没法理解。

利民于是描述并赞美了一顿本班老留级生顾益群同学的天赋异禀。益群同学可以自己一手骑车，一手扶住另一辆自行车龙头，以一己之力让二车并行于鸭镇的鸡鸣狗吠之间。这确实是九十年代鸭镇一道有目共睹的靓丽风景线。

那让他跑两趟？

嗯，利民有点费劲地想了想，没法不承认益群同学即便天赋异禀，好像确实要跑两趟。

不行！这是她的态度。

以上当然不是梦境。梦境是下面的情节——

刘利民不容分说，生拉硬扯把杜娟拽进了一个货真价实的瘸子的蹦蹦车。雨水已经局部打湿了他们，尤其她的发梢粘在呼吸粗重的嘴唇上，画面让利民忍无可忍，不得不在行驶中的蹦蹦车的巨大噪音中手脚并用地向她表白了积压已久的爱慕之情。她未必能听清利民说什么，他连自己在说什么也好像听不清。他们在黑暗的乡村冒雨前行，不知何往，在一个瘸子的身后嗓门巨大，动作也极其粗暴……

刘利民说他其实无非是想看看杜娟的家，给她的父亲递一根烟，仅此而已。这么简单的事，利民终其一生也没有做成。他从来没有去过杜娟的家，没有见过她的家人。这让利民感到极其沮丧，尤其是他去过绝大多数鸭镇本地教师的家之后。

鸭镇中学有一点是很特别的，起码那些年是这样，为因应端午、教师节（中秋）和元旦等节日的各种酒局和牌局一般都会安排在某位同事家开展。具体是，由校方或年级组出资，委托某位教师及其家属购置酒菜负责烧煮，人手不够还需请三亲四邻赶来帮忙。炊烟自上午就开始袅袅，肉香在前夜即已飘散。铺排桌凳，驱鸡撵狗，总之准备有时。学校这边，辛勤一天的工作终于结束啦，夕阳西下，但见鸭镇中学的人民教师们或骑自行车或骑摩托车，在九十年代晚期的田间地头，浩浩荡荡，逶迤而去，然后蜂拥而入该位教师家中。一时贵客临门，蓬荜生辉。先慰问本家老人，礼节性谦让再三，然后按职位高低落座。校长首席居中就座，起立致辞，共同举杯，走起。所谓甩开腮帮子，掂起大槽牙，胡吃海塞。其间划拳行令，觥筹交错，直至杯盘狼藉。真是过瘾。撤席之后自由活动，打牌的打牌（麻将和扑克），散去的散去。怎么说呢，聚餐活动作为九十年代乡村教师为数不多的福利，却以单位出资、员工轮流坐庄的家宴形式表现了出来，可以将或和谐或敌对的干群关系和同事关系溶解在某种家庭情义之中，从而消解矛盾，促进集体情感，最终积极作用于校园管理，这不能不说是一项有地方特色的高超的领导艺术。据说此乃鸭镇中学首任校长的发明创造，已历数代，堪称优良传统。

刚刚工作不久的钱晓华居然主动提出申请，这年教师节去她家。经校长室认真研究决定——就这么办吧。大家欣然而往。晓华家三间楼上下，另在院内有两排厢房，人口俱全，其时在鸭镇算是中等殷实之家。进门只见中堂高悬，画中蝙蝠翩翩，白胡子老头携鹿而去。方便时可闻茅厕奇臭，一旁猪栏里那头短吻黑猪却相当性感。其母早年还跟着人学唱过几句扬剧，喝得兴起，还给大家唱了两段《鸿雁传书》。当其时也，一轮即将圆满的明月在院墙东侧的刺槐树杈间十分稳健地升了起来，村落中隐隐绰绰熄灭了几点灯火，墙根远方的虫鸣狗吠亦并不热烈，真是一个美好的夜晚啊。刘利民之所以记得如此清楚，关键在于，他们赶到钱晓华家时，罗东昶已提前到了。但见东昶系着围裙，好一根蜂腰；袖子高高撸起，真壮实的两臂。身形矫健，忙上忙下，递烟倒茶，谈笑风生，俨然以主人自居。

那晚广大教职员工酒兴空前高涨，喝倒了好几个。校长还叫来顾益群帮两位醉酒教师的自行车给弄了回去，不赘述。利民也喝了不少酒，而且没醉。他第一次发现自己酒量挺好的。这一好酒量日后在他一路高升的道路上起到了巨大的作用，也无需赘言。

东昶相当得意，晓华父母对他那是"相当满意"……总之，钱晓华家的家宴不得不让利民重新梳理一下严峻的形势。晓华和东昶的神速似乎在表明，他在杜娟身上使用的那些鬼鬼祟祟的伎俩不仅毫无成效而且相当可笑，让人愧怍无地。

不过，通过李瑞强老李同志等人之口，利民大致还是了解到杜娟的一些家庭情况。

杜娟家境一般，也可以说较差并惨。其父出身不堪，两代吃瘪，只能娶了一个哑女为妻。先生大姐，次女杜娟。杜父担心家门不继，老无所依，又违法生了三妹。三妹已被罚款，还想再生四弟。其时哑母已有孕在身，一日到河塘捶打衣裳，三妹跟着，不慎落水，哑母呼救无声，只得自己奋身去救。结果母女两个连带着腹中胎儿，就这么没了。大人好捞，三妹怎么也找不着。该河塘面积宽广，借来水泵抽了三天三夜，才在对岸水草间找到其幼小的尸身。有一说法，杜娟当时也在场，因为年幼，被吓傻了，也不知叫喊。自此家境日窘。大姐小学毕业即辍学操持家务，长姐为母，现已远嫁，一年回不了一回鸭镇。杜父本意让杜娟认得两个字就行了，谁能想到此女成绩太过优异，不忍打断，只得让她继续读书。好不容易供了出来，拿工资了，眼下才稍有起色。

如此家庭环境中长大成人的杜娟想来心理过于脆弱或坚硬，不像晓华那么正常，处理情感问题怕是因人而异。说不定小火慢炖，总有一天能把杜娟焐热。考虑到之前的策略未见成效，利民决定另辟蹊径。那就是保持对杜娟的各种好，在背地里帮助她。比如在亦可争取的荣誉面前保持必要的谦逊，让于杜娟。而在男女之情应有的攻势上，尽量收敛锋芒，不再积极主动。无论是情欲还是工作，利民努力使自己看起来显得风淡云轻。看起来此招还挺管用，兼有额外之喜。一段时间下来，利民得以集中精力复习功课，自学考试合格进度居然超过了晓华和杜娟，连他自己都对自己肃然起敬起来。他注意到杜娟看他似乎有了异样的眼神。更让利民没想到的是，杜娟居然还主动找上门来了。

这个礼拜四省城三十四中的教研活动，你真不去？

利民故意懒洋洋地说，去了有什么用，不想去。

不去的话，上头（教研室）会批评你的。

无所谓，我不在乎。

去吧，一起。杜娟似乎在发出邀请。

利民眼睛一亮，但掩饰得好，啊呀，到时候再说吧。

上了公交车，二人的表演虽然还是照旧，甚至更加沉默，利民却想到了此时无声胜有声于无声处听惊雷之类烂俗的话。

且说这年期末考试结束，不外乎集中阅卷，誊写分数，计算总均分，师生排名次。刘利民任教班级语文成绩均分低于杜娟，所任班主任班级优生率和及格率低于钱晓华，凡此种种，都是应有之义，也不说了。只说学年结束大会上，评了优秀，发了奖状，校长祝了大家暑期愉快后，却额外加了一句：三十岁以下青年教师继续留下来开会。

香港已经回归，澳门回归好像要到冬天，诗朗诵和歌咏比赛也没听说啊，这会子能有什么节目要排练吗？青年教师们议论纷纷。校长示意大家安静，说，省城最高学府要来一批大学生下乡开展为期一个月的暑期社会实践，作为鸭镇最高学府的鸭镇中学，接上级通知有必要有义务与这群天之骄子进行对接，负责接待、食宿和相关工作安排。考虑到中老年教师不仅年老体衰，文化程度低，家里还有农活要干，青年教师则多数接受过层级不等的正规教育，与大学生们有共同语言，所以经校长室认真研究决定，安排青年教师们放弃假期全面负责，是合适且必要的。"这既是一个交流的机会，也是一个学习的机会，说不定……"说不定还能搞搞男女关系呢。校长没把话说完，反正利民是这么想的。食堂已经打过招呼了，青年教师也不需要全部参加，有一男一女两个生活助理，另有一位班主任可以调动学生暑期来校让大学生练练教学就行了。主动报名，稍后公布名单，散会！

事实上，多数人与利民一样都懒得报名，谁乐意大热天陪着一群大学生在烈日下玩？已婚教师首先排除，家不在鸭镇的也要慎重。但考虑到青年教师理应表现出积极向上的样子，大家还是都应景地去报了名。然后名单公布了出来，果然不出所料：钱晓华和杜娟两位本地教师被首先选中，前者负责接待和在生活上助理女大学生，后者负责调动她的班级学生偶尔来上课。负责接待男大学生的人员是罗东昶，这出乎意料（东昶和利民一样都是外地人），也在情理之中（谁叫他跟晓华浓情蜜意的呢，不看着点，当心钱晓华另择高枝）。大家鼓掌通过，都觉得领导安排真是英明。唯有利民心里有说不出来的滋味。他不是想自己被选中，而是未卜先知地觉得这其中隐隐有什么不妙。所以离校之前，利民跑来找东昶，他说他暑假可能会到省城姑父家，到时候顺道来玩玩？

这就对啦！来嘛！东昶说得干脆，还挺有深意似的。

刘利民中途只来过一次，论在场，却是两次。

既然东昶话都那么说了，他也没什么不好意思的，并没有急着回老家过暑假，而是在学校滞留了几天，想看看这群大学生都是些什么货色。

一辆大巴车停在鸭镇中学，上面嘻嘻哈哈跳下一群学生，数一数，十来个上下。从学历角度来看，虽然他们的年龄未必比利民等人小，但在所有人看来（包括那些从庄稼地里直起腰的农民），他们确实更像孩子。文化衫，短裤，旅游鞋，背着沉重的双肩包，却表情轻松，毫无怯意，相比于校长（他需要在他们到来日露个面）、东昶、晓华和杜娟，显得更为热情大方。利民没有出现在欢迎队列中，他仅仅是站在远处看了看。到了晚饭时，他才应东昶隔着操场的呼唤应声出来。

四张学生课桌拼凑而成的一张大桌面，所有人围坐一圈，见杜娟左右都是大学生，他只好自己动手搬了张小凳子挤到东昶一侧，另一侧是晓华。坐下后，他才警惕性地看了看杜娟左右两位，都差不多。没看出杜娟有所倾向，他略略放下心来。

桌上四个不锈钢大脸盆，分别是五花肉红烧笋干、辣椒炒干子、蒜泥空心菜和西红柿蛋汤。标准的一荤两素三菜一汤，就着东昶腿边那一大桶热气腾腾的米饭，大学生们看来没见过世面，居然流露出了垂涎欲滴的模样。

要不要搞酒？东昶看了眼杜娟，又看了眼刘利民，要不你叫校门口小卖部的人送两箱啤的来？

杜娟左侧的一个男的赶忙站起来，说，谢谢罗老师，我们不喝酒，你们，你们请自便。

看来此人是领头的，利民立即知道刚才东昶不是征求杜娟意见，而是问他。心里一沉，预感大事不好。

那，这次东昶只看着利民说，我们也不搞了吧？

利民没搭话，而是又瞧了眼那个领头的。此人姓彭名飞，虽然看不出与其他大学生有什么区别，介绍却是个助教，众大学生以彭老师呼之。二八分头，戴着一副金丝眼镜，面部线条清晰，就刚站起来看，能有个一米八的样子。难怪杜娟坐在他的身边。不仅如此，吃饭过程中，二人交头接耳有说有笑，看着委实叫人胀气。

没吃几口，利民就嫌这里没有电风扇，回宿舍吹两下子再说。连那几个漂亮女大学生都没来得及细看。

在宿舍，电风扇开到最大档，还是能听见食堂方向传来的人声。后来他们还唱起了歌，无非当年流行的港台歌曲。再后来，声音越发清晰，原来他们出来了。再后声音向阶梯教室那边远去。学校安排他们住大会议室，大会议室空阔凉爽，屋顶还有两排大吊扇。已经事先放置十来张单人床。男女生之间以一条布帘相隔。至于是否有男生半夜越过布帘爬到另一边去，鸭镇中学概不负责，要负责也是那个姓彭的活该。

等待夜深人静,听到自行车穿越校园,越过操场跑道,最后消失于夜色,利民知道晓华和杜娟回家了。不久东昶光着膀子哼着小曲进门,利民只好装睡,心里却是翻江倒海。东昶要喝酒凭什么叫我到小卖部跑一趟?他算老几。此人平时的种种不是也便在装睡的利民心中沉渣泛起。正想着,又听到食堂浴室那边传来好听的女声,想是女大学生结伴洗澡了。只听见东昶咕咚一声跳下床,静默片刻,这才返身,床板吱呀发出一声长叹。女生洗过男生们什么时候洗的,怕是不仅利民没注意,东昶也扛不住累了一天睡着了。

次日,利民算是对大学生们的社会实践有了点粗浅的了解。物理系的那两个学生在东昶的带领下好不容易找到一户黑白电视机坏了的农民家里,鼓捣半天,也没弄好,但农民大爷表示理解,大学生没有工具,连个电焊钳都没有,二极管就更别提了,不怪他,改日还是送到镇上专门修家电的孙矮子那修吧,孙矮子是大爷外甥,还不要钱咧。本日重点是音乐系的那个时髦姑娘给杜娟班上的孩子上一节高水平的音乐课,其他人员坐教室后面听课。利民注意到杜娟仍然与那个姓彭的坐在一起。所以这堂课他完全没听进去。什么五线谱简谱,都什么玩意儿，真是一堂乏味的又臭又长的课啊。利民几乎已经坐不住了，他觉得如果再不下课，他可能会站起来走上讲台给那个时髦姑娘来一个拥抱。至于之后能发生什么，还没展开想象，这时候，不经意间，他瞥见教室窗外露出半个脑袋，虽然只是半个，利民也知道那是顾益群。不禁心下大喜。

他悄悄走了出来。

益群见是前班主任（此时再次留级），拔腿想跑。但被叫住了。

你来干什么？利民蓄意厉声问道。

益群讪笑着表示，他也想上课。我最喜欢上音乐课了。

就你这五音不全的德性，你拉倒吧，利民觉得自己的大嗓门真的没有浪费，再说了，又不是天天上音乐课。

没关系，别的课我也愿意上。益群说。

利民假装想了想，说，也是，给你补补也好。

益群想在这年暑假当杜娟班级的插班生的愿望遭到了后者的拒绝。这在利民的意料之中，他当然并不指望杜娟会答应。但他却明确告知益群：可以，你来吧，但不准旷课。

好咪。益群欢天喜地。

说说顾益群。顾益群是鸭镇教育界也是鸭镇当代史上的传奇人物。按鸭镇的话说，他是个"老留级胚"，在小学就蹲过三次，年纪其实与刘利民钱晓华杜娟三个中师毕业生相仿佛。在小学阶段，他曾有幸和钱杜同窗共读，亲眼目睹两位女同学不带着他兀自升级而去，很是哭了一回。等他好不容易升入初中，哪里想到自己居然有幸和这两位老同学久别重逢，真是高兴得手舞足蹈。逢人就直咂嘴。乖乖，你们不晓得哦，我往教室里一坐，新班主任进来，一看，不是别人，居然是我小学三年级的同学钱晓华，嘿嘿。闻者也素知其性，对着顾益群竖起大拇指，赞颂他非凡的人生经历。顾益群接着说，还有呢，上语文课的时候，也进来个女的，说着顾益群拍了拍自己的胸膛，无比自豪地说道，还是我同学，叫杜娟，杜娟的杜，杜娟的娟，嘻嘻。

晓华和杜娟却有点难以接受，她们不愿意做小学同学的老师。后经校长室研究决定，这才把他重新安插到利民的班上来。按照鸭镇某种约定俗成的规矩，益群既然不是读书的料，父母早就该让他到社会上施展身手了。更何况益群身体发育良好，块头巨大，小学没毕业就被教育局督导员误认为该校青年教师。其父母何尝不这样想，怎奈他们顾虑重

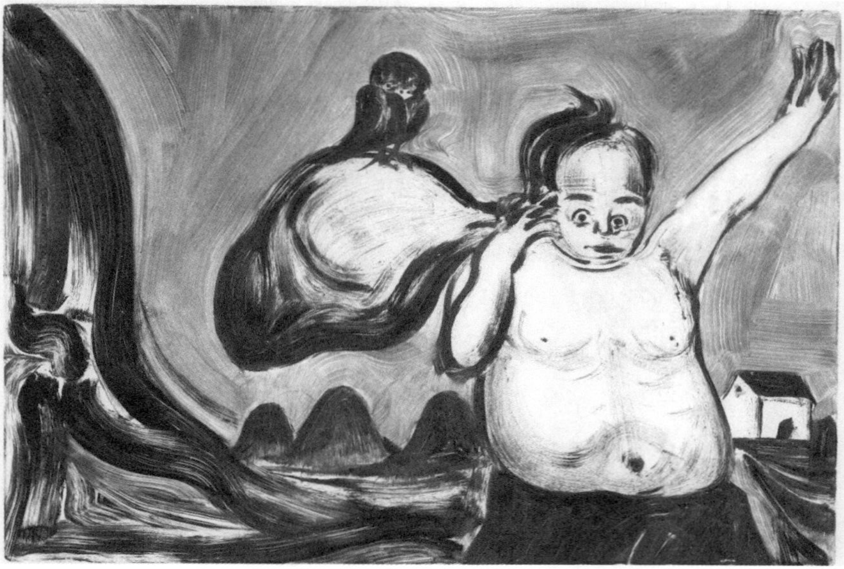

重。好在无论是小学还是中学，老师们一致认为，益群不错，是个好孩子。首先，他上课从不调皮捣蛋；课后也从不跟人打架斗殴；且浑身豪气，仗着一身腱子肉，往那一站就能起到保护弱小见义勇为的效果。此外，益群替男教师去小卖部买包烟，帮女教师到食堂打一壶洗头的热水，包括帮无数师生带自行车，凡此种种，真是比谁都能干。运动会上，铅球跳高跳远等等，都是名次选手。大扫除时，割草搬砖捅厕所，样样精通。从另外一个角度来说，老师们分析得大概也对，此乃身心发育脱节所致。益群纵有一米七八的身高，其心智却始终处于他就读的年级之上，这很难说不是一种奇迹。有个别会说话的教师还对益群父母断定：此子与众不同，大器终将晚成，届时救国救民创下一番伟业也未为可知。还是让他继续读吧。好的，给老师们添麻烦了。不麻烦不麻烦。如此花言巧语，益群父母也不至于当真。夫妇二人是当地有名的企业家伉俪，俗话即发财人士，二人长年跑码头搞货运，阅历哪里会比这些酸文假醋的中小学教师浅薄。他们只是叹息，恨不得纵身跳到前世看看自己造过什么孽，如此精明的两人怎么就生出这么个现世宝？叹息之余，无非积德行善，比如年年邀请老师们下馆子吃饭。他们确实担心儿子到凶险万状的社会上去势必要吃亏，家里也不缺那几块钱学费,那就放在学校里先待着再看吧。

其实,包括其父母在内,人们还忽视了另外一条也是最重要的一条,那就是益群享受他长期滞留的中小学生活。别的同学苦于考试成绩、升学压力,他没有。别的父母望子成龙,韶叨不已,他听不到。有的人难以忍受校园生活提前走上社会,逞凶斗狠,打打杀杀,致残致死,益群一根汗毛都没损失过。至于那些考上名校,奋斗拼搏,前程似锦之辈,更是于他如浮云。他仅仅是喜欢父母给他买的闹钟,每天早上准时把他叫醒,从来没有让他上学迟到。在校尊敬师长友爱同学,上课认真听讲下课追逐嬉闹,好不快活。学习《穷人》,他总是被善良的渔民夫妇感动得鼻涕直流,读到"鱼戏莲叶东,鱼戏莲叶西,鱼戏莲叶南,鱼戏莲叶北"这种啰嗦的句子唯他一人哈哈大笑。音乐课上,他嚎得比谁都起劲。英语课后,路过菜地,时值暮春,看着一片金黄上飞舞的蜜蜂,他非常高兴,居然停下车来,捉住一只蜜蜂,对它说:B-E-E,Bee,你是 Bee,你们全是 Bee。

出于报复,刘利民此次暑假回到老家后没再忤逆父母，遵从安排一连相了好几个亲。也无非是家境相当条件彼此彼此之辈。其中一位家境优渥相貌出众的姑娘在邮局上班，每日都戴着护袖坐在营业窗口伏案劳作，总有当地青年才俊有事没事跑到窗口撩骚，该女烦不胜烦，一概白眼相向。好在邮局报刊充裕，姑娘闲暇时居然也迷上了读书看报，不禁对他乡生活尤其省城风光产生了幻想。因此，她对刘利民倒是态度温顺，频送秋波。刘利民也承认自己被姑娘的美貌所打动，更为其不俗的谈吐所折服。如果把夏夜的蚊虫叮咬忽略不计的话，二人也曾一度花前月下，相见恨晚。只是将姑娘送回家中，独自夜行的时候，抬头仰望因为雾霾而不可见的星空，刘利民又感到心如刀绞。杜娟怎么样了？她难道真的跟那个姓彭的搞上了？不行，一定要去看看。

利民并没有像他自己对父母所说的那样去省城看望姑父母，而是直奔鸭镇。扔给一个货真价实的瘸子五块钱后，就慌不择路地冲进了校园。正是午睡时分，烈日当头，赤地发白，不见一个人影。他只好先去自己的宿舍，打算洗掉一身臭汗，换件干净衣服再去找其他人等。掏钥匙开门，门却是虚掩的。推门而入，利民发现自己的床上正坐着一男一女，自己上年购买的摇头台扇也被他们擅自插电打开，正不知羞耻地摇来摇去，次第吹拂着男女二人。

不是别人，确实是杜娟和姓彭的。二人大吃一惊，中断谈话，有如被捉奸一样纷纷站起，还蓄意各走一步，拉开一段距离。

啊，刘老师。姓彭的满面通红。

杜娟倒很沉着，咦，你怎么来了？

利民咧了咧嘴，忙致歉打扰打扰，声明自己突然返校，仅仅是路过省城姑父母家，顺道来取一本《文艺概论》。自学考试就剩这最后一门课程了，考了两次都没过。这次不能再耽误了。

啊，杜娟先对利民的话大吃一惊，继而惭愧地对姓彭的说，她除了《文艺概论》，还有一门《古代汉语》没过呢。但她有信心下半年就能全部通过。

姓彭的因为紧张没有接话，利民更是没有心情听她说这些。他直奔自己的床铺。若非席子，相信两枚臀印都能清晰可见。让人气炸了肺的是，席子并非自己的席子，再看，枕头和毯子也都是陌生的，床头更不可能找到他想找的《文艺概论》。

是这样的，利民回老家过暑假后不久，罗东昶未经前者的同意就自作主张邀请姓彭的来自己宿舍睡利民的床。他的凉席、枕头和毯子确实被裹巴裹巴像一具尸体那样架在了衣橱上方。姓彭的见状，像打开自己抽屉那样打开了利民的抽屉，从中取出那本《文艺概论》递给了后者。

真的没想到，姓彭的再三致歉，我马上就搬回会议室。

不用！利民斩钉截铁道，我就是拿书，马上就走！车还在校外等着呢。

似乎是为了落实自己的话，他头也没抬，完全无视二人面面相觑的神情，拿上书转身就出了门。要不要给他们带上门？利民在出门的瞬间问过自己这个问题，然后狠狠地答道：去他妈的。

也不知道是怎么出了校门，他站在马路边的烈日下相当难受。无遮无挡，酷热难耐。而平时在马路上川流不息的三轮蹦蹦车此时杳无踪迹。身后是他想象的六道目光（姓彭的戴了眼镜），不停地戳弄着他汗津津的脊背，更是让他忍无可忍。他索性迈开步子走了起来。

本来他还想乘坐三轮蹦蹦车赶赴晓华家，大骂一顿东昶（刚才杜娟和姓彭的告知了东昶此时的下落）。但他的步子却是向着数公里之外的鸭镇车站而去。在桥头，专事补胎打气的孙大个子（鸭镇电器修理师傅孙矮子之弟）在树荫下沉沉睡去，并不知道那个中学的小刘老师曾于二十多年前某个暑假的午后时分在他摊子上偷过一把红把手的起子。菜场对面棋牌室的风韵犹存的老板娘倒是隔着玻璃看到了在烈日下暴走的小刘老师，她看不清小刘老师手中拿的是起子，看他边走边练习刺杀的样子，她只能把它想象为一把匕首。利民后来将这把起子赠给了巧遇的顾益群。正好，最近益群的闹钟不太灵光了，有了这把起子，他就能亲自修好闹钟。多谢多谢。多年以来，如果说益群有什么缺点的话，那就是他不爱睡午觉。所有人都浸泡在午后的汗水中腌制梦境让他感到甚是困惑，不得不骑上二八大杠在鸭镇到处晃荡，看看有没有遗漏在路上需要及时送回家的老大娘。老大娘倒是没有，巧遇敬爱的刘老师，益群又惊又喜。问清缘由，益群一个熟练的急转弯，车头调成刘老师同一个方向。也不下车，一脚撑地，高声叫道：刘老师，上！利民也不客气，纵身一跃，跨上书包架。益群真是了得，骑车又稳又快。此时陡然涌现的三轮蹦蹦车似乎都赶不上他们。只见二人向鸭镇车站疾驰而去。因为速度，还激起了风，书包架上的利民感到凉爽无比，心情一下子通顺了不少。

关于那一个月姓彭的带领大学生们在鸭镇所开展的社会实践，前后发生过哪些事，罗东昶最为清楚。他也承认，姓彭的风度翩翩一表人才，琴棋书画样样精通。不仅杜娟，连钱晓华也芳心异动，屡屡施展身手，与杜娟一争高下，反过来却对东昶百般嫌弃起来。东昶也不甘示弱，屡出奇招。比如尽力撮合姓彭的和杜娟，创造一切有利条件让二人共处。邀请姓彭的到宿舍来睡刘利民的床就是其一。而自己瞅准时机跑到钱晓华家挑水做饭百般讨好，既能看住晓华，也望天热衣单，姓彭的把持不住，与杜娟在利民那张床上把生米做成熟饭。晓华又哪里愿意听天由命认尿服输，就在利民拿着《文艺概论》刚走不久，她就风驰电掣般赶到了校园（其速度也应与身后追赶的东昶有关）。推开宿舍房门，一屁股坐进彭飞和杜娟的中间，还把利民的摇头电扇定住，对自己狂吹一番。稍后赶来的东昶希望晓华能够让电扇继续摇头，恩赐自己一点潮风热浪，居然还遭到了拒绝。

看来是利民愚钝，或失去了理智，竟然连那天杜娟全新的打扮都视而不见。东昶发现，杜娟不知什么时候进城买的新衣服，身穿一件带有泡泡袖的藕色连衣裙，因为过于崭新，衣领后方的商标标签以及由标签垂直而下的压线都历历在目。这显然被晓华抓住了把柄，她唉哟一声，蓄意提醒杜娟忘了剪掉标签，说着还动手找来一把剪刀，亲自帮好闺蜜杜娟剪掉了。杜娟满脸通红，鉴于其固有肤色，接近猪肝，也只得任由钱晓华取笑作践。杜娟也不笨，以退为进。她一方面宣扬晓华和东昶的关系，大赞特赞鸭镇中学聚餐传统，小小地提一提罗东昶去年教师节上的东道之谊；另一方面则当着三人的面，问晓华是不是遇见彭飞彭老师后犯了花痴？

当然，犯了也没什么，我能理解，相信罗老师也能理解，是吧？说着杜娟像征询意见似的看了看东昶。后者笑笑，点头表示同意。

瞧你说的，晓华反唇相讥，我还是觉得你这条裙子跟彭老师更般配。

哪里哪里，杜娟呵呵一乐，说，我不行，你不仅跟罗老师般配，跟彭老师也般配。

晓华真是恨不得上来撕杜娟的嘴。唯有故意抚摸抚摸坐在一侧的罗东昶的小臂，笑道：你觉得呢？

东昶也来了劲，甩开钱晓华的小手，哈哈一笑，把球扔给了姓彭的：彭老师，你真有福气，你选一个吧。

哈哈，彭老师也附和着笑了起来，并大摇其头，赞道，好玩，没想到啊没想到，你们真是一群风趣的人儿。

社会实践和给杜娟班级的学生上上课之外，更多的时间他们确实是想着法子玩。好不容易盼来个凉爽的阴天，杜娟提议过到江边柳林中野炊。一群人也便从食堂借来锅碗瓢盆油盐酱醋到菜场买了蔬菜肉蛋欣然而往。老远就见杜娟已等在江边,在郁郁葱葱的柳林之间,被身后阔大明亮的江水所衬托,有如一截枯枝。让彭老师惊喜的是,杜娟带来了酒。虽说多日来他一再阻止罗东昶搞酒的提议,但后者毕竟没有如其所言真的买酒。杜娟一声不吭,径直把酒带来,大家岂有不喝之理。顾益群也闻着酒肉味儿中途赶来。大家都很高兴,晓华和杜娟不仅这次没再撺他,还争着递吃递喝。柳林野炊确实让人印象深刻,不虚此行。即便后来突然天降大雨,众人挤到排灌站下躲雨,酒精作用下,眼见女孩子们外衣被雨水打湿,露出色彩不一的内衣形状,男的们反倒更加亢奋。要说还是顾益群,他一高兴,索性不躲雨了,冲到雨中蹚泥踩水,大呼小叫。姓彭的首先响应。杜娟等见状,觉得这也不乏道理,一干人等如法炮制。兴尽而返,雷电交加,冒雨狂奔,最终难得地在盛夏体验了一把瑟瑟发抖,继而又在热水澡中感受到了母亲般的温暖。

再之后就是那场有惊无险,改变诸多人命运,既是当年暑期,也是本文的高潮事件。笔者誉之为"龙塘事变"。

想来也未必是当年夏天最热的一天。但人们记得桥头孙大个子撂下完整的补胎打气摊位不管，人却不知所踪；棋牌室老板娘也迟迟没有等到一个来她家打牌的人，兀自垂胸叠肚趴在桌上睡着了，据说还梦到了自己的少女时代，一个糙老爷们正将胡子拉碴油不拉几的嘴凑过来的时候，及时被鸭镇中学那群人救了。阿弥陀佛。

此时，鸭镇中学那边却传来了不合时宜的喧闹。由远及近，那群大学生由小钱和小罗两位老师带领，男的只穿短裤，光着膀子，女的们穿着也好不到哪儿去。或戴墨镜，或背着手扶拖拉机内胎呼啸而过，向着龙塘方向去了。唯有小杜老师落在最后，烈日下形单影只，磨磨蹭蹭。

鸭镇在历史上曾经有过一次溃坝破圩的惨痛经历。江水暴涨，大堤松动，然后一泻而下，在平整的地面活活冲出一个大洞。洪水退去，大洞自此形成一块大塘。龙塘何谓？据说有个孩子曾在暴雨之日于此看到过一条黑龙自塘底出，升腾而起，游于天际，消失于乌云之中。之后这个孩子日夜蹲守，不再长大，希望与黑龙再见，但直到他娇小的身材被盛入棺材埋入地下也没有等到。黑龙一去不复返，再也没有回来。为了纪念这条龙，或者为了纪念这个古老的孩子，它就叫龙塘。看来，潜伏过黑龙的龙塘确实神奇，此后无论旱涝，它均能保持水位；

无论怎么往里面倾倒垃圾，其水质也始终清洌。作为鸭镇天然泳池，一到夏天就吸引远近乡民肩搭一条毛巾赶来"干一把澡"，实为此乡避暑纳凉胜地。至于有人溺亡其中，亦为应有之义。鉴于溺亡河塘乃乡村固有之常例，如杜娟哑母，且属偶发现象，也没人太当真。杜娟对去龙塘干澡表现得不积极，情有可原。至于其他人等，都仗着高超的泳技以及打足气的几个手扶拖拉机内胎，毫无惧色。

我不会游泳，我俩在岸上看他们游，好吗？彭飞故意降慢速度与杜娟并行，说。

杜娟喜出望外，破口而出，好啊。

刚开始二人确实是这么干的，并排坐在河岸树荫之下，仅让四条腿伸进水中荡来荡去，一边看别人蹿游戏水，一边谈天说地。凭借内胎在塘中苦练泳技的钱晓华实在看不下去了，她多次像条被卡住的鱼那样艰难地游过来邀请彭飞下水，大不了和她共享卡住她圆润身体的内胎就是。后者瞅着她的模样，只是微笑摇头，重复自己不会游泳的废话。晓华终于被激怒。不会？我教你。说着她两手朝天一伸，整个人向下一沉，水面只剩下一个空的内胎。众人正在寻找，在彭飞和杜娟脚前，晓华由脑袋、长发及上身，出水芙蓉般盛开了一把。近岸水浅，她站在水中，昂首挺胸，漂亮的嘴角微微撇开，挑哔式地看着岸上二人,面露鄙夷之色。不远处的罗东昶都看呆了,他没想到晓华的身材比他想象的还要好,碧波荡漾,倒影逼真,简直太美了。他真是佩服自己的眼光,并暗暗请龙塘作证,他罗东昶此生非钱晓华不娶!姓彭的见状想来也不能不为之所动,尤其是晓华以掌击水淋了姓彭的一身之后,后者忍无可忍,一头扎进塘中。怎奈晓华眼尖身快,已向深处游去。姓彭的谨慎地用脚尖踩着水底淤泥,伸手想勾住晓华,努力再三,未果。他也便照样学样,用手掌舀水,往晓华身上泼去,因缺乏力道,这也是妄想。而一俟彭飞沮丧起来萌生上岸之意,晓华又总能及时游过来,与彭飞若即若离,尤其是手下个别大学男生不识趣地也跑来跟晓华斗智斗勇之后,姓彭的急得不行。一来二去,他已经完全忘掉了和杜娟的约定,乃至于忘掉了身后岸上还有个人。

刚开始,杜娟确实沉着个脸。东昶记得很清楚,因为他在水中照见自己的脸也沉了下去,以至于整个人都在下沉,最后索性来了个没顶之灾。等他挣扎着起来抹把脸再看,岸上已无杜娟的身影,水中却竖立着呆若木鸡的众人。他们围成一个圈,圈内中央地带是姓彭的刚才站立的水域。没有姓彭的,他从水面上消失了。消失了多久,大家也想不起来了。快找!东昶大喝一声,众人才缓过神来,纷纷屁股一撅，钻进河底，七摸八摸。有人摸到了河蚌，有人摸到了上千年的王八，还有人摸到了钱晓华肉乎乎的屁股，独独摸不到彭飞。大事不好。正在众人绝望之际，一个人像炮弹一样砸进水面，可能因为俯冲力度太大，此人扎进塘中，衣物却飘了上来。没错，正是杜娟那件泡泡袖藕色连衣裙。大家赶紧钻进塘底，把只着三点的杜娟拉出水面。杜娟哭喊挣脱，主动下沉，想亲手摸出个彭飞来。这又怎么可能。还是先把眼前的杜娟救了再说。一时场面极度混乱：一个不会游泳的杜娟一次次被救上来，又一次次地从他们营救的双手挣脱滑落。救命和拒绝救命，动作需要他们重复再三。了结这场混乱局面的要说还是我们的顾益群。也不知他何时来的何时下的水，只见他在十几米外缓缓冒出水面，然后站起身来，怀中且横抱住一人——可不就是大家苦苦寻找的彭飞。长舒一口气的同时，众人也很愤怒，若非杜娟来捣蛋，他们怕是也早已找到彭飞，何劳益群同学。只见彭飞口中不断喷水，颇有奄奄一息之态。晓华一个箭步冲上来要开展人工呼吸，被东昶死死拦住，大叫：我来！正在他思考从哪里下嘴之际，姓彭的像鲸鱼一样滋出一条水柱，水柱散落在地，人也睁开了眼睛。

我的眼镜呢？彭飞第一句就是这个。

对，他的眼镜在哪里？杜娟逼视益群，似乎还有点责怪后者，而对自己三点式形象全然不知。

益群憨憨一笑，又跳入水中去摸眼镜，未果。其他没有被吓坏的胆大之士也参与了打捞眼镜的行列，也没有找到。

众人回到鸭镇中学后开了一个气氛严肃的会议。彭飞主动提议，大家对今日之事需要守口如瓶，以防给在座各位造成不利影响。没人表示异议，都垂首沉默。仅有惊魂甫定的杜娟义愤难平，她说，虽然她绝对不会说出去，但钱晓华对这件事负有不可推卸的责任。晓华百口莫辩，愧悔不迭，坐在一张小于臀部的方凳上哭得稀里哗啦。东昶试图伸出爪子表达抚慰，却在空中就被晓华截住，甩到一边。然后她猛地站起，扭身跑了出去，连食堂免费的晚饭都放弃了，跨上凤凰单车就走了。因为动作剧烈，那张小方凳还晃了三晃，最终体力不支，终于倒在了地上。凳子虽小，做工倒是讲究，四条腿互相平行，四条横杠又在这四条绝对平行的腿上组织了一个正方形。就好像第一次看到凳子的下身隐私那样，钱晓华一走，众人都盯着这个凳子看。屋外路灯从洞开的门斜射而入，给这张凳子上述细节制造了精准的阴影。他们谁也没有发现天已黑透，而天黑点灯正是人类区别动物之处。他们惭愧自己仅仅是一群动物，相当年轻的动物。

鸭镇其时还没有眼镜店。杜娟劝彭飞返城一次，配好眼镜再来。彭飞疲惫地一笑，表示不必。他近视度数并不是很高，没有眼镜完全可以凑合，另外就是为期一月的社会实践没有几天了。等结束返城之后再配眼镜吧。大概与此有关，剩下几天的活动也都呈现了疲态。彭飞不再风度翩翩，大学生们也一夜间长大成人，无不神情沉着稳健，一改初来乍到时的样子。钱晓华当然次日还是来了，虽然对待彭飞和众大学生的态度上看不出有明显变化，对罗东昶倒是时刻保持着距离。东昶百思不得其解，郁闷至极。所以在社会实践的最后几日，他也不再活跃。唯有杜娟跑得更勤了，对彭飞和众大学生嘘寒问暖。据说最后一晚，她干脆就没有回家，坐在刘利民的床上和彭飞畅谈了整整一夜。东昶识趣地出去了，跑到门房和看门大爷脚对脚凑合了一夜，鸭镇话叫"捣腿"。东昶心想，如果姓彭的跟杜娟需要，自己的床也任其使用。清晨，他回到宿舍，果然看到杜娟在自己的床上和衣而眠，彭飞则一脸菜色强打精神地向他招呼：早上好啊罗老师。

钱晓华准时赶来，和杜娟、东昶一起等大巴车，尽地主最后的心意，送别彭飞众人。车终于来了，大家互留联系方式，洒泪而别。

到了九月份新学期开学，刘利民按时返校，第一次全体教职员工政治学习会议上，他惊讶地听到校长宣读了一纸处分决定。大意是，罗东昶同志有负信任不经汇报自作主张摇唇鼓舌诱使大学生们到龙塘游泳几乎造成人员伤亡情形十分严重影响极其恶劣经校长室研究决定给予记过留校察看处分此件。奇异在于，东昶并未当堂反驳，态度是低头认罪，无条件接受。这一处分决定的具体操作还包括，褫夺东昶政治课教学的资格，考虑到他浑身肌肉，暂且教一个年级的体育课不亦宜乎。自此，师范专科学校政教系毕业的高材生罗东昶成为了迄今为止鸭镇中学最为资深的体育教师。二十年来，培养了一届又一届学生在学生运动会上夺取名次，还亲手发掘了三两个有运动天赋的好苗子，最终送进了体校。后升任体育教研组组长，区体育学科带头人，优秀少儿体育教练……诸如此类职务和荣誉倒也是一个不落。至于究竟谁没把嘴闭紧，把姓彭的差点淹死的事给抖露出去的，至今仍是疑点重重，难以断定。

至于钱晓华之后的人生轨迹，亦有案可稽。她只比刘利民迟一年拿到了专科文凭，不久调入省城市区一所中学继续担任数学老师。因工作能力出众，现已升任为副校长。她是在此之前还是在此之后结识了后来的丈夫一位国企中层领导的？这也是一个谜。只听说生了一个女儿后，晓华夫妇又应二胎放开的政策添了个儿子。总之事业有成家庭美满。现已人到中年，据说保养得相当不错。

为什么跟你没成？利民问二十年后的东昶。

你问我，我问谁！东昶在二十年后的酒桌上砸了一拳，强调他也不知道。


经历暑期中途返校所遭受的打击之后，刘利民及时制止了自己的妄念，回到老家与那个邮局姑娘确定了关系。及至九月再次返校上班，他觉得自己基本做到了不再关注同事杜娟。杜娟在新学期的变化是众所周知有目共睹的，并非利民独到认知。所以说出来并不意味着利民贼心不灭。

杜娟变得活泼开朗了不少。首先，也常驻留别的办公室参与聊天。对即将到来的新世纪，杜娟的向往之情溢于言表，甚至慷慨陈词。她说，二十世纪多灾多难，二十一世纪一定会繁荣昌盛。对于鸭镇及学校的前景，杜娟遥指办公室窗外，正在修建的高速公路势必会缩短我们与省城的距离，鸭镇翻天覆地的变化完全是可以预期的，总有一天城乡差距会逐渐消失,世界上将再也不存在城里人和乡巴佬之分……这些话在利民听来,显然是暑假那个姓彭的灌输的结果。谈吐果然不凡,废话真他妈多。那你打算什么时候请我们吃喜酒呢?老同志李瑞强毕竟是杜娟的恩师,他更关心后者的生活问题。杜娟居然从姓彭的那儿学会了不正面回答问题,而是尽扯那些没用的,她对恩师的关怀居然是反问:李老师,婚姻真的那么重要吗?婚姻迟早也会消失的哦。利民注意到老李同志苦笑着摇了摇头,几根银发忽明忽暗。杜娟完全是在侮辱老李同志。所有鸭镇的人都知道,李瑞强结婚近二十年的老婆,前几年弃他而去,把儿子也带走了。二十一世纪对老李同志来说仅仅是一个孤寡老人的下场在等着他。难道他真的热爱书法吗?他只是没有能力也不知道自己该干嘛罢了。这时候操场上传来了罗东昶上体育课全体集合的口哨声,刘利民看了看时间,打断他们,说:吃饭啦吃饭啦。

最大的变化可能是杜娟买了一部手机。当年在鸭镇中学,也仅有校长和教导主任因为日理万机需要手机,广大教职员工还是偏爱挪用校内座机往外面打电话。门房大爷的主要工作也是站在校门朝整个校园喊:钱晓华!电话!只见晓华踩着高跟鞋不紧不慢地穿过校园,来到门房,使用涂红指甲的右手,翘起一只兰花指才接起电话,使用二级甲等的普通话——喂,我是钱晓华,您是?没错,很难说杜娟买手机不是针对钱晓华电话特别多这件事而来。因为每每门房大爷一喊钱晓华三个字,杜娟的裤兜就震动不已。对不起对不起,我接个电话,杜娟说着奔了出去。场面是,一个晓华在门房嗲声嗲气,一个杜娟在竹林旁边细声细语。那边拜拜,这边也再见。

是不是她们两个在打电话?老李同志有一次突然问大家。

哈哈。无人不笑。

此时,钱晓华和杜娟势同水火已完全公开。晓华的态度是,别跟我提她。杜娟则向同事们暗示罗东昶是冤枉的。但这并不表明杜娟同情东昶。替人背了锅,还被人给蹬了,真是可笑,说着她自己率先冷笑了起来。罗东昶太老实,他倒是真心实意。真心实意也没什么用,挡不住花心啊……杜娟似有替东昶鸣不平之意。也不知怎么的,话就传到了校长室。校长希望杜娟把话说清楚,说不清楚就不要胡言乱语,破坏学校来之不易的稳定团结的大好局面。其实此事中间有个核心的东西杜娟说不出口,而这一点不挑明点破,其他就无从说起,所以隔着宽阔的红木大办公桌面,对着面沉似水的校长同志,杜娟只好一声不吭。出了校长室，没过几天，她又照说不误。好事者也曾找来仍在鸭镇中学就读的顾益群问问情况，可惜益群除了知道自己应该学习雷锋叔叔见义勇为及时把人给捞起来，其他一概不知。总之，杜娟对暑期溺水事件语焉不详前后矛盾的絮叨，不仅没能讨好东昶，得罪了晓华，让领导不悦，也让其他同事侧目。罗东昶就从来没有给自己辩解过什么，别人说杜娟说你冤枉你怎么说？他说，杜娟很可能因为呛了几口龙塘水，疯了。

东昶一语成谶，杜娟后来确实疯了。


刘利民2000年离开鸭镇，二十年后得了一场大病，险些丧命。酒量不复存在，嗓门陡然减小。卧床期间，往事浮现，发现人生这部大书委实叫人感慨万千，虽说一切人事不外乎因果，却也不少未明之处，如鸭镇一章，实在唐突潦草。故一俟大病初愈，就不顾妻儿阻拦，决意作一趟鸭镇之旅。

确如杜娟所言，二十一世纪刚刚过去二十年，鸭镇就变得不认识了。下公交后，三轮蹦蹦车踪迹全无。再看站牌，始知自己下车下早了。原来现在公交四通八达，在鸭镇中学即有一站。鸭镇道路宽广，两侧高楼林立，车水马龙，人物鲜亮，这都是应有之义。到了鸭镇中学，更是大吃一惊，大门雄伟气派，内部楼宇众多。鸭镇中学，四个烫金大字歪歪扭扭被镌刻在门楣正中。落款看不清，想是名人手迹。相比之下，利民还是觉得李瑞强老李同志的字更亲切更带劲。门房大爷应早已作古，拦住他的是手持警棍头戴钢盔的制服保安。利民有点激动，磕磕巴巴说了好一会子，保安才知道来人自称曾是本校教师。理论上保安应该敬礼，但这年头，天下无事，骗子太多。

那你说说你认识的教师名字吧？出于职业操守，保安觉得应该多加盘问。

利民想了想，记忆力还没衰退到不堪的地步。于是自上而下报出了当年校长、教导主任、工会主席、年级组长和教研组长等人的名讳。保安认真听着，最后摇了摇头，他一个也没有听说过。不过保安见利民穿着不赖，皮鞋锃亮，想想也应该有所来路。遂请他先进门房坐下，说：这样吧，我这里有张本校教职员工花名册，先生你先看看，有没有熟的，有就告诉我，我替你叫，他说认得你，让他来领，我才可以让你进，OK？

好，这样好，利民也补充道，OK！

扫视良久，利民确实没看到熟悉的名字，不禁有点出汗。再看，"罗东昶"三个大字像救命稻草一般赫然在列。罗东昶！利民情不自禁叫了起来。哦，罗老师啊，罗老师太知道了。说着保安还笑了起来，赶紧打开对讲机，叫道：二号二号，门房有客门房有客，找罗东昶老师找罗东昶老师，速速请来速速请来，OVER。对讲机里也传来了二号的声音：一号一号，收到收到，OVER。没多久，只见道路上走来一条中年大汉，腰板挺直，昂首阔步，一看就是教研组长和学科带头人的派头。可不是嘛，二十年后的罗东昶扑面而来。久别重逢，二人少不了一番熊抱，罗东昶两眼泛红，刘利民也抽了抽鼻子。保安一号见此隆重地给利民补了个标准的敬礼。可惜利民没看到。

延请进校，先是像一位货真价实的领导那样大致参观一番鸭镇中学全面现代化的基建，后又到校长室被引荐给现任校长。校长是一四十多岁的女人，穿着得体，气质高雅，照例风韵犹存。也不知道东昶从什么渠道听说了，他对利民的介绍表面上虽为本校的老教师，侧重点却是利民现为机关处级待遇，"哦，刘处，久仰，请坐。"利民想纠正一下自己在处这个层级上面仅仅是个副的，想想还是算了。喝了杯茶，韶叨韶叨。这才被东昶带到自己办公室，开展详谈。无非是二十年来鸭镇中学翻天覆地的变化和东昶本人的家庭生活。被钱晓华蹬了后，东昶很不情愿地跟孙矮子的女儿结了婚，谁成想孙矮子的女儿子承父业，不仅能修电视冰箱，而且后来干脆卖起了电器，现已成为鸭镇电器行业的龙头老大，反正是比高级职称的东昶挣的多得多。最关键的还不是这个，而是孙矮子的女儿虽然也矮，但他和孙矮子女儿生的儿子却人高马大，此时大概正在省城高等学府的球场上扣篮呢。利民替东昶感到欣慰，也尽量简略地说了一通自己二十年来的奋斗史和生活史，并特意指出刚刚东昶介绍他为刘处的不妥，人到中年，还是谨慎为宜。二人唏嘘不已，直到把一杯茶喝没了色，还是口干舌燥。

要搞酒！时隔二十年，罗东昶再次提议。

好，你搞，我不搞，看着你搞，跟我搞一样。利民说。

东昶隔着衣服看看后者的胃部区域，这才想起利民复述生活史时所提及的那场大病，爽快地说：行！

杜娟的疯病其实自那年暑假姓彭的走后就有点苗头了。话突然变多就是一例。还有工作上不像之前那么要强了，东昶都记得有两回考试教学成绩还不如利民呢，对吧？利民当然也记得。还有自学考试最后两门,《古代汉语》和《文艺概论》杜娟始终没有通过。据说,像她这种情况,就算现在去考,能考过,其他已经过掉的科目也不作数了,可惜。真正明显有疯状还是利民调走不久后杜娟突然生了一场病。当然,跟利民无关,你别慌。她只说头昏,站不起来。在家里整整躺了半年。遍求鸭镇名医,也没一个医生能说出个所以然来。

那到底是怎么回事呢?

我也是听说的,也不知道是不是真的。她进城去找过那个姓彭的。不是留过联系方式嘛。发短信不回,打电话不接(刚开始应该都回都接,长了不行),她就去了,赖着不走。姓彭的没有办法,出来跟她见了一面。还是没戴眼镜,有可能是喝了龙塘的水恢复了1.5的视力?也可能戴了隐形眼镜。反正不失风度。姓彭的带她到咖啡馆坐了坐,也很坦诚。他说,他正在准备考北京一所大学的博士生,最近学业很紧张,而且自己将来也不会在这里生活,更别提鸭镇了,跟杜娟这样可爱的乡村教师怕是真的没办法在一起。自己暑期社会实践时如果给杜娟带来错觉和误导,他表示真挚的歉意。

畜生畜生。不过,想想,说的其实也挺对的,非常现实。现实是残酷的,大概就是这个意思?杜娟怎么说?

杜娟什么也没说，就是低着头。两个人就这么坐在咖啡馆干耗着。总不至于喝了一杯咖啡再叫一杯吧。姓彭的说他要回学校了，你还是回家吧。这时候杜娟突然开始撕身上的裙子。

是那件泡泡袖藕色裙子？

应该不是，应该是特意新买的。反正撕烂了，我们都没见过。大概只有姓彭的见过。

后来呢？

后来警察就来了。二人被带到警察局作笔录。姓彭的把前因后果从头到尾都说了，轮到杜娟，她还是不说话。警察也没有办法，只好联系校长，学校把她接回来了。

还是三点式？

那倒没有，披了件外套。是姓彭的脱下来给她披上的。姓彭的一米八大个子，能遮住。

这件外套她没撕？

没撕，一直穿着，什么季节都穿着，要不怎么说她疯了呢。

咦，你怎么知道这么细的？

你猜。

钱晓华说的？

除了她还有谁。

就是说，她其实也跟那个姓彭的有联系，也去找过他？

肯定啊，而且关系远远不止这么简单。我真的怀疑钱晓华跟他上过床，这么细节的话只能在床上说对吧。

那你意思你跟钱晓华也上过床？

你不是废话嘛，这还犯得着问。她调走前，遵照她的意思，咱俩又瞒着别人在一起过一段时间。她什么都告诉了我，但她就是不承认跟姓彭的上过床，妈的。

现在跟钱晓华还有联系吗？

没了，好多年都没了。

真的？

真的。


杜娟躺了半年，穿着彭飞的夹克回到鸭镇中学上班。刚开始，学校记挂着她以前的责任心和优秀业绩，仍叫她教两个班的语文。没一个礼拜，就出事了。学生一见她进教室就纷纷跑了出来。确实很臭，同事们早就发现了。校长找她，她说她忘了洗澡洗头，这就回家洗。回家洗了再来，校长室已经研究决定，暂且让她到阅览室做做收发报纸杂志的工作。她不乐意，就哭。都劝她，这只是暂时的，等她的病彻底好了再让她挑大梁。放屁，我没病，你才有病。这大概是同事们第一次听到她讲粗话。以后就家常便饭，习惯了。不过那段时间除了她仍然忘记洗头洗澡，也没什么。反正学校有了电脑房，接通了网络，也没人愿意去阅览室看报纸了。出事是上级督导组来检查学校工作那次。督导员也要检查阅览室，忍受着恶臭，问杜娟要台账材料看。杜娟没有。督导员就来找领导。领导就在大会上批评她。她直接操起凳子就砸了过去。如果她不是女的，那么瘦，隔着罗东昶这种壮汉，领导怕是性命堪虞。派出所又来了，几条壮汉费了很大的力气才把她降住。真是难看，众目睽睽，广大师生眼见着一个二十出头眉清目秀的大姑娘被捆成个粽子似的塞进了车，然后送到了城里脑科医院。脑科医院能有什么好话，精神分裂，妄想症？不过，本着人道主义精神，加上她父亲反对，还是接了回来，没送精神病院。她爸爸照顾。

大概是第二年，杜娟还怀孕了。谁干的？没人知道。派出所说，估计是一些小流氓听说小杜老师疯了，就起了歹念，然后潜伏在他们村子，瞅准机会把她糟蹋了。单个强奸都是好的，照着上回派出所降她时的吃力样子，怕不止一两个人，轮了也可能。她爸爸做主，把那个孩子打掉了。这时候有坏东西逗她，问她那孩子是谁的？她想都不想，一口咬定是彭老师的。那彭老师人呢？她突然满地打滚哭了起来，说，都怪我啊都怪我啊，彭老师在龙塘淹死了！

真的是彻底疯了。

还是本着人道主义精神，学校请示了上级，还是按月给她发一定数额的生活费。年节发点大米色拉油什么的也不会漏掉她。但这一年端午的绿豆糕都长出了黄毛，她爸爸还没来取。到了中秋，校工会组织人去她家，过节福利送上门，了解了解情况，有什么困难尽量帮忙。很是奇怪，她家不在村子里。而是在村子外面老远的鱼苗场旁边集体化年代的公房里。据说她家跟村里人处不好。也难怪早年哑母等三条命的悲剧。

这是三间六十年代的砖瓦房，应该是单干后她家从生产队手上买来的。年久失修，瓦上长的全是枯草。她不在家。喊了喊，她爸爸好像也不在家。门开着，工会人员犹豫了会儿，还是进了房子。也不知是没交电费还是老鼠咬断了电线，灯拉不亮。隐约可见堂屋左右两间房。左边一间隔了一半做厨房，很久没有开伙的样子。后半间有课本教材，能看出来是杜娟的卧室。右边整间是个大卧室，料想是她父亲的卧室。这扇门倒是关着，总不至于破门而入吧。因为喊了半天没人答话,大家就自己找了凳子坐在堂屋等。左等不来右等不来,始终不见杜娟和她爸爸,以至于等到天黑。工会主席站起来,打开手机电筒照着,朝那扇关着的门走去,开玩笑地说,不会在里面吧?一推门,果然,从里面反锁着。

派出所又来了,村民们也跟着跑来看热闹。撬开门,大手电一照,所有的人都吓得魂飞魄散。

两个人都死了是吧?利民不忍再听,打断了东昶。

是啊,太惨了。东昶喝得有点多,两行浊泪也掉了下来。

法医说,已经死了小半年了。父女两个人挂在那里已经成了骨架,如果不是姓彭的那件夹克还披在杜娟身上,怕是谁是谁都分不出来。村民也说过,夏天闻到过臭,入了秋也就不臭了。反正他家自二姑娘疯掉之后,从这过一直臭烘烘的,没人愿意进去看看究竟。现在看来,村民们擅自判断,估计是老头先把女儿吊死,然后自己上吊。对此,派出所没有如此定论。

利民和东昶终于把话说完,彼此陷入了长久的沉默。

眼看时间不早了,利民还要坐车返回省城。二人也便结账走人。东昶把他送到车站,与他一起等车,他说他要眼看着这位老友上车了才放心。

在车来之前,利民想活跃一下气氛,笑着问:对了,顾益群不会还在学校就读吧?

哈哈,东昶果然笑了起来,说,怎么可能,杜娟疯掉钱晓华调走之后,他也被父母接走了,多少年没见过了。

利民冲着马路上在秋风中飞舞的塑料袋点了点头,像自言自语那样声音细小地说道:唉,这个顾益群呀,我还真的很想他。

图书在版编目（CIP）数据

鸭镇往事/ 曹寇著. -- 上海：上海文艺出版社,2023
ISBN 978-7-5321-8359-3
Ⅰ.①鸭… Ⅱ.①曹… Ⅲ.①中篇小说－小说集－中国－当代
②短篇小说－小说集－中国－当代 Ⅳ.①I247.7
中国版本图书馆CIP数据核字(2023)第015486号

发 行 人：毕　胜
责任编辑：张诗扬　金　辰
插 画 师：张　雷
封面设计：山川剧本 workshop
内文制作：艺　美

书　　　名：鸭镇往事
作　　　者：曹　寇
出　　　版：上海世纪出版集团　上海文艺出版社
地　　　址：上海市闵行区号景路159弄A座2楼　201101
发　　　行：上海文艺出版社发行中心
　　　　　　上海市闵行区号景路159弄A座2楼206室　201101　www.ewen.co
印　　　刷：上海盛通时代印刷有限公司
开　　　本：1092×889　1/32
印　　　张：9.5
插　　　页：5
字　　　数：168,000
印　　　次：2023年3月第1版　2023年3月第1次印刷
Ｉ Ｓ Ｂ Ｎ：978-7-5321-8359-3/I.6598
定　　　价：68.00元
告　读　者：如发现本书有质量问题请与印刷厂质量科联系　T:021-37910000